.

王，后，杰克

KING, QUEEN, KNAVE　Vladimir Nabokov

弗拉基米尔·纳博科夫

黄勇民——译

上海译文出版社

Vladimir Nabokov
KING, QUEEN, KNAVE

Copyright © 1968, Dmitri Nabokov

图字：09-2005-111号

图书在版编目（CIP）数据

　　王，后，杰克：新版/（美）弗拉基米尔·纳博科
夫（Vladimir Nabokov）著；黄勇民译.—上海：上
海译文出版社，2021.6
　　（纳博科夫精选集.Ⅲ）
　　书名原文：King, Queen, Knave
　　ISBN 978-7-5327-8757-9

　　Ⅰ.①王…　Ⅱ.①弗…②黄…　Ⅲ.①长篇小说－美
国－现代　Ⅳ.①I712.45

　　中国版本图书馆CIP数据核字（2021）第278031号

王，后，杰克	Vladimir Nabokov	出版统筹 赵武平
King, Queen, Knave	弗拉基米尔·纳博科夫 著	责任编辑 邹　滢
	黄勇民 译	装帧设计 山　川

上海译文出版社有限公司出版、发行
网址：www.yiwen.com.cn
201101　上海市闵行区号景路159弄B座
江阴市机关印刷服务有限公司印刷

开本787×1092　1/32　印张10　插页5　字数171,000
2022年3月第1版　2022年3月第1次印刷

ISBN 978-7-5327-8757-9/I·5403
定价：75.00元

献给薇拉

前言

在我所有的小说中，这部耸人听闻的小说是最出彩的。移居、赤贫、思乡都没有影响小说的精心策划和巧妙构思。小说一九二七年夏天构思于波美拉尼亚海滩，来年冬天在柏林形成框架，一九二八年夏天完稿，同年十月初由俄国流亡者出版社斯洛弗用《国王、王后、侍卫》书名在柏林发表。这是我第二本用俄语发表的小说。那年我二十八岁。我在柏林断断续续生活了六年。我与一些知识界的人士确信，之后十年的某个时刻，我们都能回到一个热情好客、悔过自新、榕花盛开的俄国。

同年秋天，乌尔斯坦出版社获得了德国版权。我深信不疑西格弗里德·冯·费格扎克的译文非常到位。记得，我是一九二九年初遇见西格弗里德·冯·费格扎克的，当时，我与妻子匆匆途经巴黎，用乌尔斯坦出版社慷慨预支的稿费，去东比利牛斯省进行一次捕蝶旅游。我们在他宾馆进行了采访，他患了重感冒，躺在床上，戴着单片眼镜，模样很狼狈；与此同时，其他美国著名作家正在酒吧寻欢作乐等等，正如人们经常传说的那样，美国人习惯泡酒吧。

人们也许很容易猜测，一个俄国作家选择清一色的德国人物（小说最后两章中我和妻子纯属访游），这为他自己制造了不可逾越的困难。我不会说德语，没有德国朋友，没有读过一本德语小说原著或译本。但是，艺术就像自然一样，一种引人注目的不利因素也许会成为一种微妙的保护手段。"人类的湿气"，chelovecheskaya vlazhnost，渗透了我的第一部小说，《玛申卡》（《玛丽》）一九二六年由斯洛弗出版，也由乌尔斯坦在德国出版，两种版本都非常出色，但是这本书在当时不再令我高兴（而现在这本书因为新的原因令我感到高兴）。我在那个展示柜里收集的移民人物非常易于识别，他们是那个时代关注的焦点，人们一眼就能分辨出他们背后的标识。幸运的是，那些标识上所说的事情不太清晰；但是，我不倾向于运用一种法国"人类档案"独特的手法，保存一个与世隔绝的社区，该社区的一个成员如实描绘了该社区某种与激昂和枯燥的民族心理学略微相仿的东西，在现代小说中，这种东西经常让人感到抑郁沮丧。在一个逐渐解除内心束缚的阶段中，我还没找到或者还不敢运用重塑历史环境的非常特别的手法（十年后，我在《天赋》中运用了这种手法），这种在未知环境里感情介入的缺失连同固有的童话式的自由应答了我纯创作的梦想。我也许可以在罗马尼亚或荷兰上演《王，后，杰克》。但是，对柏林的地形和天气的熟悉决定了我的选择。

到一九六六年底，我儿子已经逐字逐句用英语翻译了这本书，我把译本放在我的讲台上俄语版本的旁边。我估计必须要做些修改，因为小说原稿是在四十年前写的，自从笔者（当时笔者比如今的修订者还要年轻）两次修改校样以来，我没有再次读过原作。很快，我敢断定，原作比我预想的要松散得多。我不想讨论我对原作所做的一些小小改动，以免毁了未来校对者阅读的愉悦。我只想说，我做这些改动主要是不想美化一具僵尸，而是想让一个依然在呼吸的身躯享受小说中某种天然固有的容量；在过去，因为缺乏经验，因为过于急切，因为构思草率，因为措辞疲沓，读者没法体会到这种天然固有的容量。在这部小说的结构里，那些各种各样的可能几乎都在呐喊，希望得到进一步扩展或梳理。我不无滋味地完成了对小说的修改。小说的"粗俗"和"淫荡"震惊了流亡者期刊我的那些最仁慈的批评家们，但那些章节还是保留了下来，不过，我承认，我还是无情删除和重写了许多蹩脚的零星段落，比如，在最后一章的一个关键过渡中，为了暂时不让弗朗兹出场，他不应该插手干涉（与此同时，格雷维茨旅游胜地的某些重要场景引起了作者的关注），笔者运用可鄙的权宜之计，让德雷尔差遣弗朗兹去柏林，给一个商人送一只必须归还的扇贝形香烟盒，笔者默许这位商人将那只烟盒遗忘在某处（我明白，在我一九六六年的《说吧，记忆》一书中也运用了相同的手法，运用得也相当贴切，因为烟盒的形状就是著名的《追寻逝去的时光》蛋糕的形状）。我不能说我感到我在一本过时的小说上浪费了时间。修改后的文本也许软化了那些毫无疑问出于宗教原因、原本对作者一本接一本地节略和冷酷重塑他所有旧作品持反对态度的读者，并使他们对小说产生了兴趣，与此同时笔者还在创作一部新小说，这部新小说迄今已花费了五年时间。但是，我确实认为，即便是一位不信上帝的作家也应该万分感谢他的早期作品没有利用一种在俄国文学史上几乎难以复制的情况，没有利用政府的遗忘，在他悲伤和遥远的国家里拯救出那些因有人恐惧而遭禁的书籍。

我还没就《王，后，杰克》的情节说过任何话。这部小说的情节从根本上说不是不熟悉的，事实上，我怀疑那两位值得尊重的作家，巴尔扎克和德莱塞，将会指责我严重模仿，但是，我发誓，当时我并没有读过他们那些荒谬的作品，甚至现在也不太知道他们在柏树底下说了些什么。毕竟，夏洛特·亨伯特的丈夫也不是那么清白的。

说到文学气氛和潮流，我必须承认我有点吃惊地发现，在我的俄文版本里，有那么多"内心独白"的段落——与《尤利西斯》毫无关系，当时我对此几乎一无所知；当然，自童年时代起，我一直读着《安娜·卡列尼娜》，《安娜·卡列尼娜》中有整整一个场景，包括那些吟诵、一百年前的新伊甸园，如今都被广泛使用。另一方面，细心的读者不会不注意到我对《包法利夫人》亲切的小小模仿，这种模仿表示了一种对福楼拜深思熟虑的致敬。我记得在一个场景中，爱玛在黎明时刻沿着人们几乎不注意的僻静小巷，偷偷溜进情人的城堡，甚至仅仅为了郝麦点头同意。

像往常一样，我希望看到维也纳代表团像往常一样未受邀请（像往常一样，我喜欢的几个敏感的人会显得傲慢自大）。然而，如果一个坚定果敢的弗洛伊德学说的信奉者设法偷偷溜了进来，那么我应该告诫他或她，在小说中这里或那里设下了一些残酷的陷阱。

最后，书名的问题。那三张人头牌，都是红心牌，我留下了，同时舍弃一个小对子。发给我的那两张新牌也许证明这场赌博是对的，因为在这场赌博游戏中，我总有象牙大拇指。势均力敌地、十分侥幸地、难分难解地穿过烟雾的刺痛，挤出一点优势。青蛙的心脏——正如他们在俄罗斯峡谷里说的那样。还有雪橇铃铛！我只能希望我那些出色的打牌老搭子，全都是一手满堂红和一手顺子牌，希望他们认为我是在用大赌注吓退对手。

弗拉基米尔·纳博科夫

一九六七年三月二十八日

蒙特利尔

一

　　巨大的黑色时钟指针依然不走，不过，它每隔一分钟依然
跳动指示一下；那种富有弹性的突然一跳会使整个世界都运转
起来。钟面缓慢地转向一边，充满着绝望、轻蔑和怠倦；铁
柱开始逐一走过，像一根根没精打采的男像柱带走车站的拱
顶；月台开始移动，带走无名旅行的烟蒂、使用过的车票、阳
光和唾沫的斑点；一辆手推行李车悄悄滑过，然而它的轮子却
静止不动；接着来了一个书报亭，里面展示着各种性感的杂志
封面——赤身裸体、珠灰色肌肤的美女；移动的站台上都是
人、人、人，他们的脚在动，却仍在原地，大踏步地走动，但
却在后退，仿佛处于一种令人痛苦的梦境之中，无论他们多么
努力，仍然感觉恶心、腿肚子绵软无力；他们像潮水般向后退
去，几乎跌得仰面朝天。

　　与平常一样，分别时刻女人总比男人多。弗朗兹的姐姐瘦
削的脸上带着早起苍白的倦意，嘴巴里呼出空腹的臭味，身上
围着花格子披肩，城里的姑娘从来不会围这种披肩；他的母亲
个子矮小，身材肥胖，全身穿着都是棕色，像个身板结实的修
女。你看，两人的披肩开始随风飘动了！

　　不仅母亲和姐姐在慢慢消失，她俩熟悉的笑容也在悄然逝
去；不仅车站渐渐远去，还带走了它的书报亭、它的行李推

车，以及一个卖三明治和水果的小摊，摊位上摆放着滚圆光亮多肉诱人的鲜红草莓；它们自信地吆喝着，诱人品尝；所有的瘦果都在吆喝，愿意亲近人们舌头上的味蕾——可是，天哪，此时此刻，一切都已远去；不仅所有这一切都已消失在身后，而且整个老城也都在它秋天玫瑰色的晨雾里移动：广场上赫尔佐克的巨大石雕、昏暗的教堂、商店的招牌——黑色大礼帽、一条鱼、一个理发师的紫铜脸盆。此时此刻，整个世界在一刻不停地运动。一间间房屋以磅礴的气势在面前经过，他家敞开的窗户里，窗帘帷幔在飘动拍打，屋里的地板有些裂缝，墙壁也破旧开裂；他母亲和姐姐正在快速流动的空气中喝着咖啡，越来越快的振动颠簸使家具也在颤抖，而且颤抖得越来越厉害，越来越神秘不可思议；越过房屋住宅，越过教堂广场，越过小街小巷。尽管此时，一块块耕地早已在车厢窗外展开，弗朗兹的骨髓深处依然能感觉到那个渐行渐远、那个他居住了二十年的小镇。在这节木质长凳的三等车厢里，弗朗兹的身边坐着两位身着灯芯绒套裙的老太太；一个肥胖、脸颊红扑扑的女人，她的双膝上显眼地搁着一篮子鸡蛋；还有一个白肤金发碧眼的男青年，身着棕黄色的短裤，结实瘦削，很像他自己的那个旅行帆布背包，帆布包被塞得鼓鼓囊囊，看上去好像是从黄石中雕凿出来的：他精力充沛，已经卸下背包，用力将其举起，放到了行李架上。门边座椅上，弗朗兹的对面，放着一本杂志，封面上是一幅绝代美女的照片；过道的一扇车窗边，一位身着黑色大衣、身材魁梧的男士正背对着车厢站着。

此刻，火车越开越快。弗朗兹突然紧抓住自己身体的一侧，他惊呆了，以为自己丢了钱包！钱包内装着那么多东西：一张货真价实的小车票、一张陌生人的名片，上面记着宝贵的地址，还有一笔马克，可用来过上一个月体面的生活。不过，钱包还在口袋里，鼓鼓的，暖暖的。两位老太太开始坐立不安，窸窸窣窣地拆开三明治的外包装。走廊里的那个男人转过身来，稍稍一晃，向后退了半步，在左右摇晃的车厢地板上稳住身子之后，走进了隔间。

他的大部分鼻子没了，或者说从来就没有长出来过。鼻梁剩余部分的皮肤苍白，像仿羊皮一般，紧紧黏附着鼻子，令人作呕；他的鼻孔已经失去所有体面的感觉，面对着这个往后退缩的旁观者，他的鼻孔就像两个突然出现的洞眼，黑乎乎的，不对称；他的面颊和额头凹凸不平，有如广袤的地表阴影——黄的，粉的，油光发亮。他是否遗传了那种怪诞的脸谱？如果不是，那么是什么疾病、什么爆炸事件、什么酸性物质毁坏了他的面容？他几乎没有嘴唇；由于没有睫毛，他的蓝色眼睛流露出一种受了惊吓的眼神。不过，这个男人穿着时髦潇洒，十分整洁体面，体格结实健美。他穿了一件双排纽扣的套装，外面罩了件厚实的大衣。他的头发像假发一样油光发亮。他随意坐下，将裤子的膝盖部分往上拉了拉，戴着灰色手套的双手打开了他留在座位上的那本杂志。

在弗朗兹肩胛之间来回传递的那种颤抖此时逐渐减弱，它钻入嘴中成为一种奇怪的感觉。他的舌头活生生地感到一阵刺激；他的硬腭感到极度湿润。他的记忆像开了一家蜡像馆，他明白，他明白在该馆遥远的尽头，一个恐怖房间正等待着他。他记得，一条狗曾在屠宰场的门槛上呕吐过。他记得，一个孩子，一个刚开始学步的儿童，费力地弯腰，年纪还小嘛，他拣起一样肮脏的东西，往嘴里塞，那东西很像婴儿的橡皮奶嘴。他记得，有轨电车里有个咳嗽的老头把一口痰吐到了检票员的手里。弗朗兹通常能克制住自己，但是这些丑陋的形象总是不断在他的生活中徘徊，常常歇斯底里大发作，以此去迎接任何与这些形象相似的新印象。在那些还算新近的日子里，在受到那种惊吓之后，他会一下子扑倒在床上，试图竭力摆脱那种阵发的厌恶感。他对学校的记忆似乎总在躲避与这个或那个伙伴肮脏的、有小脓包的、滑不溜秋的皮肤可能的或不可能的接触，这些人逼他参加游戏，或者急于向他透露某种令人厌恶的秘密。

那男人随意浏览着那本杂志，他那张丑脸与杂志迷人封面的结合怪诞无比，让人难以忍受。坐在这怪物身边的是个鸡蛋一般滚圆的女人，她脸色红润，昏昏欲睡，她的肩膀轻轻蹭着他。那个青年的帆布背包摩擦着他那个贴着乱七八糟广告的、油腻腻的黑色旅行袋。最糟糕的是，两个老太太全然不理睬她们丑陋的旅伴，只顾自己津津有味地啃着三明治，吮吸着橘子果囊，用废纸片包裹橘子皮，随后突然巧妙地将它们塞到椅子底下。这时，那个男人放下杂志，不脱手套就自顾自地开始吃起涂着奶酪的小圆面包，边吃边得意洋洋地环顾四周，弗朗兹再也无法忍受这种景象了。他快速起身，像烈士一样昂起苍白的脸，松了松身体，从行李架上取下蹩脚的箱子，拿起雨衣和帽子，笨拙地将箱子撞到了门框上，然后逃进了车厢的过道。

这节特殊车厢在前面一站挂到了这列快车上，因而车厢里的空气依然清新。他立刻感到一阵快慰。但是刚才那种眩晕还没有完全消失。车窗外闪过一排高高的柏树，阳光和阴影不断投来斑驳的色调。他开始试探着沿着车厢过道走动，双手紧抓着球形把手和其他可以抓的东西，朝各个隔间仔细张望。只有一个隔间还有一个空座位；他犹豫了一下，然后继续往前走。两个脸色苍白的孩子手上全是尘土，黑不溜秋的，他们不断地悄悄从座位上滑下来，滑到旅客脚边别提有多肮脏的地板上，在油腻的碎纸中玩耍，他们弓着肩胛，等着母亲在他们的后颈上狠打一巴掌。弗朗兹到了车厢尾端，他脑中突然浮现出一个不寻常的想法，顿时停住了脚步。这个想法是如此甜蜜，既大胆又令人兴奋，想到激动时，他不禁取下了眼镜，开始擦拭。"不，我不能这么做，绝不可以，"弗朗兹轻声嘟囔着，可他已经意识到，他没办法抵御这种诱惑。他一边用拇指和食指整理领带结，一边在一阵冲动的驱使下跨过了车厢之间摇晃的连接板，走进了下一节车厢，内心深处感到一阵微妙的恐慌。

它是一节二等 schnellzug[1] 车厢，对于弗朗兹来说，二等车

---

1 德语，快车。

厢色彩鲜艳，非常诱人，甚至让人有点负罪感，就像抿了一小口浓浓的白色甜酒，有一种过分强烈的奢侈感，或者就像吃了像人脑袋那么大的黄色大葡萄柚，在上学的路上，他曾经买过的那种水果。至于头等车的奢华，那恐怕连做梦也想不到——那种车厢专供外交家、将军们乘坐，还有几乎是神仙一般的女演员！二等车厢，不过是二等嘛，只要他能鼓起勇气……他们说他已故的父亲（一位没精打采的文书）曾有机会——很久以前，在战前——乘坐二等车厢！不过，弗朗兹还是犹豫不决。他在车厢过道入口处的告示牌边停住了脚步，告示牌标明了车厢的性质；此时，车厢外飞驰而过的不再是篱笆似的森林，而是广阔的草地牧场，壮丽恢宏；远处，与铁轨平行的是一条逶迤曲折的公路，路上一辆小人国的汽车急速飞驰。

就在此时，正在来回巡视的列车长帮他摆脱了困境。弗朗兹出钱补票，将他的车票提升了一级。列车钻进了一段短隧道，一片漆黑，隆隆的回声震耳欲聋。随后，光明再次来临，不过，列车长不见了。

弗朗兹进入了一个卧铺包厢，一声不吭，欠身致意。隔间里只有两位旅客——一位有着明亮眼睛的漂亮女士，一位留着黄褐色八字须的中年男子。弗朗兹挂好他的雨衣，小心翼翼地坐了下来。座位非常柔软；一个座位与另一个座位之间在太阳穴水平位置装有一个舒适的半弧形凸出物；墙上的摄影图片非常有浪漫色彩——一群绵羊、山岩上一个十字架、瀑布。他缓慢舒展两条长腿，又缓慢从口袋里取出一份折叠着的报纸，可是他静不下心来阅读，车厢的雍容华贵使他陶醉。他只是拿着展开的报纸，用报纸遮住面孔观察他的两位旅伴。哎呀，他俩真迷人。那位女士穿了一套黑色的衣服，戴了一顶迷你小黑帽，帽上有一只黑色的钻石小燕子。她神色凝重，眼神冷淡，上嘴唇之上有一些短短的暗色汗毛，闪闪发亮，那是富有激情的标志；一缕阳光映衬出她脖颈奶油般柔软的肌理，咽喉处有两条纤细柔和的横向纹理，仿佛有个指甲在上面轻轻勾画，一条线压着另一条线；按他的一位同学（一位少年老成的专家）的说法，也是所有各种奇迹的一种标志。那位男士一定是个外国人，他那柔软的衣领和花呢服装便是例证。不过，弗朗兹判断错了。

"我口渴，"男士带着柏林口音说，"太糟糕了，没有水果。那些草莓肯定渴望有人去品尝。"

"这都是你自己的错，"女士不高兴地回应，过了一会儿，又补充说，"我还是没法理解——那样做太愚蠢了。"

德雷尔瞥了瞥这个临时的天堂，没作回答。

"这是你的错，"她重复道，习惯性地拉了拉她的百褶裙，无意中发现有个举止笨拙戴着眼镜的年轻人坐在了门角落里，他似乎对她丝绸般光滑的双腿极感兴趣。

"不管怎么说，"她说，"这不值得一谈。"

德雷尔明白，他的沉默惹恼了玛莎，而且难以用言语来表达。他的眼里流露出一种孩子气的表情，他嘴唇四周柔软的褶纹呈波浪形，因为他嘴里嚼着一块薄荷糖。刚才他惹恼妻子的事情实际上傻得很。八月和九月前半段时间，他俩在蒂罗尔[1]度假，此时正在回家的路上，途中在一个古老而又别致的小镇上逗留几天，办点事。他去拜访了他的表妹莉娜，年轻时他曾与她跳过舞，大约二十五年前。他的妻子断然拒绝陪他前去。如今的莉娜已是个矮胖的怪物，装了一副假牙，不过，还像以前一样说话滔滔不绝；她也发现岁月已在德雷尔身上留下了痕迹，不过比她想象的要好；她为他煮了香浓的咖啡，讲起了她的孩子，还说很遗憾孩子们都不在家；她问起了玛莎（她没见过玛莎）和他的生意（对此她了解很多）；接着，一阵虔诚的停顿之后，她问德雷尔是否可以给她出个主意……

　　房间里暖融融的，围绕着陈旧的枝形吊灯有许多灰色的玻璃小垂饰，就像肮脏的冰柱一般，苍蝇正围成平行四边形，每次都停落在相同的垂饰上面（不知怎的，他觉得这挺有意思），陈旧的椅子伸展着它们长毛绒的扶手，显得既热情友好又滑稽可笑。一只哈巴狗在绣花靠垫上打瞌睡。为了应答他表妹边叹息边期待的询问，德雷尔突然活跃起来，他笑着说："嗯，你为什么不让他到柏林来见我呢？我会给他一份工作的。"他妻子不能原谅他的原因也就在此。她称之为"穷亲戚拖累事业"；不过，如果你仔细想一想，一家穷亲戚能拖累任何事情吗？他知道莉娜会邀请他妻子做客的，但玛莎无论如何不会前往，于是他对表妹说了谎，他说他们当晚就要离开。而事实上，他

1　Tyrol，又作 Tirol，奥地利西部一个州。

和玛莎去逛了一个集市，还参观了一位生意伙伴超一流的葡萄园。一周后在车站，当夫妇俩已经在卧铺包厢里安顿下来时，德雷尔从车窗向外看，他瞧见了莉娜。他们没在城里某个地方撞见她可算是奇迹。玛莎想方设法避免让莉娜见到他们，尽管丈夫很想去买一篮水果，准备旅途中享用，但是他不敢将头探出窗外，不敢用哪怕是很轻的"嗨"声去招呼那位身着白色夹克的年轻摊贩。

德雷尔穿戴舒适，身体状况十分好，头脑里朦朦胧胧充满着各式各样模糊愉快的想法；他嘴里嚼着薄荷糖，双臂交叉着坐在座位上；他胳膊弯曲处衣服的柔软褶皱与他脸颊上柔软细密的褶子、他的短八字须的轮廓、成扇形向鬃角展开的眼角皱纹十分相衬；他的眼睛里透射出一种奇特的稍显顽皮的目光，从浓眉下凝视着车窗外掠过的绿色风景，凝视着玛莎被阳光勾勒出的身影和在门边角落里戴着眼镜读报的年轻人的廉价小提箱。德雷尔悠闲地打量这个年轻人，上下左右仔细端量。他注意到了这个年轻人红绿双色的领带上所谓的"蜥蜴"图案，这条领带显然只值九十五芬尼。他还注意到年轻人衬衣挺括的衣领、袖口和前襟——顺便说一句，这种衬衫只抽象地存在，因为从其虚假的光泽来看，它所有可以被人看见的部分都是一块块浆过的质量低级的布片，不过，节俭的乡巴佬觉得这些浆过的布片很不错，将它们贴附在家里用没漂白过的布料制作的别人看不见的内衣上。至于那个年轻人的外套，它唤起了德雷尔内心一种微妙的愁思，他并非第一次考虑到每一种新款式可怜短暂的寿命：那种三扣窄翻领蓝色细条纹上衣，在柏林商店里至少已经消失了五年。

突然，眼镜片底下两只眼睛露出吃惊的神色，德雷尔立刻将目光移开。玛莎说：

"真是傻极了。要是你能听我的话就好了！"

她丈夫叹了口气，什么也没说。她想继续往下说——她还可以说许多简短有力的责备话，但是她发觉那个小伙子正在倾听，欲言又止的她突然将胳膊倚靠在靠窗的桌子拼板上——用指关节扯动她脸颊上的皮肤。她一直那样坐着，直至车窗外树林轻轻颤动，变得令人厌烦；她慢慢伸直丰满的身子，显得那么恼怒和厌倦，随后，身子向后斜靠并闭上了眼睛。鲜红色的阳光穿透了她的眼睑，亮光闪闪的条纹（飞逝而过的森林所透射的幽灵一般的阴影）接连不断地掠过她的眼睑；她丈夫快乐的脸膛似乎也在慢慢旋转着朝她而去，与那闪动着阴影条纹的红润脸色交叠在了一起；她吃了一惊，于是就睁开了眼睛。然而，她丈夫坐在离车窗稍远的地方，正在阅读一本用紫色搓纹革包装的书。他正聚精会神地阅读，读得津津有味，完全沉浸在被太阳照亮的书页之中。他一边翻动着书页，一边环顾四周；窗外的世界是那么急切，像一条顽皮的狗等待着那一刻，然后欢快一跃，飞奔到他的跟前。但是，德雷尔充满深情地推开汤姆 [1]，再次沉浸在他那本诗集之中。

1　德雷尔家宠物狗的名字。

对于玛莎来说，那种有点欢闹的光线只是晃动的车厢里闷热的空气。火车车厢应该是闷热的：人们已经习以为常，因而还好。生活应该按部就班，循规蹈矩，不要反反复复、弯弯曲曲、起起伏伏。起居室的桌子上放一本精美的书籍就恰到好处。在车厢里，为了缓解无聊，人们可以翻阅无聊的杂志。但是，为了吸收和欣赏……读点诗歌，如果你喜欢的话……包装精美的诗集……一个自称商人的人不能、不必、不敢那样炫耀。但是他读诗集，也许，也许是故弄玄虚，故意来羞辱我。这仅仅是他炫耀的另一种怪招。那好，我的朋友，那你就继续炫耀吧！要是能把那本诗集从他手中抽掉，把它锁进手提箱该有多好！

就在这一刻，太阳似乎使她的脸蛋充分展露；阳光流溢，照亮了她光滑的脸颊，给她的眼睛增添了一丝不自然的暖意；眼睛的虹膜呈浅灰色，大大的瞳孔显得很灵活。一对可爱的眼睑稍有皱纹，宛如紫罗兰一般，闪动时充满着活力；她很少眨眼，仿佛始终在担心会错过重要的目标。她几乎没有涂脂抹粉——只有她丰满的双唇上出现的细微横向裂痕似乎是橘红色唇膏干裂的痕迹。

弗朗兹躲在报纸后面，沉浸在一种极其快乐的幻觉之中，沉浸在这两位旅行伙伴偶然的举止和只言片语之中；现在，他开始张扬自己，坦然地张扬，几乎有点傲慢地望着这位女士。

然而，仅仅片刻之前，他的各种思想总趋于各种病态的联想，与最近两件事情混淆了起来，混淆于其中一个虚假和谐的形象之中，那些形象在梦中是那么重要，可是当他回忆起这个梦时，却变得毫无意义。在他看来，从三等车厢（那个车厢被一个没鼻子的怪物一声不吭地占据了）转到这个阳光明媚、用长毛绒装饰的奢华车厢，就像从可怕的地狱，穿越炼狱般的走廊和车厢衔接处哐啷哐啷的撞击声，来到一个极乐小世界一样。刚才，年迈的列车长已经在他的车票上检票打孔，然后立刻销声匿迹，他有点像圣彼得那样谦恭和无所不能。孩提时期曾把他吓得要命的敬神通俗画像又浮现在眼前。他把列车长打孔检票的"咔嗒"声当作是钥匙开启天堂之门的声音。于是，一位脸上涂满油彩、装扮艳俗的演员在一出圣迹剧[1]中，穿越一个分成三部分的长舞台，离开恶魔之口，得到了天使的庇护。为了驱除昔时挥之不去的噩梦般的记忆，弗朗兹开始急切寻找人间平淡的生活迹象，去打破噩梦的束缚。

玛莎帮助了他。她一边斜着眼睛向车窗外面观望，一边打起了呵欠：他瞧见了她嘴巴红色的半阴影里舌头绷紧鼓起，看见了她的牙齿亮光一闪，随后她立刻举起一只手捂住嘴巴，以免失态；于是，她眨巴起眼睛，扇动眼睫毛驱除一滴使人发痒的眼泪。弗朗兹无法抵抗打呵欠的样子，尤其是那种不知怎么的有点儿像性感淫荡的秋季草莓那样的呵欠，他的家乡以盛产这种草莓著称。这时，弗朗兹无法克制嘴里涌起的那种味觉，

---

1 miracle play，中世纪以《圣经》中圣母及圣徒们的事迹为题材的戏剧。

他战栗着张开嘴巴。玛莎碰巧瞧了他一眼。他意识到玛莎知道了他一直在注视着她，于是心绪烦乱、哀伤。刚才他凝视玛莎神情放松的脸蛋时所经历的那种病态的狂喜，此刻演变成极度的尴尬。在她炙热而又漠然的眼神注视下，他紧锁起眉头，当她转过头去时，他开始盘算，仿佛他的手指已噼里啪啦飞速拨着一个秘密的算盘，计算在生命中他还需要多少天才能拥有这个女人。

包厢的门轻轻移开，一位激动的列车员探进头来，高声嚷嚷，好像在预告某种可怕的灾难；随后，他又冲向下一个包厢，大声叫嚷他的新闻。

从根本上说，玛莎反对吃那些骗人的敷衍了事做成的饭菜，铁路公司要价过高，而饭菜质量却不够好，从身体需求来说，这几乎是不必要的开支；同时心里还掺杂着这样的感觉：某个手头宽裕身体强壮的人想要骗她，以此证明自己非常强悍；如果不是饿坏了，她肯定不会摇摇晃晃走那么长的路去餐车吃饭。她隐隐约约有点嫉妒那个戴眼镜的年轻人，他伸手从挂在他身边的雨衣口袋里掏出了一个三明治。她站起身来，用手臂夹着手提包。德雷尔在书中找到了那根紫罗兰丝带，用它标记他阅读到的那张书页；他似乎还不能马上从一个世界过渡到另一个世界，等了几秒钟后，他轻轻拍了一下膝盖，也站了起来，整个包厢顿时显得非常窄小。尽管他身高中等，胖瘦也适中，但给人的印象是格外魁梧。弗朗兹将双脚往后缩了缩。玛莎和丈夫摇摇晃晃着经过他的面前，走出了包厢。

此时包厢里宽敞多了，弗朗兹独自啃着他灰色的三明治。他一边津津有味地嚼着，一边凝视着窗外。远处一条绿色的河岸斜向而来，越来越高，直至映满了车窗的顶部。随后，为了解决一条钢铁弦杆的问题，一座桥梁从它的顶部一跃而过；那绿色的山坡瞬间消失了，迎面而来的是开阔的乡村——田野、杨柳、金色的桦树、一条弯弯曲曲的小溪、成片成片的卷心菜地。弗朗兹吃完三明治，舒适得有点烦躁不安，他闭上了眼睛。

柏林！在这依然不熟悉的大都市的名字里，在第一个音节的隆隆声中，在第二个音节的光环里，有着某种让他感到激动的东西，就像好酒和坏女人充满浪漫气息的名字一样。特快列车似乎已经沿着那条著名的大街加速行进，大街两旁参天的椴树成行，树底下衣着奢华的人群熙熙攘攘。列车飞速驶过那些郁郁葱葱的椴树林，它们的美丽程度远远胜过这条大街响亮的名字，（乘务员叮叮当当地摇着铃催促那些还在就餐的旅客），接着穿过一个装饰着珍珠母金属闪光片的巨大拱门。再往前，在迷人的迷雾之中，另一幅美术明信片宣传画在其基座上旋转，明信片所展示的是一座黑色背景映衬的半透明塔楼。塔楼消失了；在一个灯光璀璨的商场里，在镀金的人体模型、清晰的镜子以及玻璃柜台中间，弗朗兹身穿常礼服、条纹裤和白色鞋罩，四处溜达；他潇洒地挥动手臂，指引顾客前往他们想去的商品区。这不再是一种完全有意识的思想活动，也不再是一种梦幻；就在这一刻，那种梦幻几乎使他铸成大错，但弗朗兹恢复了自控力，按照自己的意愿引导自己的思绪。他给自己许下诺言：晚上要彻底放纵一下。他快速地做了个心理测试，他让刚才坐在车窗边的女人裸露她的酥肩（失明的厄洛斯会作出反应吗？笨拙的厄洛斯果真作出了反应，在黑暗中从皱褶中探出头来）；随后保留其光彩照人的酥胸削肩，幻想成别人的脑袋，用十七岁侍女的脸蛋取而代之，侍女已经带着一个几乎与她一样大小的银质汤勺消失了，厄洛斯还没来得及坦露他的爱慕；但是，那个脑袋也已被他抹去，取而代之的是一位眼神大胆、嘴唇湿润的柏林美女的脸蛋，这种美女常在烈酒和香烟广告上见到。只有在这个时候，那种形象才逼真起来：那个袒胸露乳的姑娘将酒杯举到她绯红的嘴唇前，轻轻晃动杏白色丝绸般光滑的大腿，一只红色的无跟拖鞋慢慢地从她的脚上滑落。拖鞋掉在地上，弗朗兹弯腰去捡它，便不知不觉地坠入黑暗的梦乡。他张开嘴巴睡觉，苍白的脸上露出了三个孔：两个闪亮的孔（他的眼镜）和一个黑色的孔（他的嘴巴）。一个小时后，当德雷尔与玛莎从餐车回来时，他注意到了弗朗兹脸上的这种对称性。夫妻俩悄悄地跨过一条一动不动的腿。玛莎将手提包搁在折叠式窗桌上，手提包镍扣上的猫眼宝石立刻活了起来，绿色的反射光仿佛开始在里面翩翩起舞。德雷尔取出一支雪茄烟，但并没点燃。

出乎意料的是，晚餐相当不错，尤其是那块维也纳炸小牛排；现在，玛莎对同意去餐厅吃饭不感到后悔了。她的脸色已经变得暖洋洋，美丽的眼睛湿润了，刚刚抹过唇膏的嘴唇闪闪发光。她笑了，是那种少许露牙的微笑，心满意足之后，珍贵的微笑在她的脸上停留了好几分钟。德雷尔懒洋洋地欣赏她，他的眼睛微微眯缝，细细品味着她的微笑，就像某人收到意外礼物时露出的笑容，世界上没有任何其他东西可以使他显露那种愉悦。当那种微笑消失时，他把脸转了过去，就像一个呆子看骑车人从地上爬起来，看街头摊贩把散落在地上的水果重新放回推车后，心满意足、漫无目的地走开了。

弗朗兹像一个极其懒惰和迟钝的人那样交叉着双腿，但他还没醒。火车开始刹车，刹车声刺耳。列车缓缓驶过一堵砖墙、一个巨大的烟囱和一列列停在支线上的货车。不一会儿，车厢暗了下来，火车进入了一个巨大的穹顶车站。

"亲爱的，我要下车走走。"德雷尔说，他想去车外空旷处吸烟。

玛莎独自留在包厢内，身子往后斜靠在角落里；她无所事事，于是就看着角落里那具戴着眼镜的"僵尸"，心里满不在乎地想到，也许这一站就是那个年轻人该下车的地方，他会坐过站的。德雷尔沿着月台悠闲地溜达，经过车窗玻璃时，用五个手指敲击车窗，但是他妻子没再露出笑容。他吐了口烟，继续往前走去。他悠然地闲逛着，双手背扣在身后，步履轻盈，嘴里叼着雪茄烟。他想，有朝一日要是能像这样，在前往安达卢西亚、巴格达或者下诺夫哥罗德[1]途中的某个偏远车站的玻

1　Nizhni(y) Novgorod，1932—1990 年称为高尔基，为俄罗斯西部下诺夫哥罗德州城市和行政中心。

璃穹顶下散步，该有多好！实际上，人们可以随时出发；地球巨大而且是圆的，他有足够的闲钱绕地球六圈。玛莎起初不愿意出来旅游，她喜欢整洁的郊外草坪胜过茂密的热带丛林。如果丈夫建议休假一年，她也只会嗤之以鼻。"我想，"德雷尔心想，"我应该买一份报纸。我想股票市场也是一个有趣和难以捉摸的领域。让我们来看看，我们的两位飞行员——或者说这是某种绝妙的骗局？——是否已经设法反方向重新铸造了四个月前那个年轻美国人的光辉业绩。美国、墨西哥、棕榈滩。威利·沃尔德在那里，想让我们陪陪他。不，不能把她累垮了。喂，报摊到哪里去啦？那台陈旧的缝纫机，踏脚板破旧不堪，已经用棕色包装纸包裹了起来，此时此刻是那么清晰，然而再过一两个小时，我会把这一切永远忘掉；我会忘记我曾瞧过它；我会忘记一切……"就在这时，哨声响了，行李车厢动了。嘿，那是我的火车！

　　德雷尔一路小跑奔向报摊，在手掌里挑了个硬币，顺手抓了一份想要的报纸，报纸掉落了，他又重新捡起，然后奔回列车。他狼狈地跳上一级从面前驶过的列车脚踏板，但不能马上打开车门。在拼命赶车的时候，他丢了雪茄烟，但没丢报纸。他一边咯咯地笑一边气喘吁吁，穿过一节车厢，两节车厢，三节车厢。在倒数第二节车厢的过道里，一个身穿黑色大衣的大个子家伙正将车窗拉下关好，他挪动身子，让德雷尔通过。经过他身边时，德雷尔看见这家伙有一张成年人的脸，但却长着一个小猴子一般的鼻子，还在龇牙咧嘴地笑呢。"真稀奇，"德雷尔心想，"应该弄这样一个模特儿去展示某种有趣的商品。"在下一节车厢里，他找到了自己的包厢，他跨过那条一动不动的腿，定定心坐了下来，此时，这条腿已经成了一个习以为常的固定物体。玛莎显然已经进入了梦乡。他打开报纸，却发现玛莎的眼睛正盯着他看呢！

"疯狂的白痴。"玛莎平静地说，说完又闭上了眼睛。德雷尔乐呵呵地点点头，埋头读起他的报纸。

旅途的第一阶段总是那么精细和缓慢；到了中途，人就会昏昏欲睡；而最后一段旅程则会飞快结束。不久，弗朗兹醒了，嘴唇好像在咀嚼什么东西。他的两位旅行伙伴正在熟睡。映在车窗里的灯光已经暗了下来，不过，玛莎亮光闪闪的宝石小燕子却弥补了灯光的黯淡。弗朗兹看了看他的手腕，看了看金属网坚固保护着的手表表面；然而，许多光阴已从手表的牢房里悄悄逃逸了。他的嘴巴里有一股非常令人讨厌的味道。他用一块特别的四方小布小心翼翼擦拭他的眼镜，然后走出包厢，来到车厢过道寻找厕所。他站在厕所里，手扶着铁把手，心里觉得奇怪又可怕，他竟然会与一个冷冰冰的洞联系在一起！他的尿液闪着光亮，跳跃着从那个洞里流走，洞底下是飞驰的光秃秃的昏暗的大地，这么贴近，这么可怕。

一个小时后，德雷尔夫妇也醒了。服务员给他们端来了大杯的牛奶咖啡，玛莎抿一口挑剔一番。暮色越来越浓，田野越来越暗，一片片农田似乎飞奔得越来越快。雨点开始轻轻拍打列车的窗户：一条涓流弯弯曲曲从车窗玻璃的顶端往下流，犹豫地停住了，随后又继续弯弯曲曲往下淌。过道车窗的外面，黑色的雷暴云砧下透露出一道窄窄的橘黄色晚霞。不久，车厢里亮灯了。玛莎长时间照着一面小镜子，露出洁白的牙齿，噘起性感的上嘴唇。

德雷尔依然充满着小睡之后的愉悦和温情，他望着深蓝色的窗户，望着雨点，心想明天是星期日，早晨他要去打网球（他最近才开始打网球，而且人到中年，对此独有钟情），要是天公不作美，那可就遗憾了。他问自己打网球是否有所进步，并不由自主绷紧了右肩。他想起了他钟爱的蒂罗尔度假胜地美丽、整洁、阳光明媚的高尔夫球场，还有那个神话般的网球高手；网球高手前来参加当地举行的一场球赛，他身穿白色法兰绒外套，脖子上围着英格兰俱乐部围巾，腋下夹着三根球杆，不慌不忙，用职业球员的翩翩风度脱下那件外套、那块条纹围巾，还有外套里面的白色羊毛衫；随后，只见他一挥裸露的前臂，"嗖"的一声，第一个练习球懒洋洋很难看地飞了出去，这是给可怜的教练保罗·冯·勒佩尔的礼物。

"秋天，多雨。"玛莎边说边"啪"的一声合上她的手提包。

"噢，只是毛毛雨而已。"德雷尔温和地纠正她。

火车仿佛进入了大都市的磁场，此时正以惊人的速度行进。车窗玻璃已经变得漆黑一片——甚至分不清天空。一列特快列车像一道火焰朝着相反方向一闪而过，"呼"的一声永远消失了。这毕竟是一种幻觉——那趟飞向美国的航行。弗朗兹从梦中返回包厢，他突然紧紧抓住自己身体的一侧。又一个小时过去了，昏暗之中远远出现了一簇簇灯光，像钻石一般的一片片火光。

不久，德雷尔站起身来。弗朗兹一阵激动，也挺直身子站了起来。到站的一套习惯动作开始了。德雷尔从行李架上取下自己的大包小包（他喜欢把这些旅行包通过窗口递给搬运工人）。弗朗兹踮起脚尖，也从行李架上取下自己的小提箱。他们的后背相互碰撞了一下，德雷尔哈哈一笑。弗朗兹开始穿上雨衣，第一下手没能伸进袖孔，随后戴上深绿色的帽子，提起箱子磕磕碰碰地走进车厢过道。此时，夜色里出现了更多斑斑点点的灯火，突然，一条街道好像就在他的脚下，一辆灯光明亮的有轨电车在街上行驶；电车再次消失在屋宇墙壁的后面，很快，屋宇墙壁又为其他景物所取代。

"快，快点开啊！"弗朗兹祈求道。

一个小站一闪而过，车站上只有一个月台和一只半开着的珠宝箱；一切又都陷入漆黑一片，仿佛柏林并非近在几英里之内。终于，一盏黄玉色的泛光灯照亮了无数条铁轨，照亮了一排排被雨水打湿的火车车厢。慢慢地，自信地，稳稳地，列车驶进了铁穴般的巨大车站，列车立刻减缓速度，随后，一个趔趄，一切都静止了。

弗朗兹下了火车，走进烟雾弥漫、湿气浓重的车站。经过下榻过的车厢时，他看见那位留着黄褐色八字须的旅行伙伴正在放下车窗，高声招呼搬运工人。一时间，他有点依依不舍，心里不太愿意与那位可爱的、任性的、长着一双杏眼的女士永久分别。他与匆匆忙忙的人群一起沿着漫长的月台行走，不耐烦地把车票递给检票员，然后继续前行，经过数不清的广告海报、柜台、花店，超越肩扛手提各种不必要袋子的人们，朝着拱门和自由走去。

二

　　金色的迷梦，松软的被褥。又一次苏醒，但也许还不是最后的苏醒。这种情况并非偶尔发生：你苏醒过来，看见你自己，比方说，正坐在一个典雅的二等包厢里，与一对高雅的陌生夫妇在一起；尽管这是一种假苏醒，但事实上，这仅仅是你梦幻的下一个层面，仿佛你从一个层面上升到另一个层面，但永远到达不了表面，永远不能进入现实。然而，你依然出神入迷地幻想，错把梦的每一个新层面都当成现实的大门。你相信这是真的，屏住呼吸，带着许多无法追忆的梦境，离开车站，穿过车站广场。你几乎没看清什么，因为雨雾蒙蒙，黑夜模糊，你的眼镜雾气朦胧，你想尽快穿过广场，到达广场对面那个糟糕的旅馆，到了那里，你就可以洗脸，可以更换衬衫袖口，然后沿着令人眼花缭乱的街道闲逛。可是，发生了一件事情，一件荒唐不幸的事情，现实仿佛突然失去了现实的刺激和辛辣。你的知觉受骗了：你仍在熟睡之中。断断续续的瞌睡使你的思维变得迟钝。随后出现了一种新的似是而非的瞬间：这个金色的迷梦和你的旅馆房间，旅馆名叫"蒙得维的亚"。一位你在家乡认识的店主，一位怀旧的柏林人，在一张纸上为你草草记下。然而，谁知道呢？这是现实吗？这是最后的现实，抑或只是一场新的骗人的梦？

弗朗兹仰面躺着，眯缝着眼睛，痛苦地用近视的双眼费力地看着天花板上蓝色的迷雾，然后侧目看着明亮耀眼的模糊，毫无疑问，那是一扇窗户。为了使自己摆脱这种依旧十分类似梦幻的朦胧，他伸手朝床边柜摸去，寻找他的眼镜。

只有当碰触它们的时候，或者更加确切地说，碰触到那块像裹尸布把它们裹起来的手帕时，只有在那个时候，弗朗兹才在梦的一个较低层面上想起那件荒唐不幸的事情。昨天晚上，他踏进这个房间，环顾四周，打开窗户（看到的只是一个昏暗的后院和一棵昏暗的呼呼作响的大树）；他先扯去肮脏的假领子，这个领子一直压迫着他的脖子，然后急急忙忙开始洗脸。他像一个低能的傻瓜，把眼镜搁在脸盆架的边上，脸盆的旁边。当他提起沉重的脸盆，想把盆里的脏水倒进桶里时，他不仅碰掉了脸盆架边缘的眼镜，而且还因为手里端着水来回晃动的脸盆，他笨拙不谐调地向侧面跨了一步，结果脚底下传来不吉利的"咔嚓"一声。

回忆起这一情景时，弗朗兹痛苦得扭曲了脸，嘴里发出阵阵呻吟。弗里德里希街上所有节庆的彩灯都被靴子一脚踩掉了。他不得不去修理眼镜：眼镜架上只剩了一块镜片，而且也已破碎。他触摸而不是重新检查这个伤残的家伙。从思想上说，他早该出门去寻找合适的修理店了。先得修好眼镜，然后才能去进行重要的、令人相当恐慌的拜访。他记得母亲反复叮咛，要他到达柏林当天早晨就去拜访（"这一天就像商人上门一样"），弗朗兹也记得那天是星期日。

他静静地躺着，舌头发出咯咯的声响。

复杂而又熟悉的贫困（没钱多买几套备用的昂贵生活用品），现在自然而然造成了惊慌。没有眼镜，他跟瞎子一样；然而，他必须开始穿越这个陌生城市的危险旅程。他想起了昨晚拥挤在车站附近的各种鬼怪幽灵，他们车子的发动机在隆隆作响，他们砰砰地使劲关车门；当时他戴的眼镜还是好好的，尽管雨夜已经使他视觉模糊，他还是穿过了昏暗的广场。踩坏眼镜之后，他便上床睡觉，没像原先日夜期盼的那样外出散步，没有在第一时间初次体验一下柏林的骄奢淫逸、光怪陆离和熙熙攘攘。相反，在痛苦的自我调节之中，就在到达柏林的第一个夜晚，他再次屈从孤独的生活习惯，而在出发来柏林之前，他已经发誓要改掉这种习惯。

但是，在冷冰冰的旅馆房间里、在模模糊糊的陌生生活用品中度过整整一天，无所事事，一直要等到星期一，饰有巨大蓝色夹鼻眼镜标记（要能看见才行！）的商店才会开门——这种前景简直让人难以想象。弗朗兹掀掉被子，赤着脚小心翼翼走到窗户跟前。

淡蓝色、柔和、灿烂的晨光迎接了他。院子的大部分空间都被深褐色的天鹅绒阴影所笼罩，那阴影好像是一棵树冠四展的大树；他只能依稀分辨大树顶端模糊的橘红色看上去好像是茂密的树叶。欣欣向荣的城市，真的是这样！室外一切都那么安静，与乡间灿烂的秋日一样超然宁静。

啊，原来吵闹的是这个房间！吵闹声包括令人烦恼的人类形形色色思想空洞沉闷的嗡嗡声，搬动椅子的哐啷声（椅子底下藏着一只找了半天没找到的袜子，可是近似瞎子的他却视而不见），流水的哗哗声，不知怎么从西装背心里滚出来的小硬币发出的叮当声，旅行箱被拖到远处角落里时发出的刮地声（搁在那里就不用担心再次绊倒），还有背景噪音——房间本身的嘎吱声和嘈杂声，就像放大了的海贝壳声音；与之形成鲜明对比的是那明媚的阳光、令人惊叹的宁静，就像置于院子阴凉地窖里昂贵的葡萄酒一样保存得那么完好。

弗朗兹终于克服了雾气造成的视觉上的斑斑点点，找到了自己的帽子，挣脱了怪模怪样镜子的拥抱，朝房门走去。只是他的脸上空空如也，也没戴眼镜。他摸索着顺利走下楼梯，楼梯上可爱的安琪儿正在一边擦亮楼梯扶手一边唱着歌曲。他给服务台接待员看了那张宝贵名片上的地址，知道该乘哪路汽车以及该在哪里等车等等。他犹豫了一会儿，搭乘出租车的想法像魔力一般强烈地吸引着他。但是他放弃了这个念头，不仅因为车费昂贵，而且因为如果他抵达时风头十足，潜在的雇主会认为他铺张浪费。

来到街上，他立刻淹没在流光溢彩之中。他看不清物体的外形轮廓，色彩也没有实质意义。像女人飘逸的服装从衣架上滑落一样，这个城市亮光闪闪，层层叠叠，奇异荒诞，无牵无挂，变化斑斓的灿烂光辉倦怠地悬浮在蔚蓝的秋日天空中。广场珠光宝气的荒漠那边，一辆汽车正飞速地穿过，不时鸣响新都市的喇叭；一栋栋粉红色的大厦高高耸立，突然，一道太阳的光束，一道玻璃的闪光，刺疼了他的瞳孔。

弗朗兹到达了一个貌似真实的街角。经过一番忙乱，他眯缝眼睛斜看，终于发现了公共汽车站模糊的红色标柱，就像当你潜入公共浴场的池子，看见支撑浴场的柱子在水中荡漾摇曳。几乎与此同时，一辆公共汽车黄色的幻影进入了视野。他踩到了别人的脚，那只脚立刻在他的脚底消融了，一切事物都在消融，弗朗兹紧紧抓住扶手，一个声音——显然是售票员的声音——在他耳边吼叫："快上车！"他还是第一次登上这种螺旋形的梯子（他家乡只有几趟老式有轨电车），公共汽车急剧一抖，开始向前行驶。惊恐之余，他瞥见柏油马路像一堵银色光亮的墙壁在升起，他赶紧一把抓住一个人的肩膀；汽车不可阻挡的拐弯力量带着他前行，在这过程中，整辆汽车似乎要颠倒过来，他急速登上最后几级楼梯，来到了汽车的顶层。他坐了下来，环顾四周，心里感到无助、愤怒。他正高高飘浮在城市的上空。脚底下的街道上，每当车流停顿，人们就会像水母一样游动。随后，公共汽车又动了，顺着街道行驶，街道一侧的房屋呈阴影般的蓝色，另一侧日光曚昽，就像云彩与柔软的天空融为一体，很难分清哪是天哪是云。弗朗兹第一次看到的柏林城就是这种样子——虚幻的色彩，虚无缥缈，与各种色调水乳交融，一点儿也不像他粗俗土气的梦境。

他乘对汽车了吗？售票员说，没错。

清新的空气在他的耳边呼啸作响，汽车的喇叭声此起彼伏，美妙动听。"呼"的一声，掠过几片枯树叶，一根树枝差点没刮着他。他问身旁一位乘客，他应该到哪里下车。结果得悉离这儿还远着呢。他开始数车站，以免再次问别人；他试图分辨交叉的街道，但没成功。汽车的速度，清新的空气，秋天的香味，世界上让人头晕目眩、镜子一般的特性，全都融为一种脱离躯壳的异样感觉；弗朗兹故意转动一下脖子，为的是感受一下领扣的硬头，在他看来，领扣硬头是唯一能够证明他存在的东西。

终于，他的那一站到了。他费劲地从陡楼梯上下来，小心翼翼地踏上人行道。渐渐远去的汽车高处，一个面孔模糊不清的旅伴朝着他高声叫喊："在你右边！第一条街，在你的——"弗朗兹一边挥手致意，一边走到拐角处向右拐。寂静，孤独，金色的迷雾。他感到自己正迷失方向，融化在这迷雾之中；更糟糕的是，他看不清房屋的门牌号码。他感到腿脚发软，浑身冒汗。终于，他看见一个模糊的路人，便上去搭讪，问门牌五号在哪里。那个过路人离他很近，树影在他的脸上奇怪地晃动；突然，弗朗兹觉得他认识此人，前天他就是从他那里逃走的。人们几乎可以完全确信，这是阳光和树影斑点捣的鬼；然而，弗朗兹受到的惊吓不小，他赶紧避开目光。"穿过大街就是，你可以看见白色的篱笆，"那人轻松活泼地说，说完就继续赶路。

弗朗兹没有看见任何篱笆，不过发现了一扇边门，于是就摸索门铃按钮，按了下去。门发出一种古怪的嗞嗞呼叫声。他等了一会儿，又按了一次，小门又发出嗞嗞的呼叫声。没人来开门。边门里头是个花园，朦朦胧胧一片绿色，一栋别墅飘浮在那里，宛如一种轮廓模糊的映像。他想自己开门，但就是打不开。他咬咬嘴唇，再次按下门铃，而且将手指长时间按着门铃不放。还是同样单调的嗞嗞声。突然，他发现了开门的诀窍：揿按钮的同时将身体倚着门，门"嘎吱"一声猛地开了，他差点扑倒在地。有人对着他高声喊道："你找谁？"他转向那个声音，分辨出是个女人，她穿着一件淡颜色的连衣裙，站在通往别墅的沙砾路上。

"我丈夫还没回家。"弗朗兹回答后，那声音停顿了一会儿说。

他眯起眼睛，勉强辨认出耳环闪动的亮光和光滑的黑发。她既不是个凶神恶煞的女人，也不是个花里胡哨的女人，由于他冒冒失失过分急切，想看得更清楚些，于是就凑上前去，离她十分近，以至于在荒唐的一瞬间，女主人以为这个鲁莽的闯入者想用他的双手捧住她的脑袋！

"我有很重要的事，"弗朗兹说，"是这样的，我是他的一个亲戚。"他站在她面前，拿出皮夹子，开始在皮夹里翻找那张著名的名片。

她觉得好像以前在哪里见过他。他的耳朵在阳光下红红的，有点半透明；他稚嫩的前额上冒出了细微的汗珠，亮晶晶的，就挂在他乌黑短发的发梢。她猛地想起来了，像魔术师一样，将眼镜戴到那张倾斜的脸上，然后又马上摘掉。玛莎笑了。与此同时，弗朗兹找到了那张名片，抬起了头。

"在这里，"他说，"我是应邀而来的。要我星期天来。"

她看了看名片，又笑了。

"你舅舅去打网球了，会回来吃午饭的。不过，你知道吗，我们已经见过面了。"

"Bitte[1]？"弗朗兹一边回答一边睁大眼睛看她。

后来，当他回想起这次会面、花园的幻景、那条似乎正在被阳光融化的连衣裙时，他感到十分惊讶，他竟然花了那么长时间才认出她！只相隔三步之遥，他至少能像正常人那样透过薄纱般的朦胧分辨清楚人的面容。他有点天真地对自己解释道，那之前从没见她不戴帽子，所以没想到她的头发是在中间分缝，后脑勺还打了个发髻（这是玛莎唯一不追求时髦的地方）；可是要解释事情是怎样发生的依然不那么简单，即便在那种模模糊糊、虚无缥缈的感觉中，也没有再次出现前天让他神魂颠倒的那种同样的兴奋、同样的魔力。打那以后，他似乎觉得，那天早晨他坠入了一个虚无缥缈的不能再现的世界，这个世界只短暂存在了一个周日，在这个世界里，一切都那么微妙缥缈，那么光辉灿烂，那么摇摆不定。在这场梦幻中，任何事情都可能发生：所以情况确实如此，那天早晨，弗朗兹躺在旅馆的床上，确实没有醒来，而只是进入了睡梦的下一个层面。在他的近视所导致的虚幻梦境中，玛莎根本不像火车上那位贵妇人，火车上那位贵妇人美丽如画，但打起哈欠却像只母

1　德语，您说什么。

老虎。他粗略见过、随后淡忘的她圣母马利亚一般的美貌此时此刻完美地出现在面前，仿佛这就是她真正的魅力所在，此时在他的面前容光焕发，没有半点掺杂，没有瑕疵，没有架子。他不能确切地说他是否认为这个朦胧的贵妇人妩媚动人。近视就是纯洁。再说，她是有夫之妇，他的整个前途都要仰仗她的丈夫，他受嘱咐要尽一切可能榨取她的男人。与前天那个美丽动人的陌生人相比，眼前的事实使这个女人比起初次相识那一刻显得更加遥远，更加高不可攀，他随玛莎沿着花园小路朝着他手指的那栋别墅走去，边走边不住道歉，说他身体瘦弱，眼镜碎了，眼镜店关门了，还不住惊叹世界上竟然有这么巧的事情，总之，竭尽全力想使她尽快喜欢他。

靠近别墅门廊的草坪上竖着一顶非常高的海滨遮阳伞，伞下有一张小桌子和几把柳条椅。玛莎坐了下来，弗朗兹咧着嘴笑，眨巴着眼睛在她身边坐下。她觉得她的这个花园已经把这个年轻人完全镇住了，花园虽小，却造价昂贵，里面有五个大丽花花圃、三棵落叶松、两棵垂柳、一棵木兰。她不愿去验证弗朗兹那双可怜的近视眼是否能够分辨遮阳伞和观赏树。如此高雅地 auf englische weise[1] 接待他，她感到非常得意，用梦想不到的财富使他倾倒；她还期待着向他炫耀那栋别墅，客厅里的微型艺术品，卧室里的东印度椴木家具，听听这个相当英俊的青年发出钦佩赞美的感叹。通常，她的客人都来自她自己

1　德语，用英国人的方式。

那个圈子，她早就厌倦让这些人感到惊讶。现在来了这个乡巴佬，她有一种柔情似水的快感。这个青年戴着浆过的衣领，穿着紧身的裤子，给她提供了一个机会，重新燃起她在新婚头几个月里所感受的那种自豪。

"这里这么安静，"弗朗兹说，"我以为柏林非常喧闹呢。"

"是啊，可我们几乎是住在乡下，"她回答。她感到自己年轻了七岁，她补充说："那边那栋别墅属于一个伯爵，一个非常慈祥的老头，我们经常见面。"

"非常宜人——这个安静朴质的环境。"弗朗兹说。他稳步展开主题，并且已经预见到会走进死胡同。

玛莎看着他那只肤色苍白、指节粉红的手，细长的食指平坦地按在桌面上，其他细细的手指都在轻微颤抖。

"我经常在想，"她说，"我们对谁更加了解——每天在同一个房间里生活五个小时的人，还是一个月里每天只见面十分钟的人？"

"您的意思是？"弗朗兹说。

"我想，"她继续说，"真正的要素不是时间多少，而是交流多少——生活和生活状况的交流。告诉我，你与我丈夫究竟是什么关系？第二个外甥，对不？你打算在这里工作，这很好，像你这样的年轻人应该要让你们多工作。他生意做得很大——我是说，我丈夫的公司很大。不过，我敢肯定，你一定已经听说过他那个著名的大百货商场。也许百货商场这个词夸大了，他的商场只卖男士商品，不过，男士商品应有尽有，包罗万象——领带、帽子、体育用品等。他的办公室在城市的另一端，他还从事各种金融活动。"

"万事开头难，"弗朗兹边说边用手指咚咚敲击桌子，"我有点害怕。不过我知道你丈夫是个非常了不起的人，一个非常慈祥的人。我母亲敬重他。"

这时，不知从何处闪出一条狗的幽影，仿佛是来表达同情；走近仔细一看，原来是一条阿尔萨斯狼狗[1]。狗低下头，把一样东西叼到弗朗兹的脚边，然后，后退一点，暂不干扰他们，只是期待地候着。

"它叫汤姆，"玛莎说，"汤姆在狗展上获过奖，对不对呀，汤姆？"（她只在客人面前对汤姆说话。）

出于对女主人的尊重，弗朗兹捡起狗递给他的东西。那是一个湿漉漉的木质球，上面满是可触摸到的牙印。他一捡起那个球，把球拿到面前，狗影就一下子从模糊的阳光中跃出，变得生龙活虎，几乎把他撞离椅子。他赶紧扔掉那个球。汤姆消失了。

木球正好滚到大丽花圃中，不过，弗朗兹当然视而不见。

"好狗！"弗朗兹一边在磨擦轧光印花棉布的椅子扶手上擦拭弄湿的手，一边厌恶地说。玛莎正朝别处张望，汤姆在发狂似的寻找它的玩物，她担心狗把花圃胡乱践踏了。她拍拍手。弗朗兹也礼貌地跟着拍手，他把责备当成了喝彩。幸运的

1　Alsatian，产于德国，适合于看家、导盲或作警犬和军犬用。

是，就在这时，一个男孩骑着自行车从门前经过，汤姆立刻忘记了木球，迅猛冲向花园的栅栏，沿着整条栅栏一边狂吠一边狂奔。随后，它立刻安静下来，一路小跑回来，在玛莎冷冷的目光注视下，躺在门廊的台阶边上，懒洋洋地伸出舌头，像狮子一样缩起一只前爪。

玛莎谈起了蒂罗尔，弗朗兹侧耳倾听，玛莎的嗓音响亮、任性，他正慢慢熟悉这种腔调，他觉得那条狗并没离得很远，也许随时都会把那个黏糊糊的木球叼回来。他怀旧地想起了一位龌龊老太的龌龊哈巴狗（与他母亲的宠物狗有亲缘关系，也是它的大敌），他好几次设法巧妙地踢了它。

"不过，不知怎的，你知道吗，"玛莎说，"人有受约束的感觉，会想象那些高山也许会在半夜里倒下来，砸在宾馆上，就压在我们的床上，把我压在下面，还有我的丈夫，压死所有的人。我们正在考虑去意大利，可是不知怎的，我没了兴趣。它非常笨，我们的汤姆。玩球的狗都很笨。来了位陌生的先生，在它看来，他是家庭的新成员。你第一次来到我们这个伟大的城市，对不？你觉得这里怎样？"

弗朗兹有礼貌地用一只粉红的手指指了指眼睛："我像个瞎子一样，"他说，"在配好新眼镜以前，我没法欣赏任何东西。我看见的只是各式各样的颜色，这毕竟不太有趣。不过，总的说来，我喜欢这个城市。这里真安静，在这棵黄色的树下。"

由于某种原因，他脑海里闪过一种想象——一个让人难以捉摸的想象——在这一瞬间，他母亲正与动物标本剥制师的妻子弗劳·卡梅尔斯平纳一起从教堂回来。与此同时——奇观中的奇观——他在这阳光灿烂的朦胧中与这位看上去朦朦胧胧的女士进行着这一场困难而有趣的谈话。一切都非常危险，她说的每个字也许都会让他上当。

玛莎注意到他稍微有点结巴，还有紧张兮兮地不时吸鼻子的样子。"他头晕目眩，局促不安，可又是那么年轻，"她想道，心里的感受非常复杂，既瞧不起他又很可怜他，"热情、健康、年轻，易于摆布，可以随意操控塑造，直至使他变得让你满意。不过，来我家以前，他应该先把胡子刮一刮。"她试探地开了口，想看看他会如何反应：

"如果你打算在一家时髦商店工作，我的好好先生，那么你必须培养一种更加自信的风度，刮掉你那男人的下巴上的那些黑胡子！"

正如她所预想的那样，弗朗兹失去了他的矜持。

"我回去配一副新眼镜，我是说近视眼镜。"他解释说，或者说他局促不安，口齿不清地说。

她随他含糊不清地拖着声调说话，心里想这对他很有好处。一时间，弗朗兹的确感到非常不自在，但并不是她所想象的那样。使他慌乱的不是她的进谏，而是她的语气突然变得粗俗刺耳，有点像在粗声地喊："嗨！"好像在做示范一般，说"自信"两个字的时候，她的肩膀猛地往后一耸。

不和谐的插曲很快过去了：玛莎再次融入了他周边世界那

种富有魅力的混沌朦胧，她恢复了她那种优雅的谈话方式。

"这里的秋天比你家乡的果园凉快。我喜欢甘美多汁的水果，不过我也喜欢清爽寒冷的天气。我皮肤的肌理和体温特别敏感，一阵轻风或者一股寒流就会刺激到它。天哪，我不得不为这一点伤神。"

"我家乡那边现在还能游泳呢，"弗朗兹评论说。他准备跟她说说那条著名的河流，河上有一座座拱形的桥梁，河水清澈透明如诗如画，流经他家乡的小镇，在玉米地和葡萄园之间蜿蜒流淌。赤裸着身子在河里游泳是多么惬意！花几个便士就可以雇一条"招手即停的筏子"，然后直接从筏子上跳入水中。就在这时，一辆汽车按着喇叭在大门前停了下来，玛莎说："我丈夫回来了！"

玛莎的眼睛盯着德雷尔，心里琢磨着丈夫的外貌能否给这个年轻的外甥留下深刻的印象，她忘了弗朗兹已经见过他，而且现在几乎看不清他。德雷尔迈着轻快的步子走了过来。他身穿一件白色的外衣，脖子上围着一条白色的围巾。胳膊下夹着三个凸出的球拍，每个球拍的布袋颜色各不相同——褐紫红、蓝色、深紫红；他嘴上留着黄褐色的八字须，黄光闪烁，活像一片秋天的树叶。德雷尔奇怪的装束并没让玛莎感到恼火，但是她与弗朗兹的谈话被打断了，她不再独自与弗朗兹在一起，不再是弗朗兹唯一关注的人，不再是唯一使弗朗兹感到惊愕的人，这让她感到很生气。她对弗朗兹的态度不由自主地变了，好像"他们之间有了什么隔阂"，现在她丈夫来了，这使他俩的行为举止变得比较谨慎。此外，她当然不想让德雷尔明白，这位她以前曾经指责过的穷亲戚其实并不算太糟糕。因此，当德雷尔跟他们在一起时，她想用不显眼的手势向他表示：现在他来了，她终于解放了，不用再陪这位乏味的客人了。不幸的是，当德雷尔来到跟前时，他的眼睛始终看着弗朗兹，而弗朗兹则费力地眯缝起眼睛，慢慢聚焦斑驳朦胧的光亮，他站起身来，打算欠身鞠躬。德雷尔观察敏锐、自有一套，他喜欢玩一些记忆小窍门（他经常自己跟自己玩一种游戏，尽量回忆等候室里的各种图片，等候室是寒酸的图片拘禁地），已经从远处立刻认出了他们最近的旅行伴侣，心想，这家伙是否前来递送玛莎在旅途中遗忘的一封未打开的女帽设计商的信？不过，他突然想起另一件事，一件有趣得多的事情。玛莎已经习惯了丈夫脸上那种焰火般的表情，看见他剪短的八字须在抽动，他眼睛两侧鬓角处的皱纹在成倍地增加、颤抖。随后，他突然哈哈大笑，笑得那么剧烈，以至于在他身边绕圈跳跃的汤姆禁不住汪汪吠叫。德雷尔哈哈大笑不仅是因为这种巧合，而且因为他推测这位亲戚乘坐在同一个车厢里，也许听见玛莎说了亲戚的某些坏话。玛莎说了些什么，弗朗兹是否听见了，他已经记不起来了，不过，肯定说过一些不中听的话，这种撩人的难以确定的想法加剧了这种巧遇的幽默性。说起人情世故，他也想起——他外甥正忙着逗弄汤姆——有一次，当他正在稀里哗啦淋浴时，有个熟人给他打电话。玛莎隔着浴室门高声喊道:"那个老笨蛋瓦塞尔史卢斯来电话啦!"——五步以外,桌子上的电话听筒像闹剧里的偷听者那样窝起耳朵听着呢!

他一边与弗朗兹握手一边哈哈大笑,他坐进一把柳条椅的时候仍在大笑。汤姆继续吠叫。突然,玛莎冲上前来,用手背狠狠揍了一下汤姆,手上的几个戒指闪闪发光。汤姆一声呜咽,灰溜溜地跑了。

"真令人高兴,"德雷尔边说(他的高兴劲差不多已经消失了)边用一块丝绸大手帕擦眼睛,"这么说你就是弗朗兹——莉娜的儿子?经过如此巧遇,我们一定不要再拘礼节了——请不要称我先生,就叫我舅舅,亲爱的舅舅。"

"避免使用呼格语。"弗朗兹思绪飞速旋转。他开始感到轻松自如了。德雷尔在朦朦胧胧中擤鼻涕,他的模样看上去模模糊糊,有点滑稽可笑,像那些完全陌生的人一样毫无害处,像在我们的梦中模仿我们熟悉的人,像熟悉的朋友捏着嗓子跟我们说话。

"今天我身体不错,"德雷尔对妻子说,"知道吗,我饿了。我想年轻的弗朗兹也饿了。"

"过一会儿就开午饭。"玛莎说着站起身来,一下子消失了。

弗朗兹甚至感到更加轻松自如,他说:"很抱歉——我打碎了眼镜,几乎看不清东西,所以我有点糊里糊涂的。"

"你住在哪里?"德雷尔问。

"住在维的亚饭店,"弗朗兹说,"靠近车站。是个有经验的人介绍给我的。"

"好的。对，你是条好狗，汤姆。当务之急是找一间舒适的房间，离我们不太远，每月不超过四十或五十马克。你打网球吗？"

"当然打的。"弗朗兹回答，他想起了一个后院，一根二手的棕色球杆，那是他花一马克在一家小摆设商店里买的，它压在瓦格纳半身塑像底下；他还想起了一个黑色的橡皮球，一堵不配合的墙壁，重要的是墙上有个四方形的洞，洞里长出一朵墙头桂竹香。

"好！那样的话，我们可以在星期天打网球了。不过，你需要一套体面的套装、几件衬衣、柔软的衣领、领带、各种各样的衣物。你跟我妻子相处得怎样？"

弗朗兹笑了笑，不知怎么回答。

"好了，"德雷尔说，"我想午饭已经准备好了。工作的事我们以后再谈，在这附近一边喝咖啡一边谈。"

玛莎已经走出屋子站在门廊里。她冷冷地盯着她丈夫好一会儿，然后冷冷地点了点头，转身回到屋里。"他对下等人说话总是要用那种令人讨厌的、有损尊严的、和蔼可亲的口气，"她一边穿过乳白色的前厅一边想。前厅穿衣镜底下的小垫上周全地放着洁白的梳子和白背刷子。整栋别墅，从白粉刷过的露台到无线电天线都是那种样子——整洁干净，优雅好看，但总的说来，却不讨人喜欢，显得空空荡荡。别墅的主人认为这种说法只是开玩笑。至于女主人呢，她的品味既无审美情趣又无感情考虑；她只是认为一个二十世纪二十年代西柏林比较富裕的德国商人，应该有一栋完完全全像这种样子的别墅，也就是说，一栋和他商界朋友同一类型的别墅，那种位于柏林近郊的别墅。别墅具备各种便利设施，大部分都没使用过。比如，浴室里有一面面孔大小的旋转镜子——一面奇怪的放大镜，镜子上还有一盏电灯。玛莎曾经把镜子给丈夫用于刮胡子，但是丈夫很快就厌倦了它：每天早晨看着自己被照得锃亮的下巴肿胀到原来大小的三倍，还有一夜之间长出来的粗硬的胡子茬，让人实在难以忍受。客厅里的椅子很像时尚商店里展出的样品。写字桌上有一层完全没用的叠加台，台上安装了许多不必要的小抽屉，在放台灯的位置上放着一尊青铜雕像，雕像手里擎着一盏提灯。厅里有许多擦得一尘不染但不讨人喜欢的瓷器动物，它们的臀部被擦得透亮，以及各式各样的靠垫、坐垫，这些垫子从来没人靠过坐过，还有相册——尺寸很大的冒充有艺术价值的东西，里面镶着哥本哈根瓷器、哈根克普家具的照片——这些相册只被那些最愚钝或最腼腆的客人翻阅过。别墅里的一切，包括田园般的厨房架子上放着各式各样的坛坛罐罐，上面贴着标签：糖、丁香、菊苣等，都是七年前由玛莎亲自挑选的，她丈夫把刚搭好的小别墅模型放在绿草皮覆盖的托盘上，赠给玛莎；别墅依然空荡荡的，随时准备款待客人。玛莎买了些绘画，在一位艺术家的指导之下，将它们分别布置在各个房间。在那个时期，这位艺术家非常吃香，他认为任何绘画都可以被接受，只要它丑陋无比和毫无意义，涂着各种黏稠的色团，越邋遢越烂糊越好。遵循伯爵的建议，玛莎也在拍卖会上购买了一些古老的油画。在这些油画中，有那幅恢宏的肖像画，画的是一位贵族气质的绅士，长着连鬓胡子，身着时髦漂亮的晨衣，拄着一根细细的拐杖站立着，犹如片状电闪映衬着华丽的棕色背景，熠熠生辉。玛莎买下这幅画的道理很充分。在这幅画边上，在餐厅的墙壁上，她挂了一幅用达盖尔银版法拍摄的她祖父的照片；她祖父很早以前就逝世了，是一位煤炭商人，人们怀疑他在一八六〇年左右谋害了第一任妻子，将她淹死在山中的小湖里，可是没有任何证据。他也长着连鬓胡子，穿着晨衣，拄着一根拐杖；他的照片靠近那幅奢华的油画（由海因里希·冯·希尔登布兰德签名绘制的），巧妙地将她祖父的照片转变成一幅家族的肖像画。"我祖父，"玛莎会边说边指着那幅真迹油画，然后缓缓地用手一挥画个弧形，弧形中包括了那个不知名的贵族，受骗客人的目光就会从他祖父的照片转移到那幅肖像画。

可惜不管玛莎如何巧妙地把弗朗兹的注意力引向客厅魅力无限的摆设油画，弗朗兹既看不清照片油画，也看不清瓷器。他只能模模糊糊感到颜色的微妙融合，感觉到鲜花盛开，感觉到脚下地毯的柔软，因而也隐约感觉到这栋别墅室内陈设所缺乏的品位；但是，就玛莎而言，这些陈设都是必不可少的，她为此花费不少：一种奢华的氛围，在这种氛围之中，当第二杯淡金色的葡萄酒下肚之后，他开始慢慢感到晕乎乎了。德雷尔又给杯子斟满了酒。尽管弗朗兹没有吃早饭，可是他不敢举起叉子去分享第一道神秘的食品，此时他感觉到两条腿也好像完全融化了似的。他两次错把女佣赤裸的前臂当成了玛莎的前臂，过了好一会儿才意识到玛莎坐得离他很远，像个金色葡萄酒般的幽灵。德雷尔也像个幽灵，但是看上去比较温和，脸色红润。他正在兴致勃勃地谈论两三年前在一次恶劣的风暴中他乘飞机从慕尼黑去维也纳的经历，飞机如何上下颠簸左右摇摆，他如何想去嘱咐飞机驾驶员"一刻也不能停止操纵飞机"，他偶然遇见的旅伴如何继续镇静地玩纵横填字游戏。与此同时，弗朗兹正遇到难以置信的困难，他不知如何吃鱼肉香菇馅饼和接下来的甜食。他有一种感觉：再过片刻，他的身体就会完全融化，只剩下他的脑袋，嘴巴里塞满了奶油泡芙，开始像气球一样在房间里飘浮。咖啡和库拉索酒差点让他醉倒。德雷尔像一个用人的手臂取代辐条的风火轮，在他的面前缓慢旋转，他开始谈论弗朗兹将要从事的工作。他注意到了这个可怜家伙的精神状态，于是就没有细说。不过，他说了：弗朗兹很快就会成为一名出色的销售员，飞机驾驶员的主要敌人不是大风而是浓雾；刚开始工资不会太高，他要设法支付房租；如果弗朗兹愿意每天傍晚过来串门，那么他会感到很高兴的；如果明年欧美之间建立航线，他不会感到惊讶的。弗朗兹脑袋里像旋转木马在一刻不停地旋转，他的扶手椅也在房间里转圈滑翔。德雷尔对着他慈祥地微笑，他估计这样狂饮会遭到玛莎的斥责，可他还是不断向弗朗兹的脑袋里灌输巨大丰饶角 [1] 里的

1　cornucopia，象征丰饶的角，源于希腊神话，常为满载花果、谷物的羊角。

41

各种东西，因为不知怎的，他得酬谢弗朗兹，与弗朗兹的意外相遇给他带来了无限的乐趣。他不仅应该酬谢弗朗兹，而且还应该酬谢莉娜，感谢她脸颊上的那个疣，感谢她的发髻，感谢那把装有绿色香肠形颈靠的摇椅，颈靠上还绣着传奇故事"仅短短半小时"。最后，弗朗兹嘴吐酒气，口说谢谢，跟舅舅道别。他小心翼翼走下台阶来到花园，小心翼翼挤出大门，手里依然拿着帽子，消失在拐角处；这时，德雷尔心想，这可怜的年轻人回到旅馆房间睡个午觉该有多香啊！随后，他自己也乐而忘忧睡意浓浓，上楼去卧室休息了。

玛莎身穿宽大的橘黄色晨衣，赤裸的双腿交叉着，扎得很低的乌黑浓密的发髻映衬出光滑柔软的洁白脖颈——她正坐在梳妆台前磨光手指甲。德雷尔在镜子里看见她光滑的束发带、她紧锁的眉毛、她少女般的乳房。一股粗野但不合时宜的冲动驱散了他的睡意。他叹息了。这不是第一次他因为玛莎认为午后做爱是一种颓废的变态行为而感到遗憾。既然她连头也不抬，他明白她生气了。

他轻声地说——他想把事情搞得更加糟糕，那样就不会再感到遗憾了："吃过午饭你怎么不见了人影？你至少应该等到他离开。"

玛莎连眼皮都没动一动，她回答说："你是知道的，今天我们应邀要去参加一个重要的时尚茶会。你也赶紧梳妆打扮一下吧。"

"我们还有大约一小时呢，"德雷尔说，"事实上，我觉得还可以睡个午觉！"

玛莎依然一声不吭地用擦拭软皮磨光指甲。他一甩手扔掉了他那件所谓的诺福克夹克衫，一屁股坐在长沙发边缘，开始脱掉他那双沾着红沙子的网球鞋。

玛莎的身子弯得更低了，她唐突地说："真是不可思议，有人竟然没有一点点尊严感！"

德雷尔嘟哝了一下，悠闲地脱掉他的法兰绒裤子，接着又脱掉了白色的丝袜。

过了一两分钟，玛莎对着梳妆台玻璃台面咕咕哝哝了一阵，她说："我倒想知道那个年轻人现在对你的看法。不拘礼节，叫我舅舅……闻所未闻。"

德雷尔笑着扭动了一下脚趾。"在公共网球场打球已经玩腻了，"他说，"明年春天，我要参加一个网球俱乐部。"

玛莎猛地转身朝向他，一只胳膊撑着椅子的一个扶手，下巴搁在她的拳头上，一条腿交叉着压在另一条腿上轻轻晃动。她仔细端详着丈夫，看到他的眼神里一副半开玩笑半色眯眯的样子，不由得怒火万丈。

"你如愿以偿了吧，"她继续说，"你照顾了你宝贝的外甥。我敢打赌，你已经给他作了许许多多的许诺。请你遮掩一下好吗，赤裸裸的，真恶心！"

德雷尔穿着晨衣，舒适地躺在大花型瑰丽印花装饰布沙发上。他心里琢磨，如果他现在说了下面这些话，将会发生什么事情呢：你有你的怪癖，我亲爱的，比起你丈夫赤身裸体，你的一些怪癖是比较难以原谅的。旅行时，你不坐一等车厢，而坐二等车厢，因为二等车厢的条件和一等车厢的差不多，但可以节约一大笔钱，能省二十七马克六十芬尼，数额惊人哪！否则，这些钱早就落入那些设计一等车厢的骗子们的口袋了。你踢了可爱的、能够表达爱意的狗，因为狗不应该大声发笑。那好吧——我们假设这一切都是对的。不过，请允许我也来玩一把——别管我外甥的事情……

"很显然，你不想跟我说话，"玛莎说，"嗯，那好吧……"她回头继续擦拭她宝石般的指甲。德雷尔心想：如果你想放纵一回，那好吧，来吧，来点健康有益的活动，或者好好哭一场。完事之后，你肯定会感觉好多了。

他清了清喉咙，准备说话，但是就像以前不止一次发生过的那样，到了最后一刻，他决定什么也不说了。不知道这是否是因为他希望用沉默，或者用洋洋自得的懒散来激怒她，或者也许他在无意识地担心，那样做会给他想维护的某种东西以致命一击。他身体往后倾斜，靠上那只三角靠垫；他的双手深深插进晨衣口袋，继续沉思冥想：玛莎为什么不吱声？不久，他的目光移至妻子那张宽大的卧床，床上罩着白色的床罩，上等细亚麻布，四周整整齐齐镶着网眼花边，可以洗涤，长和宽都是九十英尺，离开他的卧床很远；他的卧床也铺着花边床罩，床边有个床头柜，柜子上摊手摊脚地躺着一个腿细长、脸漆黑的布娃娃。这个布娃娃，还有床罩和炫耀的家具，既有趣又招人厌。

他打着哈欠，用手揉揉鼻梁。也许，马上更衣，然后去露台上阅读半个小时，更为明智。玛莎一下脱掉了橘黄色晨衣，弯曲胳膊去调整项链，她赤裸裸的天使般可爱的肩胛骨聚拢在一起，就像收起的翅膀。他愁眉苦脸地想：她还要过多长时间才能让他亲吻那两个肩胛；他犹豫了，再三考虑之后决定不去惹她，他穿过走廊，前往他的更衣室。

他出去后门刚无声地关上，玛莎就一下子站起来，猛地一扭，怒不可遏地把门锁了。这完全不像她的性格，是她无法解释的一时冲动；更加让人不可理解的是，因为她马上需要女佣，她还得马上打开门锁。很久以后，又过了许多个月，当她试图重新回忆那天的时候，她记忆最深刻清晰的就是这扇门和这把钥匙，好像一把普通的门钥匙碰巧就是打开那通往不太寻常的一天的钥匙。然而，用力扭动锁颈并不能驱除她的怒气。这是一种困惑不解、骚动紊乱的怒火，无处发泄的怒火。她非常生气，因为弗朗兹的拜访给了她一种奇怪的愉悦，为了这种愉悦，她不得不感谢她的丈夫。他们争论是否邀请穷亲戚，结果证明她是错的，而她刚愎自用、古怪乖僻的丈夫是对的。因此，她尽量不承认这种愉悦，那样她丈夫就继续是错误的一方。她明白她会很快再次体验到这种愉悦，她也明白，她敢断定，她的态度会使丈夫不再接待弗朗兹，也许她不该说刚才说过的那些话。在她的婚姻生活中，她还是第一次体验到某种她从未预想到的东西，某种格格不入的东西，在他们蜜月令人失望的惊诧之后，这种格格不入的东西不能像合法的方块那样揳入他们生活的拼镶图案。于是，因为一点琐事，因为偶然在一个荒唐偏僻的小镇逗留了一下，结果某件事情便开始发展，变得那么令人高兴，那么无可挽回。世界上没有一种真空吸尘器能使她头脑里所有的空间立刻恢复到以前那种一尘不染的状态。她的各种感觉能力变得含糊不清，人们很难通过逻辑去推断她为什么会喜欢这个笨拙热切的乡下青年；他细长的手指有些颤抖，眉宇之间有些丘疹，所有这一切都使她感到非常困惑，以至于她打算咒骂放在扶手椅上的那件新买的绿色连衣裙，咒骂正在五斗橱底部抽屉里仔细翻找东西的弗丽达肥大的臀部，咒骂镜子中她自己阴郁的样子。她看着一件珠宝首饰，首饰冷冷地反映着一个纪念日，她突然想起几天前自己三十四岁生日刚刚过去，一种奇怪的焦虑涌上心头，她开始在镜子里寻找皱纹的迹象，寻找皮肤松弛、眼袋显露的痕迹。不知何处传来一声轻轻的关门声，接着是楼梯嘎吱作响的声音（楼梯是不应该嘎吱作响的！），随后丈夫走调的口哨声渐渐远去，超出听力所及的范围。"他跳舞很蹩脚，"玛莎心想，"也许他网球打得不错，可他跳舞一直很差劲。他不喜欢跳舞。他不知道如今跳舞有多时髦。时髦而且必不可少。"

玛莎暗暗记恨无能的弗丽达，她将头伸过连衣裙柔软皱缩的圆领，连衣裙绿色的影子由上往下掠过她的眼睛，她从圆领里钻出脑袋，挺直身子，弄平臀部周围裙子的皱褶；突然，她感到自己的灵魂暂时受到了这条凉凉的翡翠色连衣裙的约束。

楼下，四方形露台的地面是水泥的，宽宽的栏杆上攀爬着紫色和粉色的植物，德雷尔坐在一张花园小桌边的一把帆布椅子里，大腿上搁着一本打开的书本，眼睛凝视着花园。栅栏外一辆豪华的"伊卡洛斯"牌黑色轿车已经在等候。新司机胳膊肘撑着栅栏，隔着栅栏与花园里的园丁闲聊。一缕后响冷冷的日辉穿透了秋日的空气。幼树清新蓝色的影子沿着洒满阳光的草坪舒展，所有的影子都朝着同一个方向延伸，仿佛都争先恐后看谁先到达花园白色的侧墙。远处，大街那边，公寓大楼草绿色的外墙非常醒目，一个身着衬衣的光头小个子男人神情忧郁地倚靠在挂在窗台上的红被子上。花匠已经两次提起手推车，可每次刚提起推车又转身朝向司机。随后，他俩都点燃了香烟。一缕烟雾清晰地冉冉飘起，沿着轿车锃亮的黑色侧面飘然浮动。树影似乎已经又往远处延伸了一点，不过，阳光依然灿烂地从右侧照耀着大地，从伯爵别墅的角落后面照来；伯爵的别墅处于较高的地势，四周的树木也较高大。宠物狗汤姆沿着花圃懒洋洋地溜达着，它怀着一种责任感开始追逐一只飞得很低的麻雀，不抱有任何成功的希望，随后，在手推车边上躺下，鼻子搁在爪子上。一提到露台两字——多么宽敞，多么凉爽！一只蜘蛛织成的漂亮的蜘蛛网从露台栏杆角落里的鲜花连接到旁边的桌子上。洁净如洗的淡蓝色天空中有一部分地方飘浮着一些碎云，像一缕缕鬓发，非常滑稽，就像海平线上的云彩一样，都是一个模样，柔和纤细，飘浮在一起。该听的都听了，该说的都说了，花匠终于推起手推车走了，在沙砾小路的交叉路口精确地拐弯，汤姆懒洋洋地起身，跟在花匠后面向前走去，像装了发条的玩具，花匠拐弯，它也拐弯。在德雷尔膝盖上躺了很久的俄国作家所著的《死魂灵》[1]滑落到了露台的石板地上，他也懒得弯身将它捡起。太舒适了，太自在了……毫无疑问，第一个完蛋的将是那边的苹果树。司机坐进了汽车的驾驶座位。此时此刻，他在思考什么，了解一下会很有意思。今天早晨，他的眼睛曾奇怪地眨动。是不是因为他喝了酒？是不是因为司机尖叫了，酗酒了？两个戴着黑色大礼帽的男人从花园前走过，他们可能是外交官或企业家。不知从何处飞来一只红纹丽蛱蝶，停在了桌子的边缘，展开它的翅膀，开始慢慢扇动，好像在喘息；它黑棕的茸毛底色多处露出伤痕，鲜红色的条纹已经褪色，翅膀的边缘也已磨损——可是这个小生命依然那么可爱，那么喜庆……

---

1 俄国作家尼古拉·果戈理所著的长篇小说。

三

　　星期一，弗朗兹挥金如土了：他买了一副眼镜，眼镜店老板拍胸脯担保它是美国货。眼镜架子是玳瑁壳做的——众所周知，海龟经常被人用各种方式嘲笑，毫无疑问，原因也就在此。装上合适的镜片之后，他戴上了新眼镜。弗朗兹心里和耳根处立刻有一种舒服和平静的感觉。视觉模糊消失了。宇宙杂乱的各种色彩再次回归它们各自的空间和细胞。

　　为了在这个全新显赫的世界里确立自己、证实自己，他还得去做一件事情：他得为自己找一个栖息之地。他想起德雷尔前天许诺过，愿意为他购买许多奢侈品买单，弗朗兹开怀大笑，颇为得意。德雷尔舅舅有点古怪，但非常具有利用价值。舅舅说得非常对：弗朗兹没有几件像样的衣服怎么行呢？不过，我们先要寻找住处。

　　今天没有太阳。低沉灰色的天空中散发出一股淡淡的寒气。柏林的出租车颜色呈深绿色，车门上有一个由黑白条纹组成的格子图案，简洁利索。这边那边零零星星分布着蓝色的邮箱，为了与秋天的色调匹配，这些邮箱刚刚重新油漆过，看上去特别闪亮黏糊。他发觉这个区域的街道安静得令人失望，事实上，大都市的街道是不应该这样安静的。有意思的是记住它们的名字，记住那些有用的商店和办事处的地址——药房、食品杂货店、邮局、警察局。德雷尔为什么坚持住在离市中心那么远的地方？这里有那么多空地，那么多小公园和铺着草皮的广场，那么多松树和桦树，还有正在建造的一栋栋别墅和一个个菜园子，他感到沮丧。这一切都使他过多地想起边远落后的家乡。一个胖乎乎的不太漂亮的女佣正在遛狗，他觉得这条狗有点像汤姆。儿童们正在玩球，或者在柏油马路上抽打陀螺。他也曾这样玩过陀螺。只有一件事情使他觉得自己处在大都市里：一些悠闲散步的人们穿着时髦漂亮的衣服！比如，灯笼裤，膝盖以下非常宽松，那样可以使穿了羊毛长筒袜的胫部显得修长漂亮。他以前从没见过这种款式，尽管他家乡的男孩们也穿膝下扎紧的灯笼裤。还有那些上流社会的纨绔子弟，身着双排纽扣的夹克衫，肩部非常宽，臀部非常紧，裤腿简直像大象的鼻子，裤腿的翻边几乎盖住鞋子。帽子也非常奢华，领带相当艳丽；当然还有姑娘，到处都是姑娘。慈悲的德雷尔！

他一边摇头一边慢慢地行走，舌头还发出咯咯的声响，每时每刻都在环顾四周。那些秀色可餐的轻佻女子，他几乎边想边说出声来！他透过咬紧的牙齿"咝"地吸了一口气。多么漂亮的小妞！多么性感的屁股！足以让人发疯！

在家乡，走在轻车熟路、令人腻烦的街头，他当然已经有过许多次同样痛苦的反应，这种难以捉摸的诱惑实在撩人。不过，在过去，病态的羞怯使他不敢明目张胆、目不转睛地看姑娘。到了这里，情况则完全不同。他成了一个陌生人，这些姑娘是可以接近的，（他又"咝"地吸一口气），她们习惯色眯眯的窥视，她们喜欢这样的目光；与她们中的任何一位搭讪，开始与她们进行欢快淫荡的交谈都是可能的。他会这么干的，不过，先得找一个房间，在那里迅速脱去她的衣服，并占有她。四十至五十马克，德雷尔说过的。这意味着至少要花五十。

弗朗兹决定有条不紊地开始行动。每隔三四栋房子，门上就有一块小告示牌，标明供出租的房间。他查阅了一张新买的柏林地图，再一次估算了从舅舅的别墅到此地的距离，发现距离很近。有一栋外表崭新漂亮的房子，绿色的大门很好看，门上贴着的一张白色卡片吸引了他，他轻快地按了按门铃。只有当他按了门铃以后才发现，那张白色卡片上写着"油漆未干"！可是已经太晚了。他右侧有扇窗户打开了。一位留着短发、身着黑色背带衬裙、光着肩膀的年轻姑娘探头张望弗朗兹，她把一只白色的小猫紧紧抱在胸前。看着这赤裸的景象，他的嘴唇干了。这姑娘真迷人：毫无疑问，是个做针线活的姑娘，不过，很迷人，希望别太贵了。"你找谁？"她问。弗朗兹哽住了，只是傻乎乎地笑，相当厚颜无耻地说："也许找你，呢？"说完，他立刻感到很尴尬。

她好奇地看着他。

"嗨，别装蒜了，"弗朗兹笨拙地说，"让我进去吧。"

姑娘转身对房间里的某个人说："我不知道他想干啥！你最好自己去问他。"这时，姑娘肩膀的上方探出了一个中年男子的脑袋，他的牙齿间叼着一个烟斗。弗朗兹压了压自己的帽檐，急忙转身离开，继续往前走去。他发觉自己依然在傻笑，并发出一声轻轻的悲叹。"真是胡来，"他怒气冲冲地想，"不过，这不算什么。别把它放在心上。"

他花了两个小时在四个不同街区探访了十一处房间，严格地说，它们中的每一个房间都非常可爱，可是，每个房间也都有一点小小的瑕疵。比如，有个房间还没有打扫干净，当他看见那个服丧的女人目光呆滞，回答他的提问时带着一种倦怠绝望的神色时，弗朗兹猜测她丈夫一定是在那个房间去世的，而她正不遗余力骗他租下。另一处房间有个更简单的缺点：比德雷尔提出的租金贵出五马克，否则那个房间完美无缺。第三处房间的墙壁上有着棕色的污迹，墙角里有个老鼠夹。那第四处房间紧连着臭气熏天的厕所，而且那个厕所也可从走廊进入，邻居家的人也可使用。第五处房间……一时，这些房间连同它们的优点和缺点搅得弗朗兹脑袋晕乎乎的，唯一一处完美无缺别具特色的房间是那个租金五十五马克的房间。他突然感到没有必要继续寻找，他无论如何不会自己贸然下决定，因为担心作出糟糕的选择，以致错过许多其他的好房间；可是转念一想，很难想象还有比那个他喜欢的房间更好的住处了。那个房间位于一条环境宜人的小街上，街上有一家熟食店。房东说消息已经传得满城风雨，街角处将建造一个电影院，这会给周边地区带来生气和活力。卧床上方有一幅画像，画的是一个裸体姑娘，倾身向前，在雾气朦胧的池塘里冲洗双乳。

"好吧，"他想了想说，"现在是十二点三刻，该吃午饭了。一个绝妙的主意：到德雷尔家吃饭，问问他们，在作决定的时候，我应该特别注意什么，如果他认为多出五马克不是问题的话……"

弗朗兹聪明地使用他的地图（他附带着给自己许下诺言，要紧的事一办完，就马上乘地铁去这个杂乱无章的柏林城最奢淫的地方），不费吹灰之力就找到了舅舅的别墅。别墅的外墙粉刷成颗粒状的灰色，给人一种坚固紧凑，也许甚至可以说是诱人的外观。花园里，树龄不长的果树上沉甸甸地挂满了一簇簇红色的苹果。他沿着小路嘎吱嘎吱地走着，这时，他看见玛莎正站在门廊的台阶上。她头戴帽子，身穿鼹鼠皮外衣，抬头仰望风云变幻的白色天空，正犹豫是否打开她的雨伞。看见弗朗兹到来，她脸上也没有露出笑容。

"我丈夫不在家，"她边说边用她那对漂亮的冷冰冰的眼睛注视着他，"今天他正在城里吃午饭。"

弗朗兹看了看她手臂底下夹着的手提包，看了看她外衣大领子上别着的人造紫堇花，看了看那把手柄发亮、短而粗的雨伞，意识到她也正要出门。

"对不起，打扰你了！"他说道，心里暗暗诅咒自己运气不佳。

"噢，没关系。"玛莎说。他俩一起朝着大门的方向走去。弗朗兹心里琢磨，下一步该怎么做——跟她道别？继续跟在她身边向前走？玛莎一脸不快，眼睛继续盯着前方，她丰满温暖的嘴唇半启半合。随后，她快速舔了舔双唇，说："真倒霉，我还得步行。昨晚我们的汽车撞坏了。"

的确，昨晚喝完茶、跳完舞之后，在回家的路上发生了一件不愉快的事。他们在不适当的时候试图超越一辆卡车，司机先撞了正在维修的有轨电车轨道木护栏，然后突然猛地转向，与卡车侧面碰撞，"伊卡洛斯"轿车转了个圈，撞毁在一根电线杆上。在这起可怕车祸发生的过程中，玛莎和她的丈夫在车里翻来转去，身体经受了各种想象得到的姿势，最后发现自己躺在了地上。德雷尔关切地问她是否受了伤？惊吓，寻找项链上的珠子，呆头呆脑围观的人群，撞毁车辆惨不忍睹的外观，满口脏话的卡车司机，盛气凌人的警察（德雷尔无论开什么玩笑都无法讨好警察）——所有这一切都使玛莎受到极大的刺激，她不得不服用两片安眠药，晚上只睡了两个小时。

"我没被撞死可算是个奇迹，"她郁闷地说，"可是，甚至连我们的司机也没受伤，这实在遗憾。"她慢慢伸出手，帮助弗朗兹开边门，因为弗朗兹无论怎么推，边门就是不开，只发出格格声响。

"毫无疑问，汽车是危险的玩物。"他态度不明地说。现在绝对是应该离开的时候了。

玛莎注意到了他的犹豫，并露出赞许的神色。

"你走哪条路？"她边问边把她的雨伞从右手换到左手。他戴的那副眼镜非常漂亮，看上去像电影《印度学生》中的男演员赫斯。

"我自己也不知道，"弗朗兹说着傻乎乎地开怀一笑，"其实我只是来征求舅舅对租房的意见。"这第一声"舅舅"叫得不那么自信，他决意在一段时间内不再重复这种称呼，让这种称呼在嫩枝上慢慢生长成熟。

"我也能帮忙出出主意，"玛莎说，"告诉我，遇上什么麻烦啦？"不知不觉地，他俩开始移动脚步，此时正沿着宽阔的人行道慢慢行走，人行道上四处散落着破碎的栗子和一踩就碎的瓜形树叶。弗朗兹擤了擤鼻子，开始向玛莎叙述起找房子的经过。

"嘿呀，这真是闻所未闻！"玛莎打断他的话说，"五十五马克？我敢肯定，你可以砍砍价。"

弗朗兹心头流过一阵初战告捷的喜悦，不过他决定不仓促行事。

"房东是个吝啬的怪老头，魔鬼亲自前去也没法让他减价。"

"这样吧，"玛莎突然说，"我愿意去那里，亲自与他谈谈。"

弗朗兹欣喜若狂。太幸运了！更别提能与这样一位身着鼹鼠皮外衣、嘴唇鲜红的美女并肩溜达，真是美极了！秋天刺骨的冷空气，轮胎沙沙作响——这才是生活！如果再穿上一套崭新的西装，系上一根艳丽的领带——那么他的幸福就完美了。

"今天'汤姆先生'在哪里？"他打听，"我还以为能看见它散步呢。"

"你见不到它，它被锁在园丁的工棚里了。它是条好狗，但有点神经质。我常常说，狗如果干净，是可以被接受的宠物。"

"猫比较干净。"弗朗兹说。

"噢，我讨厌猫。你骂狗时，它们明白，但是，猫就没治了——无法与人类交往，不懂得感激，啥也没有。"

"在家乡，我们射杀了许多流浪猫，我和一个同学干的，尤其在春天，沿着河流。"

"我的左脚后跟有点问题，"玛莎说，"需要你扶一把。"她一边朝身后和脚下看了看，一边将两个手指轻轻搭在他的肩上。没有一点分量。她用雨伞的末梢刮去一片粘在她鞋底上的枯树叶。

他们来到了广场。透过面前的脚手架，至少可以看见拐角处未来新影院的两个楼层。

玛莎用她的雨伞指了指，说："我们认识为电影公司经理合伙人工作的那个人，他在那里建造电影院。"

新影院要到明年某个时候才能建成。工人们正在劳动的景象像梦中的场景一般。

弗朗兹绞尽脑汁，试图想出某种更富有成效的话题。那次火车上的意外相遇！

"我仍然没法忘记我们在火车上的相遇是多么奇怪，简直不可思议！"

"是啊，是一种奇遇。"玛莎说，心里却想着自己的心思。

"听着，"当他们开始攀登五层楼陡峭的楼梯时，她说，"最好别让我丈夫知道我帮助了你。不，这不是什么秘密，只是我不想让他知道。"

弗朗兹鞠躬表示谢意。这倒不关他的事，然而他心想，她说的话是奉承呢还是侮辱。很难说。此时，他们已经在门口站了一会儿。没人回应门铃。弗朗兹再次按了按门铃，门"呼"的一下开了，一个身着背带裤、无领衫的小老头从里面探出一张布满皱纹的脸，他一声不吭地把他俩让进了屋里。

"我又来了，"弗朗兹说，"我能不能再看一次房间？"

那老头快速打了个招呼，拖着脚步引路穿越一条昏暗的过道。

"天哪，多么阴暗肮脏的地方！"玛莎心想，她简直要呕吐了。她该来这里吗？她能想象丈夫那种嘲弄般的讥笑：你责怪我，可现在你自己却在帮助他。

不过，房间却还过得去，明亮，干净。左侧靠墙放着一张也许会嘎吱作响的木床、一个脸盆架，还有一个炉子。右侧搁着两把椅子和一把故作奢华、被虫子蛀得千疮百孔的长毛绒扶手椅。房间中央有一张小桌，墙角置放着一只五斗橱。木床上方挂着一幅图画。弗朗兹看着这幅画，百思不得其解：一个在市场上出售的袒胸露乳的奴隶姑娘，三个犹豫不决的好色之徒正色眯眯地斜睨着。它甚至比九月沐浴的仙女更具艺术魅力。她一定在某个别的房间里——对，一定是的，在那个散发着臭气的房间里。

玛莎按了按床垫。床垫很坚实。她脱去一只手套，摸了一下床头柜，然后看了看手指表面。屋外某处传来了《黑眼睛的娜塔莎》，这是她喜欢的流行歌曲，从不同楼层上的两个不同的收音机里传来的，歌声飘荡，与建筑工地乐曲般的叮当声和谐地融汇在一起。

弗朗兹满怀希望地看着玛莎。玛莎用雨伞指着右侧墙壁，眼睛看着老头，用中立者的声调询问道："你为什么要搬走长沙发？很显然，以前这里摆放过某样家具。"

"长沙发开始下陷了，正在修理。"老头把头一歪回答说。

"以后你把它放回原处。"玛莎说。突然，她打开了电灯，眼睛向上方看去。老头也向上方看去。

"好吧，"玛莎边说边再次拿雨伞指着，"你提供床单，对不？"

"床单？"老头惊讶地重复道。随后，他把头歪到另一边，噘起嘴唇，想了一会儿，回答说："是的，我们可以找出些床单。"

"那么服务和清洗呢？"

老头拍了拍胸膛。

"一切全由我来做，"他说，"我包揽一切。我一个人。"

玛莎走到窗户跟前，看了看街上一辆装着板材的卡车，然后折回。

"你开价多少？"她冷冷地问。

"五十五马克。"老头警惕地回答。

"包括电费和早晨的咖啡？"

"这位先生有工作吗？"老头边问边朝弗朗兹的方向点头。

"有的。"弗朗兹立刻回应。

"五十五马克包括一切费用。"老头说。

"这太贵了。"玛莎说。

"不贵的。"老头说。

"贵极了。"玛莎说。

老头笑了。

"那好吧。"玛莎耸耸肩膀叹息道，她转身朝房门走去。

弗朗兹意识到这个房间即将永远打水漂了。他使劲挤压拉扯他的帽子，试图引起玛莎的注意。

"五十五。"老头忧心地重复道。

"五十。"玛莎说。

老头张开嘴巴，然后又倔强地闭上。

"那好吧，"他最后说，"不过，晚上十一点必须熄灯。"

"那是自然的，"弗朗兹顺着他说，"当然——我非常理解。"

"你希望什么时候搬进来？"他的房东问。

"今天，现在，"弗朗兹说，"我只需到旅馆取我的手提箱。"

"付点定金吧？"老头狡黠地笑着提议。

房间本身似乎也在微笑。回想起他年轻时凌乱的阁楼，这一切显得多么不可思议！当他试图入睡的时候，母亲还在烧毛机上忙碌。他怎么能够忍受如此长的时间？当他俩再次走上街头的时候，他的意识中残留着一种温暖的空虚，这空虚仿佛是因为他新租的房间陷入的一个由许多微不足道的小印象形成的温柔的混乱局面。当玛莎在拐角处与他道别时，她看见弗朗兹眼镜背后闪动着感激的泪花。她朝照相馆走去，去冲洗一些在蒂罗尔拍摄的快照，回想起刚才的对话，她心里理所当然地涌起一股自豪。

天上开始下起了毛毛细雨。一个个花店敞开大门，以吸收水分湿气。此时，雨真的下大了。玛莎找不到出租车，雨点不知怎么进入到雨伞的下面，洗去了她鼻子上的脂粉。一种焦躁不安取代了得意洋洋。昨天和今天都是新奇和荒唐的日子，当然很难让人理解，不过别具韵味，混沌之中透露出清晰的轮廓。就像这朦朦胧胧昏昏暗暗的景色，此刻高山的景色飘浮其中，变得越来越清晰，这场雨，这种多雨清新的湿润，在她的心灵中慢慢变成一幅幅闪烁的映像。有一次，一位被雨水浇透、热情、强壮、眼睛碧蓝的小伙，一位她丈夫在休假时结识的朋友，利用采尔马特的一场大暴雨，唬她进入一个门廊的凹处，紧紧挨着她，气喘吁吁地倾诉他炙热的感情，他的不眠之夜，她摇头拒绝，他在记忆的角落里消失了。又一次，在她的起居室里，那个愚蠢画家，一个手指甲肮脏不堪、没精打采的无赖，将他的嘴唇紧贴在她裸露的脖子上，她等了一会儿去弄清自己的感觉，什么感觉都没有，于是就用她的肘部猛击他的脸膛。还有一次——这是最近的一次映像——一位富有的商人，一个头发蓝灰色的美国人，上嘴唇长长的，一边玩弄她的手一边小声说她肯定会去他宾馆的房间，她笑了，含糊其词抱歉地说他是个外国人。与这些萍水相逢、令人恐惧的幽灵相处，被他们用冰冷的手迅速抚摸之后，她回到家里，耸耸肩膀，随随便便就将他们抛在脑后，就像她将打开的雨伞撂在门廊里晾干一样。

　　"我是个白痴，"她说，"怎么啦？我到底错在哪里？干吗要担心? 这种事迟早要发生。这是不可避免的。"

她的心情又一次变了。她痛痛快快地狠狠训斥了弗丽达一顿,因为那条狗不知怎的又进了屋,在地毯上留下了肮脏的脚印。喝茶的时候,她狼吞虎咽吃了很多小三明治。她打电话给车库,探听德雷尔是否遵守诺言,租了汽车。她给电影院打了电话,预订两张星期五首场公映的票子;随后,她打电话给丈夫;接着,给年迈的赫特维希夫人打电话,结果得悉那天德雷尔会很忙。德雷尔的确很忙。他全神贯注于另一家公司意外提供的机会。一连串谈判和各种应酬,他忘掉了弗朗兹,或者说他会在错误的时候想起他——在齐脖子深的温水里休息的时候、开车从办公室到工厂的时候、在床上抽烟的时候。弗朗兹会出现在他大脑望远镜错误的一端,在那里拼命做手势;德雷尔会在脑中答应马上去关心他,可是一转眼又开始思考其他事情了。

对于弗朗兹来说,那不是一种安慰。当一开始乔迁之喜的兴奋感过去之后,他问自己,下一步他该怎么走? 玛莎已经记下了他房东的电话号码,可是打那以后,没有任何动静。他自己不敢打电话,也不敢贸然拜访德雷尔夫妇,他不相信侥幸;上次的侥幸那么神奇,改变了他不合时宜的造访。他必须等待。很显然,迟早他会得到召唤的。但他并不享受这种等待的滋味。入住后第一天早晨七点半,房东给他送来一杯味道很淡的咖啡,装咖啡的杯子黏糊糊的,还有一个茶碟,里面放着两块糖,一块糖的一角是咖啡色的。房东用告诫的口气说:"上班别迟到了！喝了它，赶紧穿好衣服。抽水马桶放水冲洗别太用力！记住别迟到了！"

　　弗朗兹觉得他别无他择，只好整天离开这栋房子，去从事这个老头为他虚构的工作，在外面一直待到傍晚五六点钟，在城里吃点东西，然后回家。于是，他只好在城里，或者说在他看来似乎是这个城市最具大都市气派的区域四处游览。这些短途游览具有被迫的性质，因而新奇感荡然无存。到了傍晚，他已经精疲力竭，没法再实施自己的计划，他蓄谋已久的辉煌计划，从容地沿着性感诱人的街道闲逛，第一次好好地看一看那些真正的娼妓。可是，怎么去那里呢？他的地图好像很奇怪，有点误导游人。有一天万里无云，他四处游荡，走得够远了，突然发觉自己来到一条宽阔沉闷的林荫大道，街上有许多轮船公司的办事处和艺术品商店，他看了看指路牌，意识到这就是那条世界著名的街道，是他心向神往的地方。街道两旁矮小的椴树正纷纷扬扬飘落着树叶。街道一端尽头羽翼状的拱门被脚手架覆盖了。他横穿空阔的柏油马路，沿着一条运河溜达：有一个地方，水面之上有一块彩虹般的油斑，还有一股令人陶醉的蜜糖香味，这使他想起了童年；香味是从一艘驳船上飘来的，身穿粉色衬衫的工人们正在船上卸下一堆堆小山般的梨子和苹果。在一座桥上，他看见两个女人正在肩并肩地游泳，她们头戴闪闪发亮的游泳帽，故意呼呼地喷着鼻息，并且有节奏地挥动双臂。他在古物博物馆度过了两小时，仔细观看了令人惊叹的雕像、精美的石棺，还有驾驭双轮战车、棕色皮肤的士兵们反叛时的形象。他在破烂不堪的酒吧里、在大型公园相当舒适的长凳上长时间休息。他进入地铁深处，在红色的皮质座椅上栖息，呆呆地看着那些闪闪发光的柱子，柱子快速反射着各种金色的映像；他焦虑地等待着漆黑的哐啷作响的黑暗最终被奢华和邪恶的极乐世界所取代，那个世界一直在躲避着他。他也非常想找到德雷尔的大型百货商场，在他的家乡，只要一说起这个商场，人们就会肃然起敬。然而，厚厚的电话本里只列了他家里和办公室的电话。很显然，商场一定还有某个其他名字。弗朗兹还没意识到，柏林城的中心已经迁移到西部，他郁闷地在城市中心和北部的一条条街道里游荡，以为柏林最时髦的商店和最活跃的贸易点一定在这些街上。

他不敢购买任何东西，这使他十分痛苦。在这么短的时间里，他已经花了不少钱，现在德雷尔消失了，不知怎的，一切都变得难以预料，一切都使他充满了焦虑。尽管房东那么坚持整天把他赶出屋子，但他还是试着跟他交朋友。可是房东老头寡言少语，鬼鬼祟祟，一直暗藏在他那个小套间无人知晓的深处。然而，第一天夜晚，老头在走廊里遇见了弗朗兹，他再次提醒弗朗兹，拉抽水马桶的拉绳应该非常轻柔，否则会坏掉；他还给弗朗兹详细解释了该区警察局的种种神秘，并给了他一些表格，弗朗兹必须在表格中填写名字、婚姻状况和出生地。"还有一件事情，"老家伙说，"就是你那个女朋友。她不能来这里探访。我知道你很年轻。我自己也曾年轻过。我倒是准备允许你这样做，可还有我的妻子呢，明白吗——她碰巧暂时不在家——但我知道她永远不会允许这种探访。"

弗朗兹脸红耳赤，急忙点头同意。房东的臆断让他受宠若惊，激动万分。他幻想她看上去芳香温暖的嘴唇，她奶油般光滑细腻的皮肤，但立刻打消了这种习惯性念头的膨胀。"她不适合我，"他郁闷地想，"她孤高而冷漠。她生活在一个不同的世界里，有一个非常富裕、依然精力充沛的丈夫。如果我变得野心勃勃，那么她会让我卷铺盖回家的，我的前程就会被毁了。"再说，不管怎么说，他也许会为自己找到心上人的，她也会体态均匀，身材苗条，皮肤光滑，嘴唇丰满，头发乌黑。想到这里，他决定采取一些行动。早晨，当房东给他端来咖啡时，弗朗兹清了清喉咙说："听着，如果我额外再给你些钱，你会……我可以……我的意思是，我可以招待任何我想招待的人吗？"

"那要视情况而定。"老头说。

"额外多给几个马克。"弗朗兹说。

"我明白。"老头说。

"每月再多给五马克。"弗朗兹说。

"你太慷慨了！"老头说。他边说边转身离开，然后又用狡黠告诫的口吻补充说："不过，注意上班得迟到啰！"

结果玛莎讨价还价全都成了瞎忙活。弗朗兹十分清楚，他决定偷偷额外付费，实在是太轻率了。他的钱正在像冰雪

64

融化一样逐渐消失，可是德雷尔依然不打电话过来。连续四天，他八点准时气鼓鼓地离开屋子，然后在夜幕降临时拖着疲惫的身子回家。他已经完全厌倦了那条著名的大街。他给母亲寄了一张明信片，上面是勃兰登堡门[1]风景照，他在信上写道：他一切都好，德雷尔舅舅非常好。没有必要让母亲担惊受怕，尽管她也许应该为他的处境担忧。只有在星期五晚上，当弗朗兹躺在床上惊恐万分时，他才会自言自语，说大家全都把他忘了，他在一个陌生的城市里孤单无助。不过，他心里却有着某种邪恶的喜悦：他不再对光华照人、他梦中的情人玛莎忠贞不移，他让房东老头，卑鄙的恩里希特，允许他在套房肮脏的澡盆里洗个澡，然后带他去最近的妓院。就在这时，恩里希特用懒洋洋的嗓音招呼他接听电话。

弗朗兹十分激动，急忙套上裤子，赤着脚冲进走廊，朝着走廊尽头发亮的电话奔去，膝盖在一个大箱子上猛地撞了一下。也许因为他还不习惯听电话，一开始他辨认不出在耳中鸣响的声音。"马上到我家里来，"他终于听清了那个声音，"你听见了吗？请赶快来！我在等你。"

"噢，您好，您好吗？"弗朗兹含糊不清地说，可电话那头已经挂了。德雷尔炫耀似的放下话筒，继续飞快记下他明天必须要做的事情。随后，他看了一眼手表，想起此时此刻妻子随时都有可能从电影院回来。他轻轻擦了擦前额，随后带着诡

---

1 Brandenburg Gate，柏林的标志性建筑，建于 1788 年到 1791 年。

秘的微笑，从一个抽屉里取出一串钥匙，还有一个香肠形状的手电筒，手电筒上有一个凸出的眼孔。他依然穿着外套，因为他刚回到家里，还没来得及脱去外衣；他大踏步径直走进书房，当要急忙记下某件事情或者给某人打电话时，他总是这样。此时，他重重地将椅子往后挪动，开始一边脱去他那件宽松的骆驼毛大衣，一边走到前大厅，将大衣挂在那里。他将钥匙串和手电筒放进大衣宽大的口袋里。躺在门边的汤姆直起身子，用它柔软的头磨蹭德雷尔的脚。德雷尔走进浴室，大声地关上门，浴室刷得雪白的墙上冬眠着几只老态龙钟的蚊子。一分钟后，他放下袖子，扣好手腕处的袖口，迈着另一种悠闲舒坦的步子，朝餐厅走去。

餐桌上已经摆好供两人就餐的餐具，一个盘子中间摆放着深红色的威斯特伐利亚熏火腿，四周是各色各样的香肠薄片。挂在花瓶边缘的硕大葡萄串闪耀着绿色的光芒。德雷尔摘下一颗，将它投进嘴里。他斜看了一眼萨拉米香肠，但决定等玛莎回来。镜子里映照出他穿着灰色法兰绒衣服的宽厚背影，以及梳得溜光的一缕缕黄褐色头发。他突然转身，仿佛感到背后有人注视着他，然后离开了餐厅；镜子里只留下餐桌白色的一角，边柜闪烁的晶莹微光穿透了漆黑的背景。他听见寂静的远处传来了一声微弱的声响：一把小钥匙正在那寂静之中寻找一个敏感的小孔；它找到了，插入了那个孔，清脆地转动了一下，随后一切都苏醒了。德雷尔饥饿万分，围着餐桌踱步，他灰色的肩膀在镜子里穿过去又穿过来。前门"砰"的一声关上了，玛莎走了进来。她的眼睛闪闪发亮，她用一块散发着香奈尔香水味的手帕使劲地擦鼻子。狗彻底醒了，它跟在玛莎身后也进了餐厅。

"坐下，坐下，亲爱的。"德雷尔欢快地边说边打开精密电器加热茶水。

"电影太好看了！"她说，"赫斯太棒了，尽管我更喜欢他在《王子》中的表演。"

"在哪部电影中？"

"噢，你记得吗，那个海德堡学生装扮成印度王子？"

玛莎笑容满面。事实上，最近她经常微笑，这使德雷尔非常高兴，简直难以用言语表达。她处于一种愉快的心情之中，就好像得到了别人的许诺：在不远的将来会给她一个神秘的惊喜。她愿意等待一段时间，因为她心里明白，这种惊喜一定会到来。那天，她请了几位油漆工，让他们把露台南面的墙壁粉刷一新。电影中盛宴的场景刺激了她的食欲，此刻，她打算违反减肥的饮食规定，大吃一顿，然后钻进被窝，也许会满足一下德雷尔渴望已久的欲望。

前门的门铃叮当作响。汤姆起劲地吠叫起来。玛莎吃惊地竖起柳眉。德雷尔咯咯地轻声一笑，边咀嚼食物边起身去前厅。

玛莎坐着转身面朝餐厅门，手里端着杯子。德雷尔开玩笑似的用胳膊肘轻推弗朗兹，两人一起走进了餐厅；弗朗兹咔哒磕了一下鞋跟，随后快速走到玛莎跟前。玛莎笑得那么美丽开怀，她的嘴唇显得那么热忱，那么闪闪发亮，以至于在德雷尔的灵魂中，一股巨大的欢愉似乎要在震耳欲聋的掌声中迸发出来，他想玛莎笑得如此开怀，一切事情都会顺利进行：玛莎会像从前那样，上气不接下气给他详细讲述整部愚蠢的电影，这是百依百顺甜蜜恩爱的前奏和代价；星期天，他就不会再去打高尔夫球，而是与她一起骑马，在树叶沙沙作响、阳光斑驳、橙黄暗红色彩斑斓的公园里策马而行。

"首先，我亲爱的弗朗兹，"他边说边为他的外甥拉上一把椅子，"吃点东西。来点樱桃白兰地吧！"

弗朗兹机械地伸出一只手，越过台面，去接递给他的矮脚小口大肚白兰地酒杯，结果不小心碰倒了一个细长花瓶，瓶里插着一朵深褐色的玫瑰（"早就应该把这个花瓶撤了！"玛莎心想），溢出的水在桌布上蔓延开来。

弗朗兹大惊失色，那是必然无疑的。首先，他没想到会遇见玛莎。其次，他以为德雷尔会在书房里接见他，跟他谈一件非常非常重要的工作，必须马上去处理。玛莎的微笑使他目瞪口呆。他想弄清自己惊讶的原因，就像托钵僧在地里埋下假种子，施以疯狂魔法，只想种子里马上长出一棵活生生的玫瑰树来。玛莎要求他别让德雷尔知道他俩不谙世故的租房冒险——当时，他对她的请求几乎毫不在意——而此时此刻，在她丈夫的面前，这种请求惊人地膨胀，正在变成一种秘密的性爱契约。他也记得房东老头恩里希特有关女朋友的一番话，那些话证实了这一点，仿佛它是一种福祉也是一种羞辱。他试图摆脱这种魔咒——但是，一见到她那种让人几乎难以招架的热辣辣的目光，他立刻垂下眼帘，尽管德雷尔试图推开他的手，弗朗兹还是茫然不知所措地继续用自己的手帕轻轻揩干弄湿的桌布。此前不久他还躺在被窝里，而现在，他却坐在这里，在这间金碧辉煌的餐厅里，像在梦中一样忍受煎熬，因为他无法阻挡盐瓶四周暗色的小水流；在盘子边缘的掩饰下，溢出的水流正在努力流向餐桌的边缘。玛莎依然微笑着（反正桌布明天是可以更换的），她的目光移至弗朗兹的双手，移至他皮肤绷紧的指关节轻柔的动作，移至他汗毛浓密的手腕，移至他修长的摸索着的手指，奇怪的是她突然想到今天晚上她身上没有穿任何毛料的服装。

突然，德雷尔站起身来说："弗朗兹，这样做也许有点怠慢，但是没办法，时间不早了，你我该出发了。"

"我们俩出发？"弗朗兹一时摸不着头脑，他一边将潮湿的手帕塞进自己的口袋一边问。玛莎冷冰冰地看着丈夫，脸上露出了惊讶的神色。

"一会儿你就会明白。"德雷尔说，他的眼睛里闪烁着一种探险的亮光，玛莎对这种亮光再熟悉不过了。"真讨厌，"她怒气冲冲地想，"他想干什么？"

在前厅里，她把他拦住了一会儿，快速低声地问道："你到哪里去？你到哪里去？我要你告诉我你去哪里？！"

"痛痛快快地玩一下。"德雷尔回答，希望能激起她又一次灿烂的微笑。

她皱眉蹙眼，表示反感。德雷尔伸手轻轻拍了拍她的脸蛋，随后离去。

玛莎慢慢走回餐厅，站在弗朗兹离去后空出的座位后面陷入沉思。接着，她掀起刚才被水溢湿的桌布，一个盘子在桌布下滑落，盘底朝了天。辛苦工作了一个晚上的镜子映照出她绿色的礼服、白净的脖子、乌黑浓密的发髻，以及闪闪发亮的翡翠耳饰。她依然没有注意到镜子的关注，当她缓慢地四处走动，放好水果刀时，她的身影不时在镜子里再现。过了一会儿，弗丽达来了。随后，餐厅里的电灯啪嗒关了，玛莎轻轻咬着项链，上楼去她的卧室。

"我敢打赌，他想让我以为他在开玩笑，可他没开玩笑。我敢打赌，事实肯定会是这样的，"她心想，"他会为弗朗兹找个肮脏的妓女。那就全完啦！"

宽衣时，她感到她快要哭了。你等着吧，你就等着瞧吧，等你回来再说！尤其是如果你打算愚弄我。这是什么作风，什么作风！你请来个穷小子，然后很快带着他走。而且是在深更半夜！真丢脸！

像以前许多次一样，她再次回忆起丈夫的许多过错，她似乎把这些过错件件记在心里。实在是太多了。然而，每当妹妹希尔达从汉堡来看望她，她还是向她已婚的妹妹信誓旦旦地说她很幸福，她的婚姻很美满。

玛莎的确真的认为她的婚姻与其他人的婚姻没什么两样，夫妻之间吵架是很常见的，妻子总会与丈夫争争吵吵，与丈夫的种种古怪行为作抗争，反对丈夫偏离常规，所有这一切都等同于幸福的婚姻。不幸福的婚姻就是丈夫贫穷，或者因为干了某种见不得人的事而进了监狱，或者包养情妇挥霍钱财。因此，玛莎从不抱怨自己的处境，因为一切都很自然，很平常。

母亲过世时，玛莎才三岁——这种情况并不罕见。不久，第一位继母也死了，不过，这种事情有些家庭也发生过。第二位也是最后一位继母不久前才去世，她是个可爱的女人，出生高贵，人们都非常喜欢她。她父亲当马具商起家，最后经营人造革工厂破了产，绝望之中，他盼望女儿嫁给"轻骑兵"，出于某种原因，他选中了德雷尔。一九二〇年，当德雷尔向她求婚的时候，玛莎对他几乎一点儿也不了解；与此同时，妹妹希尔达与一艘普通大西洋轮船上的小个子胖事务长订了婚。德雷尔奇迹般地变得越来越富裕。他富有魅力，但是古怪，让人难以捉摸；尽唱些傻乎乎的曲调，而且一唱就走调，还给她买些傻乎乎的礼物。玛莎睫毛长长，双颊红润，教养有素，她说等德雷尔下次来汉堡时，她再下决心。德雷尔离开汉堡前往柏林时，送给她一只猴子，而她讨厌猴子；幸运的是，一位年轻英俊的表兄教会猴子点火柴，结果猴子身上的紧身套衫着了火，他们不得不处理掉这只笨手笨脚的动物。她与这个表兄的关系已经走得相当远，后来表兄成了妹妹希尔达早期恋人中的一员。一星期后，德雷尔回来了，玛莎允许他亲吻她的脸颊。在聚会上，可怜的老爸兴奋过度，把小提琴手痛打了一顿，这是可以原谅的——因为在他漫长的一生中，他遭遇了许多厄运。

婚后，丈夫取消了一个重要的公务旅行，决定去挪威度荒唐的蜜月——世界上有那么多好地方，为什么偏要去挪威？——一些疑问开始困扰她，不过，格吕内瓦尔德 [1] 的别墅很快驱散了这些疑问，如此等等不一而足，都是些不太有趣的回忆。

1　Grunewald，柏林夏洛滕堡－威尔默斯多夫（Charlottenburg-Wilmersdorf）区的一部分。

四

　　出租车（不幸的"伊卡洛斯"仍在修理，租来的替代车是辆古怪的、不那么讨人喜欢的"金黄鹂"）里黑乎乎，德雷尔依然神秘兮兮，一声不吭。要不是他的雪茄烟还在有节奏地发光燃烧，别人还以为他睡着了。弗朗兹也默默无声，心里不安地琢磨自己会被带到哪里去。车子拐了第三或第四个弯之后，他完全迷失了方向。

　　到目前为止，除了他居住的安静的住宅区以外，他只探访了城市另一端的椴树大街以及它的周边地区。介于这两个富有活力的绿洲之间的是空白的未知地区。他的目光投向车窗外面，昏暗的街道渐渐获得了某种光亮，随后又一次昏暗，又一次充满光亮，又一次变得暗淡，又一次大放光明，直至黑暗孕育出成熟，昏暗的街道突然进发出神奇的五彩光芒，宝石般的瀑布，让人眼花缭乱的广告。一座有尖塔的教堂在红棕色天空的映衬下悄然掠过。不久，汽车在潮湿的柏油路上轻微颠簸几下，在人行道的路缘处停了下来。

　　只有到了此时，弗朗兹才明白了。宝石蓝的字母嵌着一颗钻石闪闪发光，最后一个元音拉得长长的，一个闪闪发光的四十英尺标志牌拼出了字母 D*A*N*D*Y[1]——现在他记起来了，以前曾听人说起过，他真是个傻瓜！德雷尔拽着他的手臂，领着他走到十扇灯火通明的橱窗中的一扇。宛如温室里盛开的热带花朵，领带和袜子千姿百态竞相争艳，各种衬衫被折叠成长方形，或者在镀金树枝上随意地挂着；橱窗深处，一个直挺挺站着的东方之神穿着一件乳白色的睡衣，他是那个花园的神仙。但是，德雷尔不让弗朗兹在那儿浪费时间沉思遐想。他带着他巧妙地穿过其他橱窗：光洁奢华的鞋子，海市蜃楼般的服装，层层叠叠的典雅帽饰、手套和拐杖，活泼可爱的体育用品天堂，依次在他面前闪亮登场；随后，弗朗兹突然发觉自己进入了一个昏暗的通道，那里站着一个老头，他身上披着黑色的斗篷，头盔的面甲上有一枚徽章，老头身边站着一个双腿修长、穿着毛皮衣服的女郎。他俩都注视着德雷尔。警卫认出了德雷尔，举手至帽檐处行礼。那个眼睛炯炯有神的妓女朝弗朗兹瞟了一眼，收敛地让开了道路。弗朗兹跟在德雷尔身后，消失在院子的昏暗处，他们一走，女郎又开始与警卫交谈起来，谈论风湿病及其治疗方法。

院子在没有窗子的墙壁间形成了一个三角形的死巷。巷子里有一股潮湿的味道，夹杂着尿味和啤酒味；一个角落里有样东西，它不是被人弃置的东西，就是一辆辕杆朝天的大车。德雷尔从口袋里取出手电筒，一道暗淡的光束浮光掠影，勾画出一个门窗花栅的轮廓，下行的楼梯上人影晃动，还有一扇铁门。德雷尔稚气十足，欣喜不已地挑选了那个最神秘的入

1　英语，花花公子，纨绔子弟。

口，打开了门。弗朗兹躬身跟着德雷尔进入了一个昏暗的石头通道，通过手电筒移动的圆形光束辨认出那是一扇门。如果试图不按规矩开这扇门，门就会疯狂鸣响。不过，即便对于这扇门，德雷尔也有一把小巧玲珑、声音很轻的钥匙，弗朗兹再次躬身进入。在他们经过的阴暗的地下室里，可以依稀分辨出东一堆西一堆的麻袋和柳条箱，脚底下踩着窸窸窣窣的某种东西，有点像稻草。转过活动横杆又是一个角落，然后又是一扇门。进门就是一架楼梯，光秃秃的没铺地毯，楼梯向上伸展，消失在一片黑暗之中。他们拖着脚步攀登石头的阶梯，就像在探索一个被掩埋遗弃的庙宇。他俩如痴如梦，不久突然进入了一个巨型大厅。手电的灯光穿越大厅，在一些金属挂架上晃了晃，随后沿着层层叠叠的纺织品、巨大的衣柜衣橱、晃动的镜子、熊腰虎背的黑影移动。德雷尔停住脚步，放好手电筒，在黑暗中轻声地说："注意！"弗朗兹听见德雷尔的手在摸索，突然孤零零一个梨形强光灯泡照亮了一张长长的柜台。整个大厅——一个无边无际的迷宫——其余的部分依然沉浸在一片漆黑之中，弗朗兹觉得有点阴森怪诞：一盏强光灯单单照着这个角落。"第一课。"德雷尔严肃地说，随后炫耀似的走到柜台后面。

值得怀疑的是，弗朗兹是否从这次荒诞的夜间课程中学到了什么——一切都太奇怪，德雷尔扮演了售货员的角色，而且过于怪诞。然而，尽管标新立异、荒谬绝伦，这种一个角落光照耀眼、四周犹如鬼怪深渊的布局，有着某种含义；在这个深渊里，白天被弄了又弄、模糊不清的纺织品，此时都疲惫不堪，千姿百态地静静休息着，这种景象长久地留在了弗朗兹的记忆中，富有某种昏暗奢华的色调，至少一开始是这样。在这种基本的背景之下，他当售货员每天忙忙碌碌，这种辛劳日后开始粗略勾画出平凡、复杂、经常是疲惫不堪的生活状态。德雷尔安排这个晚上向弗朗兹示范如何销售领带，不是依据个人的经验，也不是依据对遥远岁月的回忆（尽管他确实在柜台后面干过），而是他不切实际，想入非非。他所示范的不是真实生活中销售领带的方式，而是如果售货员既是艺术家又有超凡洞察力，那么他可能这样销售领带。

"我要一条蓝色平纹领带。"弗朗兹在德雷尔的提示下用呆板的学生腔说。

"当然可以，先生。"德雷尔轻快地回答，同时从一个货架上轻捷地取下好几个薄纸板箱，敏捷地在柜台上打开箱子。

"你觉得这条怎样？"他不无忧虑地问，手里将一条有花纹的黑红两色领带打了个结，举着它离开一段距离，就像一个有主见的艺术家那样欣赏这条领带。

弗朗兹一声不吭。

"一种重要的销售技巧，"德雷尔改变语气解释说，"来，看看你是否掌握了要领。现在，你到柜台后面去。这边这个箱子里有一些纯色领带。他们价值四五马克。这边是时髦领带，我们通常说'花色领带'，价值八马克、十马克，或者甚至十四马克，愿上帝宽恕我们！好了，现在你是售货员，我是个年轻人，一个笨蛋，抱歉——缺乏经验，犹豫不决，容易上当受骗。"

弗朗兹很不自然地走到柜台后面。隆起肩膀，眯着眼睛，好像近视眼一般。德雷尔用颤音高声说："我要一条蓝色平纹的……呃，别太贵了！""要微笑。"他低声提示说。

弗朗兹弯腰打开一箱子，笨拙地取出一根蓝色平纹领带。

"哎呀，我知道你会这样！"德雷尔开心地说，"我知道你没有明白，要不然你就是色盲！那就再见啦，各位！你干吗一定要把最便宜的领带递给我呢？你应该按我刚才的做法行事——先用一条奢华的领带把那个傻瓜弄得昏头昏脑，别管它是什么颜色。但所展示的那条领带一定要华丽昂贵，或者昂贵典雅，那样也许会迫使他'心头咯噔一下，多花一个先令'，就像他们在伦敦说的那样。来，拿着这一条，在你的手上打一个领结。等一等，等一等——别那样匆忙。在你的手指上晃一圈。就这样！记住，节奏稍有迟疑，顾客的注意力瞬间即逝。你快速翻转领带，使他神志迷乱。你必须在那个白痴的眼前使领带艳丽生辉。不，你打的不是领结，是肿瘤。看着，手伸直了。我们来试试这根昂贵的血红色领带。现在我们假设我在看这根领带，可我依然不受诱惑。"

"可是，我还是要一根蓝色平纹的，"德雷尔高声说——随后，再次低声说："啊呀，不是这样——继续将那根血红色的领带伸到他愚蠢的面孔前面，也许你会瓦解他的抗拒力。看着他，观察他的眼睛——如果他看着那根领带，那么你已经初步成功。只有当他根本不看，开始皱眉头，清他该死的喉咙——只有在那种时候，你明白吗，只有在那种时候，你才给他他想要的东西——当然啰，一定要选择三种平纹蓝领带中最贵的那种。不过，即便你顺从了他粗俗低级的要求，你还是要稍微耸耸肩，明白吗，现在看我的——带点轻蔑地微笑，好像在说'这一点儿也不时髦，坦率地说，这是给农民的，给赶大车的车夫的……不过，如果你真想要它的话'——"

"我要这根蓝色的。"德雷尔用滑稽的声调说。

弗朗兹越过柜台面无表情地把领带递给他。德雷尔一阵狂笑，在大厅里引发了一阵强烈的回声。"不，"他说，"不，我的朋友。根本不对！首先，你应该把领带摆在你的右侧，然后问他需不需要其他什么，比如，手帕，或者某些时髦的饰纽，只有当他想了一会儿，摇摇他笨拙的脑袋时，只有在那时，你才拿出这支自来水笔（这是礼物），在小纸条上写下价格，让他拿去给收银员。接下来的事情就是常规的了。不，留着它，我说。这一部分明天皮夫克先生还会给你演示一遍的，他非常迂腐。好了，我们继续吧！"

德雷尔撑起身子，颇沉重地坐到柜台上，于是投下了一个清晰的黑影，黑影的脑袋在前，逐渐延伸，融入黑夜之中，黑夜似乎越来越浓越来越静。他开始在纸箱里摸索丝绸制品，并指导弗朗兹如何用手触摸，如何观察色彩色调去记住各种领带，如何培养一种——换言之（弗朗兹听蒙了）——色彩和触觉的记忆，如何从艺术觉悟和商业感觉出发从脑中抹去已经销售一空的款式和样品——以便让头脑腾出空间记住新的款式和样品，如何在瞬间用马克确定价格，随后在价格标签上添加芬尼。他好几次跳下柜台，怪模怪样地做手势做动作，模仿被他推销技巧所惹恼的顾客；粗野的顾客还没开口问价，就被告知价格，因此表示反感，对圣人一般的顾客来说，价格不是问题；还有为孙子买领带的老太太、波茨坦[1]的消防员，或者无法说清任何事情的外国人——一个法国人要买 cravate[2]，一个意大利人想买 cravatta[3]，一个俄国人和气地恳求买一条 galstook[4]。德雷尔会立刻自问自答，手指轻轻压着柜台，每次都发明一种风格不同的特别语调和微笑。然后再次坐到柜台上，轻轻晃动一只脚，脚上穿着擦得锃亮的皮鞋（他的影子也在晃动，在地板上映成一个黑色的翅膀），他谈论了一个售货员对于人类制造的东西应有的疼爱和喜欢的态度。他承认，有时人们会对过时的领带和淘汰的袜子有一种莫名其妙的伤感，因为它们依然完好如初，可是却完全没人要了；八字须下他古怪、梦幻般的笑容挥之不去，他眼角处嘴角边的皱纹一会儿皱起一会儿展开——与此同时，相形见绌的弗朗兹倚着一个衣柜，呆呆地听他说教。

德雷尔停顿了——弗朗兹明白：课程结束了。他禁不住贪

---

1 Potsdam，德国东部城市。

2 法语，领带。

3 意大利语，领带。

4 用拉丁字母转写的俄语，领带。

婪地看了一眼此时散落在柜台上的真实生活中色彩缤纷的神奇商品。德雷尔再次掏出手电筒，关了墙壁上的电灯开关，领着弗朗兹走过一大块暗色地毯，进入到大厅幽冥昏暗的深处。他边走边掀去一张小桌子上的帆布，将手电光聚焦在袖口链扣上，链扣在它们蓝色的丝绒衬垫上像眼睛一样闪闪发光。再往前走几步，他若无其事、嬉戏似的倾斜一个浮水气球，使之从支架上滑落，无声无息地滚进黑暗之中，很远，很远，一直滚入波美拉尼亚[1]湾，以及海湾柔软的白沙滩上。

他们沿着石头通道往回走，在锁最后一道门时，德雷尔不无愉悦地回想起他留在身后的那一片令人费解的狼藉，他没想到的是也许某个其他人要为此承担责任。

他俩一走出昏暗的院子，进入灯光闪烁的潮湿街道，德雷尔就叫了一辆路过的出租车，主动提出让弗朗兹搭车回家。

弗朗兹犹豫了，他目不转睛地看着生机勃勃的林荫大道上的欢闹景象（终于见到了！）。

"你是不是，和一个"（德雷尔看了看手表），"睡眼蒙眬的心上人有约会？"

弗朗兹舔了舔嘴唇，随后摇了摇头。

"随你便，"德雷尔笑着说。分手时，他从出租车里伸出头来高声说："明天去商店，九点整！"

光滑的黑色柏油马路蒙上了薄薄一层暗淡斑斓的色彩，马

1　Pomerania，中北欧波罗的海沿岸一历史性地区，现分属波兰和德国。

路上不时有清晰的裂缝和椭圆形的凹坑，雨水形成了一个个水潭，在深处映照出逼真的五颜六色的倒影——一条朱红色的对角斜线，一个钴色的楔形物，一条绿色的螺旋线——疏疏落落，组成了一个潮湿的颠倒的世界，一个令人眼花缭乱的各种宝石的几何图形。万花筒似的效果似乎在暗示，有人在人行道上不时抖动万花筒，以变换无数彩色玻璃碎片的组合图案。与此同时，生命的辕杆和涟漪从身边掠过，记录了每辆汽车行程的印迹。商店的橱窗放射出耀眼的灯光，将亮光向外散发、喷射、泼洒，使之融入丰富的黑夜。

每个角落都是难以用言语表达的幸福象征，每个角落里都站着一个穿着发亮丝袜的妓女，他根本没时间去细看她的相貌：另一个妓女已经在远处招手，在她之后，还有第三个。弗朗兹心里十分清楚，那些亮着的神秘信号灯会把人们引向何方。每盏路灯都像穗状星星伸展着它的光环，每处玫瑰色的光辉、每阵金色光芒的迸发、恋人们的侧影相互紧挨一起搏动，每个门洞和过道的凹处都有成双成对的恋人，那些抹了口红的半启着的嘴唇在他的面前一闪而过，黑色、潮湿、温柔的柏油马路——所有这一切都正在获得一种特殊的意义并正在寻找一个名字。

弗朗兹像梦游者一样慢慢地走着，汗流浃背，陶醉得浑身倦怠乏力，皱巴巴的温暖的枕头召唤他回去，他又钻进了被窝，全然没有注意到自己是如何重新踏入住宅、踏入自己的房间的。他舒展身子，用手掌抚摸自己毛茸茸的双腿，心烦意乱，不能自主；睡梦几乎即刻向他鞠了个躬，递给他梦乡的钥匙：他明白所有这些电灯、声音，以及各式各样香水的含义，一切都融汇成一种独特的让人乐而忘忧的景象。此时此刻，他似乎置身于一个四周布满镜子的大厅，奇妙的是，大厅开了一扇门，通向一个有水的深渊，在最意想不到的许多地方波光粼粼：他途经一辆完美可靠的摩托车（房东老头正在用他红色的鞋后跟发动那辆车子），朝一扇门走去，弗朗兹打开那扇门，心头不由得涌起一阵预料之中的难以用言语表达的狂喜，他看见玛莎站在床边！他急切地想接近她，可是汤姆不断地碍手碍脚，玛莎哈哈大笑，把狗轰走。于是，他已经相当清楚地看见玛莎光洁的嘴唇，她的脖子因喜悦而变得更加丰满，他也开始忙乱，解开衣扣，从狗嘴里扯下一根带血的骨头，心中升腾起一种难以克制的甜蜜；他即将紧紧抱住她的屁股，可是突然他再也控制不住自己沸腾的激情。

玛莎叹了口气，睁开了眼睛。她以为自己是被街上的噪音惊醒的：他们家的一个邻居有一辆噪音极大的摩托车。可事实上，那只是她丈夫在纵情地打鼾。她记得自己没有等他回家就上床睡觉了，于是，她就尖声叫他；随后，又伸手越过床边柜，开始狠劲弄乱他的头发，只有这一招最管用。他停止了打鼾。他咂了一两次嘴。床边柜上的台灯亮了，映照着她那只粉嫩的手。

"狮子醒啦。"德雷尔边说边像孩子一样用拳头揉眼睛。

"你们去哪里啦？"玛莎瞪着眼睛问道。

他睡眼蒙眬地望着她乳白色的肩膀，望着她一个裸露乳房玫瑰色的乳头，望着落在她脸颊上的一缕乌黑的长发，他温和地呵呵一笑，慢慢向后倚靠在一摞枕头上。

"我领他去参观了'花花公子'百货商场，"他谨慎小心地嘟哝道，"给他上夜课。现在他能够在他爪子或尾巴上系领带了。非常有趣，非常有教育意义。"

噢，原来是这么回事。玛莎感到一阵宽慰，多么高尚的行为！她几乎想主动……可她也太困了，困乏但非常高兴。她一言不发便关了电灯。

"星期天我们去骑马，怎么样？"黑暗中一个温和的声音低声问道。可是她已经进入了梦乡。三个好色的阿拉伯人为了得到她正和一个古铜色躯体的英俊奴隶争论不休。德雷尔用更加温和、更加商量的口气再次提问。一阵令人沮丧的沉默。他翻转枕头，寻找比较凉快的凹面，他叹了口气，很快鼾声又起。

早晨，德雷尔匆匆享用了一个煮得半熟的鸡蛋，外加黄油吐司（人间最美味的一餐），随后急匆匆赶往商场，弗丽达告诉他汽车修好了，在门口等候。德雷尔记得，在过去几天里，尤其是最近一次撞车之后，他头脑里反复出现一个有趣的念头，可是不知怎么的，一直没有结论。不过，他必须小心从事，用委婉的手法。直接提问问不出个所以然来。那个无赖会敌意地一瞥，否认一切。园丁会知道吗？即便知道，他也会庇护他的。德雷尔把咖啡一饮而尽，他眨了眨眼睛，又给自己倒了一杯。当然，也有可能弄错了……

他抿掉了最后一滴甜甜的咖啡，把餐巾往桌子上一扔，急匆匆出门而去；餐巾从桌边慢慢掉落，软绵绵地落到了地板上。

是的，汽车已经修好了。新喷了一层黑漆，前灯换上了铬钢边框，散热器护栅顶上的装饰性标识是一个长着蔚蓝色翅膀的银色男孩，一切都熠熠生辉。司机有点尴尬地一笑，露出了难看的牙床和牙齿；他摘下蓝色的帽子致意，并打开了车门。德雷尔不以为然地看了他一眼。

"哈罗，哈罗，"他说，"这么说我们又在一起啦！"他扣上了外套所有的扣子，然后继续说："这一定花了点小钱吧——我还没有看过账单。不过，这不是问题的关键。我甚至愿意花更多的钱，只要开心。说真的，那次经历真是够刺激的！不幸的是，我妻子和警察都没看出其中的奥妙。"

他试图再想点其他事情说说，但就是想不出来，于是就再次解开外套的纽扣，钻进了汽车。

"我仔仔细细看了他的面相，"伴随着汽车发动机轻轻的旋转声，他略有所思地说，"但还不可能作出任何结论。当然，他的眼神有点躲闪，当然，他的眼睛底下有两个小眼袋。不过，这对他来说也许是正常的。下一次，我要好好观察他一下。"

按照两人的约定，今天早晨他去商场，把弗朗兹介绍给皮夫克先生。皮夫克先生身材高大魁梧，举止庄重，衣着考究。

他的眼睫毛呈金黄色，肤色稚嫩，说句保守的话，从侧面看去，他既像人又像茶壶，肥肥的耳垂上戴着一颗次等的钻石。他尊重弗朗兹，因为他是老板的外甥，而弗朗兹却对他笔挺的裤缝和表袋里露出的那块透明的手帕感到十分羡慕和惊叹。

德雷尔甚至没有提及昨晚的课程。在德雷尔的完全赞同下，皮夫克没把弗朗兹分配到领带柜台，而是指派他去体育用品部。他用极大的热情教导弗朗兹。他的训练方法与德雷尔的手法大相径庭，因为他们做了许多演算，比弗朗兹预想的还要多。

弗朗兹也没想到，长时间站着，他的脚会那么酸痛，还要长时间机械微笑，他的脸也感到酸痛。与往年秋天一样，商场的体育用品部要比其他部门安静得多。各种健身器材、乒乓球拍、条纹毛围巾、装有黑色防滑钉的足球鞋，以及白色鞋带卖得很好。对游泳衣持续不断的少量需求是因为公共游泳池的存在，但是上述体育商品的旺销已经过去，而冰鞋冰刀、滑雪板、滑雪橇旺销的季节还没来临。因此，没有蜂拥而来的顾客，也就不会妨碍对弗朗兹的训练，他完全有空闲时间学习销售技艺。他的主要同事是两个姑娘，一个红头发尖鼻子，另一个金发碧眼胖乎乎、精力充沛、狐臭熏人；还有一个身材像体育运动员一样健美的年轻男子，戴着与弗朗兹一样的玳瑁眼镜。他漫不经心地告诉弗朗兹他在游泳比赛中赢得的各种奖励，弗朗兹非常羡慕他，因为他自己也是个游泳好手。在施维默的帮助下，弗朗兹为两套泳装挑选了布料，还出售了一些领带、衬衫和袜子。也是在施维默帮助下，弗朗兹懂得了销售行业的一些小诀窍，施维默的销售技巧比皮夫克还要精到，皮夫克的主要作用是在商场四处巡察，妥善安排顾客和销售员之间的洽谈。

开始几天，弗朗兹头昏眼花，茫然不知所措，在别人面前很不自然，他只能克制自己不要颤抖（他的部门通风好得过了头，房间会自然形成穿堂风），他只是站在角落里，尽量避免引起注意，极力模仿同事们的一举一动，记住他们专业的举止和语调；随后，突然，他忍不住清楚地想起了玛莎——她用手摸发髻的样子，或者瞧她的指甲和翡翠戒指的模样。不过，很快，在施维默同意和关注下，弗朗兹开始独立销售。

他永远记住了他的第一个顾客，一个胖老头，他要买个球。一个球。这个球立刻在他的想象中弹起，变成许多球向四处散开；弗朗兹的头变成了商店里所有球类的运动场，小球、中球、大球——分片缝制起来的黄色皮球、印有制造商紫色标志的白色绒毛球、石头一样坚硬的小黑球、供休假使用的橘黄和天蓝两色超轻球、橡皮球、赛璐珞球、象牙球，它们都向各个方向滚去，只剩下一个球，在他的脑海里闪闪发光。顾客平静地补充说："我要给我的狗买个球。"

"你右侧第三个货架，耐咬！"施维默立刻低声提示，弗朗兹宽心一笑，可眉毛上早已急出了汗水；他开始打开箱子，开错了一个箱子，又开错了一个箱子，最后终于找到所需的那个球。

大约一个月左右，弗朗兹已经完全适应了他的工作；他不再慌乱紧张，敢大胆叫发音不清的顾客重复他们的请求，敢用居高临下的态度给那些懦弱和腼腆的顾客提出建议。他肩膀相当宽厚，身材修长但不是皮包骨头；他愉快地观察着自己的身影，在一排镜子前、在显然对他非常痴迷的女店员们的注视目光中、在他胸前三个银色弹簧夹子的闪闪亮光中：舅舅的自来水笔和两支铅笔，铅笔是丁香味铅质的。的确，要不是一些细节露出破绽，他也许已经可以被当作一个非常受人尊敬的、非常平常的售货员，那些细节也许只有天才侦探才能察觉——鼻孔和颧骨有一种破坏性的僵硬感，嘴巴四周露出一种奇怪的怯懦，似乎他总是上气不接下气，或者好像刚刚打过喷嚏，那对眼睛，那对眼睛，戴了眼镜也很难掩饰，焦躁不安的眼睛，悲伤的眼睛，既残酷无情又茫然不知所措，有一层不纯的绿色阴影，虹膜四周有一些赤红如火的血丝。但是，他身边唯一的侦探是一位上了年纪的女人，她总是提着同一个小包，她并不费神前来巡察体育用品商铺，而是常去检查领带领结销售部。

　　弗朗兹遵从皮夫克精心构想、毫无瑕疵的建议，学会了奢靡的个人卫生习惯。一个礼拜他至少要洗两次脚，几乎每天更换浆过的领子和袖口。每天傍晚，他都用刷子刷套装和皮鞋。他使用各色各样高级美容液，闻起来像春天的花朵和皮夫克。他几乎从不错过周六的淋浴。每星期三和星期天，他都要穿上干净衬衫。他十天内至少一定换一次厚实的内衣内裤。他想，如果母亲看到他的洗衣账单，她一定会吓一跳的！

他欣然接受工作的单调乏味，但是他极度讨厌必须与其他职工一起就餐。他曾希望，他会在柏林逐渐改掉青少年那种病态的过分谨慎，但是，这种小心谨慎不断寻找机会来折磨他。吃饭时，他坐在那个金发胖女人和游泳冠军之间。每当胖女人伸手到面包篮拿面包或取盐瓶时，她的胳肢窝就会飘来一阵阵恶臭，这使他想起学校里一个令人讨厌的老处女教师。坐在他另一侧的冠军有另一种缺陷——那就是，他一说话就溅唾沫星子。弗朗兹发现自己又重拾了学生时代的习惯，他用他的前臂和肘部遮挡餐盘，防止唾沫落入。他只陪施维默去了一次公共游泳池。泳池里的水太凉而且非常肮脏，他同事的室友，一位用强光灯将皮肤照成棕褐色的年轻瑞典人，举止很不自然。

不过，从根本上说，百货商场、亮光闪闪的商品、与顾客（顾客似乎像不断改变嗓音和更换面具的同一个演员）轻松或文雅的交谈，所有这一切日常工作都只是肤浅的小事，翻来覆去老一套，感觉也大同小异；它们对他的触动甚微，好像他是那些时装模型中的一员，蜡质或者木质的脸，身上穿着用定型熨斗烫得笔挺的衣服，在它们的临时支座和舞台上，处于色彩缤纷的腐败状态；像在一出滑稽剧中，它们的手臂半曲半伸，有着乡村田园般的魅力。年轻的女顾客、奔跑如飞留着短发来自其他部门的姑娘售货员几乎根本不能激起他的性亢奋，她们像家具或皮具的静止彩色广告一样，在好看的电影开映之前，长时间一个接一个地在银幕上亮相，没有音乐伴奏；他工作的所有细节像这些广告一样既必不可少又无关紧要。六点左右，一切工作全都突然停止。随后音乐就会开始播放。

几乎每天晚上——在那个"几乎"中潜藏着多少可怕的忧思——他都会去看望德雷尔夫妇。只有星期天他才会在他们家吃饭，而且也不是每个星期天都吃。在工作日里，他会在同一家他吃午饭的廉价餐馆里匆匆吃一点，然后乘公共汽车或步行去他们的别墅。二十多个夜晚过去了，一切照旧：边门蜂鸣器嗞嗞的欢迎声，漂亮的灯笼照亮了常青藤一般弯弯曲曲的小道，草坪散发出的潮湿气味，沙砾路嘎吱嘎吱的声响，在屋子里回响、召唤着女佣的门铃声，突然亮起的灯光，弗丽达温和的脸，突然——屋里充满了活力，收音机里的音乐声温柔地回荡起来。

她通常独自一人。德雷尔是个古怪但守时的人，他会分秒不差准时回家就餐（弗朗兹称之为晚饭），还有晚茶；如果他认为自己会迟到，他总会打电话告诉一声。有他在场，弗朗兹感到很不自在，几近麻木，因此，在那些日子里，弗朗兹慢慢养成了某种冷冰冰的亲近，以应对德雷尔自然流露的快乐。不过，当独自与玛莎在一起的时候，他常会有一种感觉，在他脊椎顶端的某个地方会产生一种倦息的压力；他的胸部堵得慌，他的双腿软弱无力，他的手指会长时间感受到与她握手所产生的那种轻快的力量。当玛莎在房间里四处走动或跷着腿坐着时，他能在半英尺距离内估算出她大腿裸露的确切程度，他不用细看她绷紧的亮光闪闪的长筒袜，几乎也能感觉到她左腿鼓出的腿肚子压在右腿的膝盖上；她裙子斜向的皱褶柔软、富有弹性，男人会很乐意将脸埋在其中。有时，玛莎站起身来，经过他身边，走向电唱机，灯光照射的角度恰到好处，可以透过她裙子轻薄的布料映出她大腿的曲线；有一次她的长筒袜出现了梯状抽丝，她就舔了舔手指，飞快地轻轻涂抹丝袜。有时，倦怠感过于沉重，弗朗兹就会利用玛莎眼睛张望其他地方的机会，在她的美貌中寻找某种小瑕疵，一旦找到，他就能让头脑清醒一点，思想冷静一点，运用这种办法去平息他各种感官的骚动。偶尔，他的确有这样的感觉：他得救了，他找到了她的瑕疵——嘴边一道深深的皱纹，一边的眼眉之上有一个凹痕；从侧面看，丰满的嘴唇有点过于凸出，嘴唇之上有一小撮软毛的黑影，脂粉掉落时尤其引人注目。不过，只要她一转动脑袋，或者少许改变一下表情，她的脸蛋马上又有了那种可爱的魅力，于是他就会再次陷入甚至更深的秘密深渊。通过那些快速瞥视，他把她彻底审视了一番，他的眼睛追随、预测着她的一举一动，当她后脑勺圆发髻上的小梳子的一端松动时，他就预测她那只举起的手的动作，动作很普通，可对他来说却别具魅力。最要命的是，她赤裸白净的脖子、她细腻圆润的皮肤肌理、她轻薄短裙下偶尔露出的胴体，是那么优雅那么具有魔力，他为之倾倒。每一次新的拜访都会在他的玛莎魅力合辑里加上一笔，回家之后当他独自一人躺在床上时，他就会心满意足地回味这些记忆，选择其中一个任自己胡思乱想，尽情玩味。一天傍晚，他发现她的手臂上有个极小的棕色胎记。还有一次，她从座椅上弯腰去拉平翘起的地毯一角，他窥见了她的乳沟，当黑色丝绸连衣裙上身绷紧时，他才松了口气。还有一天晚上，玛莎正准备去跳舞，他看见了她的两个胳肢窝，它们是那么光滑和白净，像雕塑一般，看得他目瞪口呆。

她问起了他的童年、他的母亲，这是个枯燥的话题，还有他的故乡，这是个更加乏味的话题。有一次，汤姆将鼻口部捂在弗朗兹的大腿处，然后打起了哈欠，一股令人难以忍受的味道扑鼻而来——一股腐烂发臭的鲱鱼味，腐尸的味道。"我的童年就是这种味道，"弗朗兹一边推开狗头一边嘟哝。玛莎没有听见或者不理解他的话，于是就问他说了些什么话。不过，弗朗兹没再重复。他谈到了自己的学校，谈到了灰尘和无聊，谈到了他母亲让人难以消化的馅饼；他还谈到隔壁肉店的老板，一位身穿白色西装背心的绅士，曾经有一段时间，这家伙每天来吃晚饭，他吃羊肉的样子既专业又令人恶心。"为什么令人感到恶心？"玛莎惊奇地打断他的话。"天哪，我唠唠叨叨在胡说些什么呀！"他心想。他上百次呆板地描述了家乡的河流、划船、跳水潜泳、在桥下喝啤酒。

玛莎会把收音机从歌曲调至演讲，他会毕恭毕敬地聆听西班牙语课程，聆听有关体育运动益处的讲座，聆听施特雷泽曼[1]先生调解的演说，随后——又把收音机调回到某种奇怪刺耳的音乐。她会给他详细讲述一部电影的情节，讲述在通货膨胀的岁月里，德雷尔幸运投资的故事，讲述一篇去除水果斑点

1 Gustav Stresemann（1878—1929），德国政治家，曾任德国总理、外交部部长，1926年获诺贝尔和平奖。

的论文的要点。在讲述的整个过程中，她始终在想："他还需要多长时间才能有所行动？"与此同时，她感到很有意思，甚至有点感动：他是那么的不自信，没有她的帮助，他也许永远不会开始。然而，慢慢地，苦恼开始占据主导地位。十一月就这样耗费在了一些琐事之上，就像你陷在某个乏味的小镇里无依无靠，金钱无为地浪费在了一些无关紧要的事情上。玛莎模模糊糊有点怨恨，她记得妹妹接二连三早已有了至少四五个情人，威利·沃尔德年轻的妻子同时有两个情人。然而，玛莎已经年过三十四岁，应该是立刻行动的时候了！不过话又说回来，玛莎已经奉父亲之命嫁了人，有了漂亮的别墅、古董银器、汽车，她单子上的下一个礼物就是弗朗兹。然而，这件事并非那么简单，有一股异样的微风、一种特别的激情、一种多疑的软弱闯入……

弗朗兹怎么睡也睡不着，于是就打开了窗子。时光正值秋冬之交，夜间的天气变化多端；突然，不知从何方飘来一股温暖湿润的空气：夏天迟到的叹息！弗朗兹身穿黑白条纹睡衣，站在窗前，手扶窗框；随后，身子向外倚靠在窗上，他心情忧郁，长长地吐了口唾液，静静地听着，等着唾液溅落到人行道上。不过，他住在五楼，不像在家那样住在二楼，因此什么声音也没听到。"咔嗒"一声，他关上了窗户，又钻进了被窝。那天晚上，像一个人突然意识到自己患了绝症那样，弗朗兹意识到他认识玛莎已有两个多月，毫无用处的胡思乱想正在慢慢耗尽他的激情。他对着枕头，用半下流半夸张的语言，装模作样自言自语地说："没关系——毁了我的前程总比等着脑袋开花好。明天，对，明天，我要抓住她，把她摔倒在沙发上、地板上、餐桌上、破碎的陶器上……"发疯的弗朗兹！

　　第二天到了。下班后，弗朗兹回到家里，换了袜子，刷了牙齿，系上了新的丝绸围巾，怀着必胜的信心，大踏步地朝公共汽车站走去。在路上，他不断说服自己：她一定喜欢自己，她只是出于高傲才掩饰自己的感情，这太可惜了。只要她能朝他倚靠过来，好像是不经意的，在模糊的细纹唱片之上，用她的脸颊蹭他的鬓角；或者就像那天晚上一样，她故伎重演——如果，在一瞬间，在前厅的镜子前面，她将背靠着他的背，一边转过她香气袭人的脑袋一边说："我比你高一英寸，"或者如果——不过他振作起精神，默默地对公共汽车售票员说："这是软弱，我不应该软弱。"就算她今晚比平时更加冷静——不管怎样——就是现在，现在，现在！……按门铃的时候，他的头脑里闪过一丝胆怯的希望：也许，德雷尔碰巧已经回家？德雷尔没有回家。

　　弗朗兹穿过前面两个房间，心里想象着如何能立刻推开那边那扇房门，进入她的卧室，她身着黑色低领长裙，脖子上系着翡翠项链；他立刻抱住她，紧紧地抱住，抱得她骨头嘎吱作响，抱得她昏厥过去，抱得她口吐白沫。他的想象力是那么丰富，一瞬间，他眼前浮现出自己渐渐远去的背影，他看见了自己的手，看见自己打开了那扇房门；那种感觉是对未来的一种短暂退想，而对未来是不可以胡思乱想的，因此他很快就得到了惩罚。首先，当他胡思乱想的时候，他脚下一绊，把那扇房门一下子撞开了；其次，玛莎称之为"闺房"的房间里空无一人；第三，玛莎进来时身上穿着一条米色套裙，是高领的，还有一长串纽扣！第四，熟悉的胆怯又死灰复燃，他变得茫然不知所措；于是，他只希望自己说话还能利落。

玛莎已经下了决心，今天晚上他可以第一次亲吻她。这是她做事的特点：她选择了月经期的一天，以防自己过快屈从，在一个错误的地方屈从，屈从于一种渴望，对于这种渴望她已经无法再抗拒了。她期待那种谨慎的克制的拥抱，因此没有立刻在沙发上靠近他就坐。她按照习惯打开了收音机，拿来一小包银色盒子的 Libidettes（维也纳香烟），重新整理一下窗帘的皱褶，打开了乳白色灯光的台灯，关掉了吸顶灯，随后（选择了可以想象的最糟糕的话题）开始告诉弗朗兹，前天德雷尔如何启动了某个新的神秘项目——希望这是个盈利的项目；她捡起一块粉红色的毛料方巾，将它盖在一把椅子的背上，到这时她才在弗朗兹身边坐下，不太自然地弯曲起一条腿，将之压在屁股底下，随后整理了一下裙子的褶裥。

不知是何原因，弗朗兹开始称赞起舅舅，说他诚惶诚恐非常感激，他是如何越来越喜欢他等等。玛莎心不在焉地点点头。他一会儿抽烟吐烟，一会儿手持香烟至膝盖附近，卡纸烟头掠过裤腿的布料。香烟的烟雾像幽灵牛奶一样依附着裤子布料上的绒毛游动。玛莎伸出一只手，笑着触摸他的膝盖，仿佛在玩弄这烟雾形成的幽灵恶魔。他感到了她手指的压力。他饥渴了，出汗了，完全阳痿了。

"……知道吗，我母亲每次来信都向他致敬、致意、致谢。"

烟雾散开了。弗朗兹仍在用鼻子嗅着，特别紧张的时候，他总这样。玛莎站起身来，关掉了收音机。他又点燃了一根香烟。此时，她把那块粉红色的方巾披在了肩上，就像有着老派浪漫情调的女人那样，坐在中型沙发的另一端，眼睛一眨不眨地看着他。他木讷地一笑，开始详细描述昨天报纸上刊登的一桩趣事。就在这时，一脸沮丧、皮毛油光发亮、无可奈何的汤姆用爪子轻轻推开门进来了，弗朗兹竟然第一次对着这条受惊的狗说话。终于，感谢上帝，受人爱戴的德雷尔回家了。

弗朗兹回家时大约十一点。当他蹑手蹑脚沿着走廊，朝恶臭的小盥洗室走去的时候，听见房东屋里传出一阵咯咯的笑声。房门半开着，于是在经过时，他朝房里窥探了一下。老恩里希特身上只穿着衬衫式长睡衣，正手脚并用撑在地上，他满是皱纹、汗毛灰白的屁股正对着一面明亮的穿衣镜。他深弯着腰，脸部充血，脑袋四周白发苍苍，活像《印度王子》滑稽剧里那个教授的脑袋，他正在透过自己两条赤裸的大腿形成的拱门向后费力地张望自己的凄惨的屁股。

五

德雷尔的新项目的确有一种神秘色彩。项目是在十一月中旬的一个星期三开始的,当时他接待了一位难以形容的陌生人,这个来访者有个大都市人的名字,但没法确定它的来源。他也许是捷克人,犹太人,巴格利亚人,爱尔兰人——完全要靠个人解读了。

德雷尔正坐在办公室(办公室宽敞安静,但窗户宽大而不安静,屋里放着一张宽大的写字台,还有几把宽大的皮质扶手椅)里。这位难以形容的先生穿过一条橄榄绿过道,经过一间间宽大的玻璃房(房里传出打字机旋风般噼噼啪啪的声音),被人引领着进了办公室。他没戴帽子,但却穿着一件轻便大衣,戴着厚厚的手套。

几分钟之前,他的名片已经被递了进来,他的名字下面印着"发明家"的头衔。这一时期,德雷尔非常喜欢,也许过分喜欢发明家。他用不容拒绝的手势,将他的客人安置在一把豪华的加厚皮质扶手椅里(椅子的一个扶手上安着一个烟灰缸),他一边玩弄一支红蓝两色铅笔,一边侧面对着来访者。此人的眉毛浓密,弯弯曲曲像两条黑色的毛毛虫,他那张哭丧脸刚刚刮过胡子的部分呈深青色。

发明家从很远的事情说起,德雷尔也同意他这样做。处理商务事情都应该这样有的放矢，小心谨慎。发明家压低嗓音娓娓道来，从客套话一直讲到实质性问题。德雷尔放下铅笔。这个马扎尔人——或者是法国人，或波兰人——温文尔雅、非常详细地介绍他的发明。

"那么，你是说，它与腊毫无关系？"德雷尔问。发明家举起一个手指。"绝对没有任何关系，尽管我将之称为 voskin，一个商品名，明天所有的词典都会收录此词。它的主要成分是一种有弹性的、无色的产品，类似肉。我尤其强调它的弹性，它的柔韧性，它的波动性，恕我直言。"

"尽管直说，"德雷尔说，"那么，那个'电驱动'是怎么回事？——我不太明白；你的意思是什么，比如，用'收缩传动'？"

发明家故弄玄虚地笑了笑。"啊，这是关键所在。显然，如果我给你看蓝图，你就会明白许多；但是，很显然，我还不能那样做。我已经解释过你能如何申请我的发明专利。现在，主要看你能不能为我提供制造第一台样机的经费。"

"你需要多少经费？"德雷尔好奇地问。

发明家作了详细的回答。

"难道你认为，"德雷尔说，他的眼睛里露出一丝若有所悟的调皮的亮光，"你的想象力会值那么多钱吗？我非常尊敬和尊重其他人的想象力。比如，如果一个人来到我面前说：'我亲爱的 Herr Direktor[1]，我愿意梦想一番。你愿意为我的梦想支

1　德语，经理先生。

付多少钱？'随后，也许，我会开始与他谈判。而你，我亲爱的发明家，你可以马上提供某种实用的东西，工厂产品之类的。谁管现实呢？我有义务相信一种梦想，并且相信那种梦想能够成为现实——呸！"（这是德雷尔的口头禅之一）。

起先，发明家并不明白，随后，他明白，他受了很大的羞辱。

"换言之，你就这么简单地拒绝啦？"发明家沮丧地问。

德雷尔叹了口气。发明家用舌头发出咯咯的声音，往后靠进了他的座椅，双手一会儿捏紧一会儿松开。

"这是我毕生的作品，"他最后说，眼睛茫然地看着前方，"我像赫丘利斯[1]一样，与梦想的触角争斗了十年，这是程式化了的动画，如果我可以这样表达的话。"

"你当然可以这样说，"德雷尔说，"我甚至要说，这比——应该怎么说——'波动性'好？告诉我，"他边说边再次拿起铅笔——这是个好兆头（尽管发明家不可能注意到这一细节），"你有没有向其他什么人兜售过这种玩意儿？"

"嗯，"发明家装出一副十分真诚的样子说，"坦白说，这是第一次。事实上，我刚到德国。这是德国，对不？"他补充问道，眼睛环顾四周。

"听说是的。"德雷尔说。

1　Hercules，罗马神话中最著名的英雄，即希腊神话中的赫拉克勒斯（Heracles）。他是宙斯和阿尔克墨涅的儿子，力大无比，完成十二项有名的苦差。

一阵富有成果的停顿。

"你的梦想听起来很有吸引力，"德雷尔忧虑地说，"很有吸引力。"

发明家做了个怪相，突然发火了："别老提什么梦想，先生。它们已经梦想成真了，变成现实啦！而且不只是一种意义上的成功，尽管我是个穷人，没法建成我的伊甸园和实现我的理想。你有没有读过伊壁克里托斯[1]？"

德雷尔摇摇头。

"我也没读过。不过，我的确有机会证明我不是个江湖骗子。他们告诉我，你对这类发明感兴趣。想一想吧，这是多么令人高兴的一件事！一件多么添彩的事！一种多么令人震惊的，请允许我说，甚至是艺术上的成就！"

"你用什么来向我担保？"德雷尔问，他对这家伙的表演津津乐道。

"用人类的精神担保。"发明家犀利地说。

德雷尔哈哈大笑。"这才像话！你回到我原先的观点上来了。"

他想了一会儿，然后补充说："我想我要把你的提议在脑袋里过一遍。谁晓得呀，也许在我下一个梦中，我会看到你的发明。我的想象必须沉浸其中。现在我不能说同意也不能说不

---

1 Epicritus，古希腊哲学家伊壁鸠鲁（Epicurus，前341—前270）和古希腊诗人、牧歌的创始人忒奥克里托斯（Theocritus，前300—前260）名字的结合。

同意。那就快回去吧！你住在哪里？"

"蒙得维的亚饭店，"发明家说，"一个十分愚蠢、让人误解的名字。"

"不过也是个很熟悉的名字，尽管我记不清了。维的亚，维的亚……"

"我看见了，你有我朋友的'普古威兹自来水过滤器'，"发明家指着走廊里的水龙头说，言语中有一种伦勃朗[1]指出克劳德·罗兰[2]一幅绘画的神态。

"维的亚，维的亚，"德雷尔重复道，"不，我不知道。好吧，考虑一下我们的谈话，然后决定你是否真想把这个设想卖给工厂，而毁掉一个能给人带来快乐的梦想。一周或十天以后，我会给你打电话的。对不起，请允许我略微提一下——我希望你更善于交际些，更信赖别人些。"

发明家离开后，德雷尔坐着一动不动，两只手深深地插在裤兜里。"不，他不是江湖骗子，"他想，"他至少没有意识到自己是个骗子。为什么不找点乐子呢？如果他说的全是真的，那么结果也许真会很稀奇。"电话机发出一阵轻轻的嗞嗞声，一时间，他忘掉了那个发明家。

然而，那天晚上，他对玛莎暗示：他将开始一个全新的项

1　Rembrandt（1606—1669），荷兰画家，擅长运用明暗对比，讲究构图的完美，又善于表现人物的神情和性格特征，作品有群像油画《夜巡》、蚀版画《浪子回家》、素描《老人坐像》等。

2　Claude Lorraine（1600—1682），法国风景画家，革新古典风景画，追求理想境界，开创表现大自然诗情画意新风格，主要作品有《罗马近郊的风景》《海港》等。

目。玛莎问这个项目是否有利可图，他眯缝起眼睛点了点头："噢，非常非常赚钱，亲爱的。"第二天早晨，当他一边淋浴一边喷鼻息时，他决定不再接待那个发明家。午餐时刻，在一个餐馆里，他愉快地想起了那个发明家，认为他的发明是某种非常独特和不可抗拒的东西。回家吃晚饭时，他对玛莎随意地说新项目泡汤了。尽管屋子里相当温暖，玛莎身上还是穿着米色薄斜纹呢套裙，肩上披着粉红色方巾。德雷尔认为弗朗兹是个有趣的傻瓜，和平常一样易受惊吓，情绪低落。他很快就回家去了，推说自己烟抽多了，有点头痛。弗朗兹一走，玛莎马上上楼去睡觉。在她的卧室里，沙发边有个三角桌，桌上有个敞开的银盒子。德雷尔从盒子里取出一支 Libidette 香烟，然后突然哈哈大笑起来："收缩传动！动画般的灵活！不，他不可能骗人！我觉得他的想法非常吸引人。"

当他也上床睡觉的时候，玛莎似乎已经睡着了。隔了很长时间，床头柜上的台灯熄灭了。玛莎马上睁开眼睛，倾听着。丈夫已经鼾声如雷。她仰面躺着，眼睛凝视着黑夜。一切都让她感到烦恼——那鼾声、那黑夜里的微光，也许是镜子的光亮，也许是她自己身上的光亮。

"今天的手法是错误的，"她心想，"明晚我要采用激烈手段。明天晚上。"

然而，第二天傍晚，弗朗兹没有露面，星期六也没来。星期五他去看电影了，星期六与同事施维默去咖啡馆了。在影院里，一位女演员嘴唇像黑桃，眼睫毛像雨伞的辐条，正扮演一个假扮成可怜的办公室职员的富有女继承人。咖啡馆昏暗乏味令人失望，施维默不停地讲述夏令营里男孩子中间发生的那些不正当的事情；有个娼妓嘴唇上抹了口红、嘴里镶着一颗令人讨厌的金牙，一边盯着他们俩看，一边晃动着她的大腿，她每次掸掉香烟灰时都要朝弗朗兹微微一笑。

弗朗兹心想，事情原本很简单：在她摸我膝盖的时候，我只要一下抱住她就行了。痛苦啊……也许我应该等一段时间，几天不去看她？可是那样的话，生活就不值得一活了。下一次，我发誓，对，我发誓。我对我母亲和妹妹发誓。

星期天，房东照例在九点半给他端来咖啡。弗朗兹没像工作日那样马上穿衣剃须，而只是在睡衣外面套了件晨衣，然后在桌边坐下，写他每周一封的家信："亲爱的妈妈，"他歪歪扭扭地写道，"你好吗？埃米好吗？也许……"

他停住笔，划去最后两个字，陷入了沉思。他一边挖鼻孔，一边看着窗外的雨天。也许此时此刻他们正在去教堂的路上。下午可以享用咖啡和攒奶油。他想起了母亲胖胖的红润的脸颊和染色的头发。她关心他什么呢？她总是更喜欢埃米。他十七八岁，甚至十九岁的时候——事实上，就是去年，母亲还打他耳光。有一次复活节，他年纪还很小，但已经戴上了眼镜，母亲命令他吃掉一块已经被妹妹舔掉很多的巧克力兔子。埃米舔了巧克力，母亲只在她背后轻轻拍了一下，可是对于他，因为拒绝碰那块黏滑可怕的棕色巧克力，母亲反手狠命抽了他一个耳光，打得他从椅子上跌落下去，脑袋撞到餐具柜，失去了知觉。他对母亲的爱从来就不太深厚，但是，尽管如此，这也是他第一次不幸的爱，或者说，他把母亲视作第一份爱的粗糙演习；尽管他渴望得到母亲的爱，因为学校的故事书（《我当兵的男孩，汉纳回家了》）告诉他，从远古时代起，母亲总是溺爱儿女；可实际上，他无法忍受母亲实实在在地出现他的面前，她矫揉造作的言谈举止，以及她显示出的精神力量、她皮肤和衣服叫人非常非常沮丧的熟悉味道、她脖子上臭虫般褐色的脂肪胎记、她用一根编织针抓挠她令人倒胃口的栗色头发分缝的做法、她水肿的大脚踝，以及她在厨房里做的各种表情，他一看就能准确地猜出母亲在准备什么饭菜——啤酒汤，或者牛睾丸，或者那种令人讨厌的当地美味 Budenzucker[1]。

也许——至少回想起来——母亲的冷漠、刻薄、阵发的脾气对他来说还不算什么受罪，让他更加难以忍受的是，母亲在客人面前假装疼爱他，用手捏他的脸颊，通常是在隔壁肉店老板面前，或者当肉店老板在场时，逼迫他亲吻妹妹的同学克里斯蒂娜，而他是暗中喜欢克里斯蒂娜的，可他母亲还愚蠢地乐在其中。如果克里斯蒂娜曾经注意到他的话，弗朗兹愿意为这些糟糕的时刻向克里斯蒂娜道歉。也许，尽管如此，母亲此刻依然想念他？她难得写一次信，信中也从不提及她内心的想法。

---

1 德语生造词，大概意思是"家庭制作的糖或甜点"。

不过，为自己感到可怜依然挺有意思，这会让人热泪盈眶。埃米——她是个好姑娘。她将嫁给肉店老板的帮工。他是城里最好的屠夫。这该死的雨天。亲爱的妈妈。其他还有什么？也许描写一下房间？

他把右脚的拖鞋重新套在脚上，右脚的拖鞋比左脚的拖鞋磨损得快，当他悬着脚晃动时，它总从脚上掉落。他环顾四周。

"我以前给你写过，我有个非常不错的房间，不过，我从来没有给你好好描述过。房间里有一面镜子和一个脸盆架。卧床上方有一幅美丽的绘画，画的是东方仕女。墙纸画有淡棕色的花朵。我正前方的墙角处有一个五斗橱。"

就在此时，传来了一声轻轻的敲门声。弗朗兹转过头去，看见房门开了一条缝隙。老恩里希特探进头来，眨眼示意，然后缩回脑袋，对房门外的人说："是的，他在家。进去吧。"

她穿着她最漂亮的鼹鼠毛皮外套，门襟敞开着，里头是一件薄如轻纱的连衣裙；从出租车到屋子入口处，雨点借机打湿了她珠灰色头盔似的帽子，留下了点点黑色的湿斑。她站着，穿着杏黄色丝袜的双腿紧紧地夹着，好像是在列队游行。她依然站着，同时将手伸到背后，把房门关了。她脱掉手套，一脸严肃，目不转睛地看着弗朗兹，仿佛她是意外见到他的。弗朗兹用手捂住喉结，说了长长一句话，但是惊讶地发现，好像没有说出一个字来，好像他是用打字机打了这句话，但忘记装色带了。

"对不起，我就这样贸然闯入了，"玛莎说，"不过，我是担心你病了。"

弗朗兹的心在突突地跳，眼睛不住地眨动，下嘴唇耷拉着，他开始帮她脱去外套。外套的衬里是鲜红的，像嘴唇和剥了皮的动物一样鲜红，香味极美。他把她的外套和帽子放在床上，在所有其他想法都已散去之后，在他的意识风暴中，他成了最后一个坚定的小小观察家，他注意到这就好像一个乘火车的旅客在他即将占有的座位上做个记号。

房间很潮湿。玛莎在连衣裙里除了长筒吊带袜外几乎没穿什么，她浑身颤抖。

"怎么回事？"她说，"我以为见到我你会很高兴的，可你一句话也不说。"

"噢，我在说话。"弗朗兹回答，他尽力大声说话，以压住耳边低沉的嗡嗡声。

此刻，他俩面对面站在房间中央，站在未写完的家信和未铺好的卧床之间。

"我不太喜欢你的晨衣，"她说，"不过，我喜欢你的睡衣。很漂亮，"她继续说，并且用拇指和另一个手指在靠近他敞开的衣领处揉擦，"瞧，他睡觉时表袋里还放着笔呢，地道的小商人。"

他从她的双手开始，将他的嘴巴埋在她温暖的手心里，抚弄她冰冷的指节，亲吻她的手镯。她轻轻摘去他的眼镜，好像也瞎了一样，摸索着寻找他的晨衣口袋，弄得他快疯了。此时，她的脸十分凑近他的脸，是那么鲜活逼真，足以让他迈出下一步。弗朗兹双手抱住她的屁股，将舌头伸进她微微张开的活泼的嘴中；她放开了，因为担心他年轻没耐心，也许过早发泄自己，他亲吻她柔软脖子的深处。

"可以吗，"他小声细语，"可以吗，我求你了！"

"傻瓜，"她说，"为什么不行，当然可以。不过，你得先锁好房门。"

他朝门奔去，习惯性地重新戴好眼镜，在她面前，在地板上，撂下了他那只右脚的拖鞋，以表明他会马上回到原处。随后，他的欲望暴露了，厚厚的镜片后面露出了他那对充满淫欲的眼睛，他试图把她推向卧床。

"等一等，等一会儿，我亲爱的，"她说，与此同时，一边用一只冰冷的手拥住他，一边用另一只手在她的手提包里慌乱摸索，"喏，你一定得戴上这个，我来帮你戴，你这个冒失粗野的宝贝！"

"现在可以了，"她利索地帮他戴好阴茎套之后大声喊道；她裸露大腿，甚至不愿麻烦躺下，陶醉于他的笨拙，她引导着他向上插入，直至抵达深处；霎时间，她的脸部表情丰富，脑袋后仰，十个指甲深深抠入他的臀部。

完事之后，玛莎摇摇晃晃一屁股坐在床沿之上（她正站在床边）。一切都是那么美妙，她没有立刻意识到屁股下坐着的是她第二喜爱的仿鳄鱼皮手提包。

弗朗兹想立刻继续，但玛莎说，她得先脱了裙子袜子，舒舒服服地躺在床上。她的外套和帽子被转移到椅子上。玛莎称之为"你的拉皮条"的东西用清水漂洗了，又重新套上。弗朗兹和玛莎相互倾慕。她的乳房有点让人失望，小了点，但匀称可爱。"我根本没想到你会这么精瘦多毛，"她一边抚摸他一边说。弗朗兹变得更加少言寡语。

很快，卧床摇晃了起来。它像快车驶出梦幻般的车站，卧铺车厢一路滑行，嘎吱嘎吱，谨慎小心。"你，你，你，"玛莎每喘息一次就轻轻夹一下双膝间的他，湿润的双眼追随着天花板上舞动手帕的天使的影子，天花板正在快速离去，越来越快地离去。

此时此刻，房间似乎空空如也。东西四处散落，立着的，坐着的，挂着的，无牵无挂，姿态各异；人类不在时，人造的东西就是这种样子。仿鳄鱼皮手提包躺在了地板上。因为需要给自来水笔再次灌满墨水，刚从小墨水瓶上取下的淡蓝色软木瓶塞犹豫了一下，滚了半圈，滚到铺着油布的桌子边缘，又犹豫了一下，随后跳下桌去。风随雨势，试图吹开窗户，但未能如愿。摇摇晃晃的衣柜里，一根黑点蓝色领带像蛇一样扭扭歪歪从树枝上滑落。五斗橱上一本翻开的平装本小说急速翻过了几页。

突然，镜子发出了信号——警报似的微光一闪。镜子里映出一个蓝色的胳肢窝，一只赤裸的可爱的手臂。那只手臂舒展开——然后有气无力地落回去。慢慢地，卧床从伊甸园回到了柏林。楼上收音机突然音乐声大作，迎接卧床回归现实，那音乐声立刻变成了激奋的演说，随后演说又变回原先的音乐，不过此时的音乐声渐去渐远了。玛莎闭着眼睛躺着，微笑在她紧闭的双唇两侧形成了两个月牙形的酒窝。原先浓密整齐的一缕缕黑发此时从她的两鬓向后散开。弗朗兹躺在她的身边，用肘部支撑侧倚，他凝视着玛莎柔嫩赤裸的耳朵、她清秀的额头，他终于又在这张脸上找到了三个月前他已经发现了的圣母马利亚般的某些美貌，他对这些相似之处感到心满意足。

"弗朗兹，"玛莎闭着眼睛说，"弗朗兹，这简直太美妙了！我从来没有，从来没有……"

一个小时后，她离开了，她答应她可怜的宠物：下次她不太会采用残酷的避孕措施。离开前，她彻底仔细地查看了房间的每个角落，捡起了弗朗兹的睡衣，从它的表袋里取出自来水钢笔，将它放在床边柜上，移动了椅子的位置；她注意到弗朗兹的袜子破了，纽扣掉了，她说房间需要好好整理一番——也许需要一些绣花小垫，沙发上需要两三个漂亮的靠垫。她提醒房东老头（她发现老头在走廊里蹑手蹑脚来回踱步，很显然，他在等待时机进屋清扫，收拾咖啡杯碟）要把沙发放回原处。老头一会儿朝着她笑笑，一会儿朝着弗朗兹笑笑，搓着手，发出沙沙声响。他说，妻子一回来，沙发马上物归原处。事实上，他根本没去修理任何沙发（原先放沙发的空地方，被前面一位房客放了一台竖式钢琴），他十分愉快地回答了玛莎提出的细节问题。头发花白的恩里希特穿着带搭扣的毛毡便鞋，总的说来，他对自己的生活相当满意，尤其自从那天他发现自己有杰出的才能，可以把他自己改变成各种各样生物——马、猪，或者头戴水手帽的六岁女孩。因为事实上（不过，这当然是个秘密），他是著名的空想家、魔术师。

玛莎喜欢老头彬彬有礼的样子，但是，弗朗兹告诫她，老头有点怪。"哎呀，我亲爱的，"她在下楼梯的时候说，"这再好不过了，比起唠唠叨叨的丑老太婆，这个安静的怪老头要安全多了。Au revoir[1]，我的宝贝。你可以吻我一下——快点吻一下。"

他那条街绝对肮脏不堪。也许，那个"影城"完成后，面貌会有所改观。在一个要道口，面对人行道的一个木框里贴着一张特别宣传画，描绘了梦幻般的未来——一幢高耸入云的大楼玻璃幕墙亮光闪闪，超然屹立在广阔的蓝天之中，尽管事实上，许多丑陋的出租房蜷伏着，一直延伸至它正在慢慢升起的墙壁根。规划中的影城之上造了一半的楼层四周搭着脚手架，据说楼里将包括一个供出租的展览大厅、一个美容院、一个摄影馆，还有其他许多吸引客人的设施。

街道的一端是个死胡同，另一端通向一个小广场，那里有个不大不小的露天市场，周二、周五开市。露天市场还有两条岔道向外延伸：左边有一条弯弯曲曲的小巷，每逢政治欢庆日，小巷里常常红旗招展；右边有一条长街，街上行人如织，人们会注意到那里有一家大型商店，店里每件商品，不管是席

1　法语，再见。

勒的半身像，还是厨房平底锅，都只售两角五分。她感觉很冷，但心情很愉快。街道毗连一个石头柱廊，蓝色玻璃上有个白色的 U 字，那是个地铁车站。随后，人们就会左转，来到一条相当漂亮的林荫大道。至此，普通房屋也到了尽头，零零星星地正在建造一些别墅，一片荒地被辟成一个个菜园子。随后，房屋又出现了，崭新的大房子，粉红色的，淡草绿色的。转身经过这最后的区域，玛莎便来到她的街道。她家的别墅那头，是一条宽阔的马路，路上行驶着两路有轨电车，——三路和一〇八路，还有一条公共汽车线路。

她沿着通往门廊的沙砾路疾步行走。就在此时，太阳扫过白云的稀薄之处，找到一条缝隙，一下子将灿烂的阳光透射出来。小路两旁的小树立刻做出反应，树上湿润的雨珠亮光闪闪。草坪也亮光闪闪。一只麻雀从头上飞过，晶莹的翅膀透着光亮。

玛莎进屋时，在前厅相对的昏暗之中，粉红色的光斑飘浮在她的眼前。餐厅里，餐桌还没有摆好。卧室里，突然露面的阳光已经照在地毯和蓝色沙发上。她开始更换衣服，看着镜子里自己的样子，笑容满面，万分感恩，美美地叹息。

过了一会儿，她身着深红色连衣裙，站在卧室中央，两鬓光滑，仅仅抹了一点点脂粉。她听见汤姆在楼下傻乎乎地狂吠，接着传来了一个陌生人的高嗓门。在楼梯拐角处，她遇见了那个正在上楼的陌生人。陌生人从她身边快速经过，一边吹口哨一边用他的骑马短鞭敲击着楼梯扶手。"嗨，我亲爱的，"

他脚不停步地说，"十分钟以后我会下楼的。"他重重地一大步跨越了最后的二三节梯级。他兴高采烈地咕哝了一声，朝下瞥了一眼她远去的束发带。"快点！"她头也不回地说，"请你把那些马臊臭弄弄干净。"

午餐时刻，闲聊和刀叉叮当声——那是一种半玻璃半金属的奇怪叮当声，与人类进餐的方法格格不入——玛莎依然认不得这栋屋子的主人，他蠕动的短八字须，他快速往嘴里投食物的方式，一会儿投一块萝卜，一会儿塞点卷饼，他一边说话一边在餐巾上揉捏那块卷饼。这倒不是她受到了什么特殊的约束。她不是埃玛，也不是安娜。在她的婚姻生活中，她已经习惯于奉承她那位有钱的保护人，而且技巧熟练，深谋远虑，身体力行，行之有效，以至于她以为自己已经成熟，通奸的想法早已发展成为准备随时淫乱。

在她的右侧坐着一个长相有点粗俗的老头，他有一个动听的头衔；她的左侧是胖乎乎的威利·沃尔德，双颊宽大红润，后脖颈肥肉均匀三叠。胖威利身边是他咋咋呼呼的母亲，他母亲也很肥胖，外凸的黑色眼睛同样湿润，非常惹人注意。她粗嘎刺耳的声音不断突然夹杂在浑厚的咯咯笑声之中，她的笑声与说话截然不同，瞎子听了会把她当成两个完全不同的人。坐在老伯爵身边的是年轻活泼的沃尔德夫人，她涂脂抹粉过度，脸色像死人一般苍白，眉毛弯曲得很不自然，据估计，她能供养三个面首。在他俩中间，玛莎的对面，坐着完全多余的德雷尔先生，他一会儿被肉质的大丽花挡住，一会儿被水晶台面遮住，不过，他一边说话一边哈哈大笑。除了他，一切都不错：菜肴，尤其是鹅肉、慈祥秃顶的胖威利侧影、有关汽车的闲聊、伯爵的风趣诙谐，他说了一段老明星整容的趣闻，说整容之后，女明星的下巴多了一个酒窝，而这个酒窝原来是她的肚脐眼！有关肚脐眼之事，是伯爵私下悄悄对玛莎说的。玛莎言语不多。但是她的沉默是那么充满生气，那么应和，笑容那么生动，湿润闪亮的嘴唇半开半闭，显得格外能说会道。德雷尔禁不住在肉质大丽花粉红的角落后面欣赏她。他感觉到与他生活在一起，她毕竟是幸福的，这种感觉几乎使他宽恕她难得的抚慰。

"他的抚摸使人感到恶心，这怎么可能让人去爱他。"在他俩后来一次幽会时，玛莎对弗朗兹说。弗朗兹坚持要玛莎告诉他，她是否爱她的丈夫。

"那么我是第一个？"他急切地问，"第一个？"

她露出亮晶晶的牙齿，在他的脸颊上慢慢捏一下作为回答。弗朗兹紧紧抱住她的双腿，抬头看着她，摇晃着脑袋，试图把她的手指含在嘴里。玛莎正坐在扶手椅中，已经穿好衣服准备离开，但是她没法起身，因为弗朗兹跪着依偎在她的面前，头发蓬乱，镜片在白色的新眼镜架上一闪一闪。他刚刚帮她穿好外出的鞋子，因为，在与他幽会时，她会穿上绯红色的绒球室内拖鞋。我们的恋人们把这双拖鞋（他朴实无华但考虑周密的礼物）藏在三角橱底部的抽斗里，因为生活常常会模仿法国小说里的情节。此外，那个抽斗还藏着一些避孕工具，那是玛莎逐渐积累起来的。结婚第一年玛莎就流产了，此后她染上一种恐惧怀孕的病态心理。当他把漂亮的拖鞋放好，以备下次再用时，他心想所有这一切给这个房间增添了多么美好的女人味！从其他角度来看，房间也因此变得更具魅力。桌子上放着三朵大丽花，花朵插在一个深蓝色的花瓶里，花瓶投射出一个长方形的影子，大丽花已进入花期的最后阶段。花边小垫这里一个那里一个；不久，期盼已久的沙发终于被费力地搬进了房间，玛莎已经购买了两只孔雀沙发靠垫。赛璐珞肥皂盒里放着一块紫罗兰米色圆香皂，那是给玛莎用的，同时也装饰了脸盆架。弗朗兹原来使用的化妆品已经被一瓶香水和贴着麻脸商标的护肤液所取代。他所有的东西都已经被检查过和清点过，他的内衣内裤绣上了可爱的交织字母；一个令人难忘的早晨，玛莎悄悄溜进商场，要求店员给她展示店里存货中最精美的领带，选了其中三条，然后拿起领带就不见了人影；她走过他的部门，在许多镜子面前轮流欣赏，陶醉其中，可她甚至连看都不看他一眼，这给那种水晶般的幽会增添了一种奇怪的火花。那三根领带现在还挂在他的衣橱里，像战利品一样；慢慢地，玛莎又有了成熟的令人陶醉的计划：一套男士无尾礼服！

恋情帮助弗朗兹成熟起来。这第一次恋情就像人们引以为豪的毕业文凭。他整天受到那种欲望的煎熬：渴望向销售部的同事们炫耀，但还是谨慎小心地克制住自己，甚至不敢暗示这件事情。大约五点半（皮克夫让他比别人早一点下班，认为这样做会讨好老板），他会飞快地上气不接下气地跑回房间。不久，玛莎就会到来，随身带着从附近熟食店购买的两份三明治。相当滑稽可笑但惹人喜爱的鲜明对比是，他身体精瘦，而鸡巴虽短，但格外粗大，它会使他的情人低声哼哼，赞美他的男子汉气概："胖子嘴馋！哎哟，嘴馋死啦！……"或者她会说："我打赌（她喜欢打赌），我跟你赌一件羊毛衫，再干一次你就不行了。"不过，时间不是恋人的朋友。七点刚过，她就得离开。她的守时跟她的激情一样强烈。九点左右，弗朗兹通常会去他舅舅家吃晚饭。

温暖，温暖的幸福感充盈着弗朗兹的全身，他的手腕和太阳穴都在搏动，他的胸膛在剧烈地跳动；在商店里，他不小心戳破了一个手指，流出了一滴红宝石一样的鲜血：他经常在他的商铺里摆弄饰针（尽管没有校准裁缝科腾曼摆弄得多，科腾曼像荒废的童年时代那条偏僻河流里发现的鲇鱼一样，嘴巴胡子拉碴，围着用粉笔做过记号的顾客团团转）。不过，总的说来，现在他的双手已经变得更加灵巧了，摆弄轻型盖子和平薄纸板箱时，他不再像头几个星期那样笨拙了。那些私下的速成训练，在某种程度上为他用手做其他动作和接触其他物品打下了基础，他的手也变得十分敏捷灵巧，弄得玛莎愉悦得嗬嗬直叫，她尤其喜欢他的双手，最喜欢它们接连不断地狂热地抚摸她乳白色的身体。于是，商店的柜台变成了无声的键盘，弗朗兹在柜台之上操练他的幸福。

但是，玛莎一离开，晚餐时刻就马上来临，他不得不面对德雷尔，一切都变了。就像在梦中一样，一件完全无害的东西会使我们感到恐惧，因而，每次梦见它，我们就会感到害怕（尽管真实生活也有着令人不安的色彩）；因此，德雷尔的存在对弗朗兹来说是一种刻骨铭心的折磨，一种无法容忍的威胁。第一次与玛莎幽会之后，当他走过从花园大门到别墅门廊这短短的距离（他神经紧张地打着哈欠，边走边摘眼镜），第一次偷偷摸摸成了这栋别墅女主人的情人时，他不以为然地看了看毫无察觉的弗丽达，跨过门槛时搓了搓被雨淋湿的手，一股怪异的感觉涌上心头；汤姆在客厅里突然摇头摆尾格外热情地迎接他，在害怕和困惑之中，他对准汤姆踢了一脚。弗朗兹迷信得很，在等候男女主人的时候，他在靠垫亮光闪闪的孔眼里寻找灾难的征兆。在感情方面，他是个十分敏感卑怯的懦夫（这样的懦夫是双倍的可怜，因为他们十分明了自己的怯懦，并且恐惧这种怯懦）。当随着一股骤起的气流，两扇门砰地关上，玛莎和德雷尔同时从两个不同的房间进入客厅时，弗朗兹禁不住奉承起来，仿佛登上了一个照明灯光过于刺眼的舞台。他立刻摆出立正的姿势，有了这种姿势，他感到自己在渐渐上升，穿过天花板，穿过房顶，进入黑棕色的天空；而实际上，他十分空虚，他与玛莎、与德雷尔一一握手。他退出了那个昏暗的虚拟世界，从那些未知的、相当愚蠢的高处退缩回来，在房间的中央坚实地着陆（安全，安全了！），德雷尔用食指划了个圈，在弗朗兹的肚脐上戳了一下，弗朗兹假装倒抽一口气并咯咯地傻笑起来；玛莎像往常一样冷冷地旁观但却洋溢着幸福的表情。弗朗兹的恐惧并没有消失，而只是暂时退潮：一次不慎的一瞥，一个富于表情的微笑，一切都会露馅，无法想象的灾难就会毁了他的前程。此后，每当他踏入这栋别墅，他就会想象那种灾难已经发生——玛莎已经被发觉，或者一阵精神错乱或者由于宗教上的自我牺牲，已经向丈夫承认了一切。客厅里的枝形吊灯一直用一种不祥的光耀迎接他。

他会掂量德雷尔的每一个笑话，嗅闻它的含义，忐忑不安，寻找其中的含沙射影，但却没有发觉任何蛛丝马迹。幸运的是，对于弗朗兹来说，他那个具有明锐洞察力的舅舅对任何事物都感兴趣，活的或死的都感兴趣，他能立刻把握或者自以为能够把握它们不同的特点，得意洋洋，老奸巨猾；然而，这类事物如若日后再次出现，他对它们的兴趣就会逐渐减弱。明锐的洞察力成了司空见惯的抽象之物。天性如此的人会花费足够的精力，运用所有的思想武器和战舰，去对付各种被迫接受的存在印象，感激在新奇和它的消费者之间很快形成的那层亲昵的中立薄膜。认为事物也许会自然而然改变并且形成意想不到的特点是十分乏味的。那就意味着你不得不再次欣赏它，而他已经不再年轻。他欣赏那个穷光蛋的单纯和粗俗，火车上的第一次萍水相逢，几乎就有这种感觉。因此，从第一次正式相互认识开始，他把弗朗兹视作一种意外巧遇、颇有意思的一类人：腼腆的乡巴佬外甥就是这类人，他们思想平庸，胸无大志。同样，玛莎与他结婚迄今已有七年多，但还是那样冷漠、节俭、拘谨；她的美貌偶尔也会光芒四射，她会用天堂般的微笑迎接他，就像初恋时那样。这些形象基本上没有一点改变，它们只是变得更加坚实，充满着各种各样适应环境的特点。因此，一个经验丰富的艺术家只看这一点，看与他原来的观念相一致的那一点。

另一方面，如果一下子得不到他梦寐以求的东西，如果那东西不能俯首帖耳，让他有机会夺得它，那么德雷尔就会有一种耻辱和心痒痒的感觉。车祸发生后已经过去了两个月。他有时间起草遗嘱，因为他一直打算在五十岁生日（上帝啊，她多么冷酷，作为他财产的唯一继承人，她竟然让他的五十寿辰悄然过去，没有一点欢庆的迹象）时完成；而且他仍然傻乎乎的，没有下决心去处置他的司机，如果情况果真如此，迟早一定还会发生另一起事故。他抽动一下鼻孔，就会闻出那人的烟味是否更香；当他迈开弓形腿绕汽车转圈的时候，他就仔细看那人。在最危险的时刻——星期六夜晚——他会突然地召见他，就一些琐事勉强交谈，在谈话的过程中，他会观察那人的举止是否过于放纵。他希望，有一天，他会被告知，哎呀，那个人一塌糊涂，来不了啦，但是，天哪，那一天永远不会到来。有时，在他看来，好像伊卡洛斯[1]父子正在依次飞翔，比平时飞得快了些、欢乐了些。也许，正是在这一天，在突然偏离方向自由飞行的时候，事情才特别有趣：年内第一场真正的

---

1 Icarus，希腊神话中发明家代达罗斯之子，与其父双双以蜡翼贴身飞离克里特岛，因为伊卡洛斯飞得太高，蜡被太阳融化，坠爱琴海而死；伊卡洛斯也是德雷尔家汽车的牌子。

雪在傍晚降落了，现在已经融化成一片滑溜溜的烂泥浆；透过窗户，他注意到一个没戴帽子的男人，看上去完全像关节装了铰链似的，扭扭捏捏迈着小步穿越街道。这使他想起与那个亲切的发明家的谈话。到达办公室后，他立刻给蒙得维的亚饭店的发明家打电话，当秘书萨拉·赖希告知发明家马上就到时，他感到格外高兴。然而，德雷尔、赖希小姐以及世界上任何其他人都没有料到，那个孤独思乡的发明家碰巧也入住弗朗兹到达柏林那晚投宿的同一个房间。从房间里可以看见窗外有一棵参天白蜡树，此时已经掉光了树叶；房间里，如果十分仔细看，你就能看见一些极小的玻璃碎片，嵌进了脸盆架旁的油地毡的缝里。很有意思的是，世界上房间那么多，命运却安排他住进那个房间。这就是弗朗兹走的路——命运突然发威，追逐起这位无名小卒，这家伙对自己的重要使命当然还一无所知，而且永远不会发现有关这事的任何细节，至于踩碎眼镜的事情，没有其他任何人知道，甚至连恩里希特老头都不知道。

"欢迎！"德雷尔说，"请坐！"

发明家坐下。

"考虑得怎么样啦？"德雷尔边说边玩弄他那支心爱的铅笔。

发明家擤了擤鼻子，小心翼翼地拿手帕包好，花了很长时间将那块手帕——早就应该换一块新的——塞进他的口袋。

"我来找你，还是为了上次那个发明。"他终于开口说话。

"有没有新的补充细节？"德雷尔一边提醒他，一边用铅笔在记事本上画同心圆。

发明家点点头，准备开始叙述。这时，办公桌上的电话响了。德雷尔朝着发明家微微一笑，精神抖擞地将话筒搁在耳朵上。"是我。我忘了——你说过今晚不回来吃晚饭？"

"是的，我亲爱的。"

"回家很晚吗？"

"半夜以后。董事会会议，还有一些庆祝活动。你与弗朗兹一起去餐馆吃吧。"

"我没主意。也许吧。"

"那太好了，"德雷尔说，"再见。噢，等一等——如果你需要汽车——喂？"她已经把电话挂了。

发明家假装没在偷听。德雷尔注意到这一个细节，于是含糊其词地傻笑着说："我的小女朋友。"

对此，发明家呵呵虚伪一笑，随后继续对他的发明进行解释。德雷尔开始新一轮同心圆的绘制，赖希小姐拿来一叠信件，随后悄悄走了。发明家继续解释。德雷尔将铅笔一扔，慢慢后仰靠进扶手椅里，他着迷了。

"那是什么意思？"他打断了发明家的话说，"梦游者行进的优雅慢动作？"

"对，如果有需要，"发明家说，"或者从另一个极端来说，康复病人有节制的敏捷动作。"

"继续说，继续说，"德雷尔闭上眼睛说，"这是纯粹的巫术！"

六

　　离弗朗兹居住地不远，有一家不起眼的沉闷的小餐馆。三个男人正静悄悄地专心玩斯开特牌戏[1]。其中一个男士的妻子怀孕了，脸色像牛犊一样苍白，睡眼惺忪地看着他们打牌。一个长相平平的姑娘不时神经质地抽搐，她正在翻阅一本过时的画报，在一个被填得一塌糊涂的没被解开的填字游戏处，她停住了：擦不掉的铅笔痕迹贪婪地填满了填字游戏纵横的大多数空格。身着鼹鼠毛皮衣服的女士（这给餐馆女老板留下了深刻的印象）和戴着玳瑁眼镜的年轻男子，小口抿着樱桃白兰地，相互凝视着对方的眼睛。一个酒鬼戴着一顶看上去像失业者戴的帽子，轻轻叩击着那块厚玻璃，厚玻璃后面成堆的硬币形成了一根金属香肠——它们是向投币口投硬币的人们所遗失的，那些人曾扳动手把去激活小锡球，闪亮的小球就会沿着弯弯曲曲的沟槽滚动。柜台式长桌被啤酒泡沫弄得冰凉，发出鱼一般的光泽。女老板胸前挂着两个羊毛织成的绿色足球来充数，她一边打哈欠一边朝一个昏暗的角落看去；屏风后，隐约可见餐馆的服务员正在那里大口吞食一大堆土豆泥。女老板身后的墙壁上，一对鹿角的上方挂着一只木头雕刻的布谷鸟自鸣钟，鹿角旁边有一幅石印油画，油画描绘的是俾斯麦与拿破仑三世会面时的情景。三个玩纸牌人的窸窣声变得越来越小。此时已经完全停止了。

"你选了个好地方——肯定不会有人在这里撞见我们！"

他在桌面上抚摸她的手："是的，不过时间已经很晚了，亲爱的，也许该离开了吧。"

"你舅舅要到半夜或更晚些才回家。我们有时间。"

"请原谅，我把你拖到这样一个肮脏的地方来。"

"不不，根本不是这么回事。我跟你说，你选了个好地方。我们来想象一下吧，你是海德堡大学的学生。你戴学生帽看上去该有多帅！"

"那么你是隐姓埋名的公主？我希望我们喝香槟酒，身边一对对恋人翩翩起舞，还有美妙的匈牙利乐曲。"

她用肘部撑着桌子，用拳头将她脸颊上的皮肤往后撑。一阵沉默。

"告诉我，你喜欢吃什么？我觉得你越来越瘦了。"

"噢，没关系的。出生以来，我一直不开心。现在好了，有你和我在一起。"

玩纸牌的人们纹丝不动地看着他们的牌。那个胖女人精疲力竭，倚靠在她丈夫的肩膀上。那个姑娘已经陷入沉思，她的脸停止了抽搐。画报的书页软不邋遢，像无风天气里的旗子。寂静。麻木。

玛莎先微微动了一下，弗朗兹也动了一下，试图摆脱那种

1　skat，一种用三十二张牌通过争叫决定定约权的三人纸牌戏。

奇怪的倦怠；玛莎眨眨眼睛，拉住弗朗兹西服的翻领。

"我喜欢他，可是他很穷。"她开玩笑地说。突然，她的脸部表情变了。她想象她也是一贫如洗，这里，在这个破旧的小酒店里，在烂醉如泥的劳工和放荡低级的妓女中间，在这极其安静的环境里，只有那台时钟在嘀嗒嘀嗒地响着，两人面前各自放着一个黏糊糊的玻璃酒杯，在一起消磨星期六的夜晚。

她恐怖地想象：这个温柔的穷光蛋真是她的丈夫，她年轻的丈夫，她永远，永远不会放弃他。打着补丁的长筒袜，两套简朴的衣服，一把断了几个齿的梳子，房间里挂着一面模糊的镜子；她的双手因洗衣做饭而变得粗糙不堪，在这家小酒店里花一马克喝个酩酊大醉……

她越想越害怕，她的指甲深深抠进了他的手里。

"怎么啦？亲爱的，我不明白。"

"起来，"她说，"买单，我们走吧。这里太闷了，我喘不过气来！"

夜晚的冷空气是那么的真实，她深深吸了口气，顿时她又感到自己非常富有，于是就紧紧依偎着他，很快调整脚步，与他步伐一致；他摸索着，在她层层叠叠的毛皮衣服里找到了她温暖的手腕。

第二天早晨，玛莎躺在自己漂亮明亮的卧室里，微笑着回想起她想入非非的恐惧。"我们还是现实一点吧，"她安慰自己，"事情非常简单。我只是有个情人。那只是使我的生活锦上添花，别把事情想复杂了。事实也真是如此——一种愉悦的添枝加叶。如果，一旦意外——"可是，很奇怪，她找不到思绪的方向，弗朗兹的街道一端是个死胡同，因此，她的思绪也常常走到尽头。她没法想象，比如，弗朗兹不存在了，或者其他某个爱慕者手持玫瑰从薄雾中浮现，因为每当那个爱慕者走近时，他总是弗朗兹。今天，就像今后所有的日子一样，这一天因为她对弗朗兹炙热的情感而变得丰富多彩。她试图回忆往事，回忆那些她还不认识弗朗兹时难以忍受的往事，但是回想起的都不是她自己的往事，而是他的往事：他的那个小镇，她碰巧在回家途中停留了一下，那个小镇在她的脑海里变得越来越大；薄雾中浮现出弗朗兹家绿瓦白墙的房子，在现实生活中，她从来没有见过那种房子，只是听他说过很多次；还有拐角处砖砌的校舍，以及那个身体虚弱、戴着眼镜的小男孩。弗朗兹跟她说起他那些童年的往事，比其他任何她亲身经历过的事情还重要。她不明白事情为什么会变成这样，她与自己争辩，试图抵触那种侵入她习惯和清晰意识中的想法。

尤其痛苦的是那种内心想法的不一致，她不得不照料一些家务，或者考虑购买一件重要物品，而这些事情与弗朗兹却毫无关系。比如：在一些奇怪的时刻，购买一辆新车的想法会不断在她的脑海中闪现；然后，她会对自己说，这与弗朗兹毫无关系，他是局外人，不知怎的，他是受骗的。尽管很长时间以来，她一直梦想买一辆某种型号的时髦轿车，取代那辆有些破旧的伊卡洛斯，但是这种购车的所有乐趣都会因此而荡然无存。她为弗朗兹而穿的裙子、星期天的晚餐她为弗朗兹准备喜欢吃的菜——这些事情截然不同。刚开始，所有这些担忧和愉悦对她来说都是怪怪的，仿佛她年轻了十岁，正在学习用一种新的方式生活，并且需要时间熟悉这种生活。

另一种迷茫源于这样的事实；她越来越喜欢她的房子，因为弗朗兹几乎已经成了他们家的一员，但是这个宅子里除了她和弗朗兹，还包括了另外某个人；他在那里，活生生的，个子高大，黄褐色八字须，脸色红润，与她在同一张餐桌吃饭，睡在她身边的床上，用这种或那种方式要求她给予关注。在已经相当遥远的那一年里，她甚至更关心他的财政情况；当时，通货膨胀的热气球抛下了许多压舱物，它们源源不断涌入他的口袋，炼金术般的梦想实现了——外汇。跟过去一样，德雷尔对她很少说起钱财上的事情。她并没有把对丈夫商业投机活动的兴趣与她新的、刻骨铭心的、呻吟的、令她心脏剧烈跳动的生活有机地结合起来。她感到没有银行和卧床的如此交融，她就没法得到完美的幸福；然而，她不知道如何取得和谐，如何消除冲突。丈夫曾经给她看过一张纸条，他在纸条上为她用整数计算了他的财富："这些钱够了吗？"他笑着问，"你觉得如何？"汉堡的保险柜里存放着暂不动用的七十万美元。股票市场里有另一笔财富。此外，还有一些相当可观的流动资产易于周转，是他做生意的命脉。最近，他立了遗嘱，为了这份遗嘱，她辛苦了两个晚上，努力做爱；谢天谢地，遗嘱里最终没有列入南非一位讨厌的弟弟，她怀疑，他的这位兄弟一直对他的遗产份额虎视眈眈。

"这么说，我们几乎是百万富翁啦！"她说，其语气的欢快实属罕见。看到她如此开心，丈夫随时准备给她更多："正在努力，正在努力，亲爱的，"他回答道。

她想，不管在交易所或在他那些不太重要的商务交往中发生什么事情，他们有足够的钱过许多年悠闲的生活——直至，比如，她六十岁，或者，比如，五十八岁，到那个时候，弗朗兹还只有四十五岁。不过，只要德雷尔先生还存在，他一定要继续挣钱。因此，她从热情满怀转而焦虑满脸，她劝德雷尔在汉堡积聚更多钱财，在柏林少冒险投资，然后冷淡地把那张纸条还给他。夫妻俩正站在写字台旁，写字台上亮着由帕西发尔[1]擎举的台灯，别墅里笼罩着一种沉寂的氛围，人们可以听见户外正大雪纷飞，昏暗、昏暗的白色正窒息着花园。这一年的十二月比往年更加寒冷，气温格外低，新闻界那帮健忘的老家伙们急于报道这一现象，几年来，他们都一直老调常谈，胡侃持续不变的天文现象。德雷尔焦虑地瞥了一下手表。他们三人打算去观看一场杂耍表演。他像个孩子，担心迟到了。玛莎伸手拿起桌子上放着的报纸，浏览了一下广告和当地新闻，读到有一栋别墅售价五十万马克，有一辆汽车翻了，车主死了，是著名演员赫斯，他开车去医院看望生病的妻子。"我的天哪，"她惊叫道，"这真是骇人听闻。"邻近卧室里，弗朗兹百般无聊，听着收音机里播音员用雄浑的声音报道这起车祸的详

1　Parsifal，亚瑟王传奇中寻找圣杯的英雄人物。

细情况。

恢宏的剧场里观众坐得满满当当，巨大的舞台上幕布还没拉开。他们挤进一个格外狭窄的包厢，在这种包厢里，人们才深切体会到，人类的那两条腿是那么不舒服、那么复杂、那么疼痛！个子瘦长的弗朗兹尤其难受。可是好像还不够烦人似的，他的下肢还奇怪地长长了，玛莎严格遵守了通奸的每一条清规戒律，将她柔软光洁的膝盖一侧紧贴在弗朗兹难受弯曲的右腿上，而德雷尔就坐在弗朗兹的左侧稍靠后些，轻轻倚着弗朗兹的肩膀，他不断用自己那份节目单的一角轻轻拨弄一个耳朵。可怜的弗朗兹，他一面担心玛莎的丈夫会发现什么，一面高兴地享受柔软光洁的火花迅速流遍全身。

"剧场真大啊！"弗朗兹小声咕哝，他轻轻挪动了一下肩膀，以便摆脱德雷尔那只令人讨厌的长着金色汗毛的手，"我可以想象他们每晚可以赚多少钱。让我来看看——大约有两千个座位——"

德雷尔一边第二次或第三次浏览节目单，一边大声叫嚷："啊，太好了，自行车特技车手！"

灯光慢慢暗了。玛莎膝盖的压力肆无忌惮地增强了，不过，当管弦乐队开始演奏《拉美莫尔的卢西亚》[1] 集锦曲（这首乐曲在这种氛围中演奏是相当合适的，尽管我们的观众却不知

1　*Lucia di Lammermoor*，意大利歌剧作曲家葛塔诺·多尼采蒂所谱曲的三幕歌剧。该剧故事内容为英国苏格兰安妮女王时代，互为世仇的两大家族之间发生的爱情悲剧。

其中的奥妙）时，这种压力放松了。

他们观看了很多有趣的节目。玛莎觉得这些节目非常符合她的口味，德雷尔也认为这场演出非常出色，弗朗兹更是赞不绝口。一个头戴高顶黑色大礼帽的男子杂耍假瓶子，一边耍一边往头上加帽子；四个日本人在嘎吱作响的高空秋千上有节奏地来回飘荡，在表演惊险动作的间隙，他们还相互投掷一块艳丽的手帕，他们用这块手帕过分讲究地擦手；一个小丑宽松的裤子好像总要掉落似的，在舞台上到处突然猛地跌倒，倒地之前，他在脸上重重一拍，嘴里一声尖叫，同时滑行一段距离；一匹马那么白，一定是用白粉涂抹过了，它优雅地随着音乐踏步起舞；一个疯狂的自行车特技家族充分运用了自行车车轮的各种特性，人类在车轮上可能做的动作全做了，不可能做的也做了；一只黑色光亮的海豹像即将淹死的游泳者那样，发出沙哑的叫声，然后顺溜地滑行，仿佛涂了润滑油似的顺着一块板，滑入一潭绿色的水中，水池里有个半赤裸的女郎在海豹的鼻子上亲吻一下，欢迎它的到来。德雷尔不时高兴地发出咕哝的声音并用胳膊轻推弗朗兹。海豹得到了它最终的犒赏，一条活的鲭鱼，它跃向空中，一下吞食了肉质美味的佳肴，随后摆动它的鳍急速游离。接着，幕布落下，正如法国人所说的那样，让观众休息一会儿；当幕布再次开启时，一位女演员脚上穿着一双银色鞋子，身上穿着一套缀满亮晶晶饰片的晚礼服，站在暗淡舞台的中央，沐浴在聚光灯下，手持一把发亮的小提琴，用闪闪发光的琴弓开始拉琴。聚光灯煞费苦心，一会儿粉色，一会儿绿色，将她照得浑身上下五彩缤纷，她额头上的一根头带也闪烁着亮光。她的演奏舒缓倦怠，美妙无比，令玛莎心神荡漾，曲调是那么精美那么悲伤，玛莎缓缓合上眼睛，在黑暗中摸索弗朗兹的手。弗朗兹正经历着同样的感受——极其销魂，非常适合他俩此时此刻偷情的心绪。音乐所创造的变幻无常的幻觉（节目单上这个节目就用了这个名字）激发出火花，令人心醉神迷，小提琴琴声委婉曲折，粉色、绿色，夹杂着蓝色和紫色——可是德雷尔再也忍受不了了。

"我已经闭上了眼睛，捂住了耳朵，"他哭丧着低声说，"这恶心讨厌的节目结束时，对我说一声！"

玛莎吓了一跳，弗朗兹以为偷情全都露馅了，以为德雷尔看见他俩相互手握手。与此同时，舞台的灯光又暗了，剧场里响起了排山倒海的雷鸣般掌声。

"你对艺术一窍不通，"玛莎冷冰冰地说，"你只会打扰其他人聆听。"

德雷尔嘟哝着舒心地叹了口气。随后，他故弄玄虚，快速抖动两道眉毛，像一个急于忘却烦心之事的人那样，在节目单上寻找下一个节目。

"啊，这才像话！"他说，"'贫民窟里的栖息者'，不管他们是什么人，然后成为世界闻名的魔术师。"

"真险哪，"弗朗兹心里在想，"当时真险哪。唷！……我们得格外小心才是……当然，这多有意思！坐在这里，我知道她是我的人，而他坐在我们身边，却全然不知。可是，这实在太危险了……"

演出结束后放映了一部电影,自从第一部"电影"作为吊胃口的旷世珍品放映以来,马戏场和音乐厅通常都是这样安排节目的。舞台现场表演以后,闪烁的银幕显得格外平坦,影片里一只黑猩猩穿着带有侮辱性的人类衣服,做出人类的动作,这对动物来说是一件很羞辱的事情。玛莎开怀大笑,说:"瞧,它多聪明!"弗朗兹也惊讶地用舌头发出咯咯的声音,而且非常认真地坚持说,它是侏儒乔装打扮的。

他们走出剧场,来到寒冷的街上;剧场的各种电子招牌和广告像又一场演出,把大街照得灯火通明,尽职的伊卡洛斯牌轿车带着小丑般的热情驶到面前。德雷尔责怪自己最近忘了注意留神司机的行为举止,此时此刻恰好可以做一番观察。司机急急忙忙戴上防护皮手套,德雷尔试图嗅闻司机嘴里呼出的热气。司机遇上了主人的目光,他露出一口蛀牙,竖起眉毛,装出一副无辜的样子。

"好冷啊,好冷啊,对不?"德雷尔赶紧说。

"还好,"司机回答,"还好!"

"酒喝得还不算太多,"德雷尔心想,"不过,我敢肯定,他在等候的时候……脸色发红,眼神欢快。好吧,我们来看看他是如何驾车的!"

司机车开得非常平稳。弗朗兹毕恭毕敬地坐在这辆豪华轿车边上两个折叠座位中的一个位子上,倾听着汽车快速平稳行驶的嗡嗡声,仔细端量他们那个银质花瓶里的人造菊花、挂在钢钩上的对讲器、独自计时的旅行时钟，还有一个放着金色末端的烟蒂的烟灰缸。雪夜，路灯光环闪耀，从宽大的车窗边飞速掠过。

"我在这里下车，"弗朗兹说，他认出了一个广场和一尊雕像，"从这里只要走一会儿就到我住的地方了。"

"噢，我送你到家门口，"德雷尔打着小哈欠回答，"你的确切地址是什么？"

玛莎盯着弗朗兹的眼睛，摇摇头。弗朗兹明白了。每天傍晚，德雷尔已经习惯在家里送别外甥，所以从来没有操心去询问他到底住在哪里，于是这事就在沉默中顺利掩饰了过去。弗朗兹清了清嗓子说：

"不用了，真的，我想活动活动手脚。"

"那就随你的便。"德雷尔打着哈欠说，一边倾身越过弗朗兹，用拳头敲敲玻璃隔板。

"干吗敲玻璃？"玛莎生气地说，"对讲器就是派这种用场的，不是吗？"

弗朗兹发现自己处在一个荒凉的白色广场上。他竖起雨衣领子，双手插进口袋，耸起肩膀，匆匆朝他的住地方向走去。要是在星期天，在城市西区优雅的街道上，他就会穿上新大衣，走起路来样子也会相当不同。不过，现在不是潇洒的时候——寒气逼人。大城市周日的散步不是那么容易模仿。那种散步需要昂首挺胸，步履极其缓慢，伸长双臂，在大衣最后一粒纽扣底下双手交叉（一副高级手套是必需的），仿佛为了使大衣保持笔挺，每走一步，脚趾需要向外踢。选帝侯该死的纨绔子弟就是这样招摇兜风的，有时候会成双成对，有时会回头看姑娘，但双手不改变姿势，只是目光猝然、少许回顾。

尽管天寒地冻，弗朗兹还是情绪高涨，有看完一场表演后的那种感觉，他甚至开始吹起口哨。"让她丈夫见鬼去吧！人应该勇敢些。这种艳福不是人人都能遇到的。她现在在干什么？她一定到家了，正在宽衣解带。那只黄毛猪猡！毫无疑问，正在纠缠她。让他见鬼去吧！现在，她正坐在床上，正在脱去长筒袜。我再走过三四栋房子，她就会赤条条的了。我要给她买一件花边睡衣。把它与我的睡衣放在一起。当我走到那盏路灯时，她的头就会靠到枕头上。我穿过街道，她就会关灯。他们睡在一个卧室里。不，他越来越老了，他不会去碰她的。再走一个街区，她已经睡着了。这就是我的街道。了不起的小提琴家——演奏得那么美妙，真有点出神入化了。魔术师也很棒。戏法很简单，这是毫无疑问的：靠骗人赚大钱！现在他已经熟睡。她在梦中见到了我的住处，听到了那神奇的小提琴乐曲。这该死的钥匙！一开始总像以前从没开过这把锁似的！楼梯灯又坏了。如果不小心绊一下，你真会跌个头破血流。这把钥匙也在闹情绪了！"

在昏暗的走廊里，房东老头恩里希特站在他灯光稍亮的房门口，不赞许地直摇头。

"哎呀，哎呀，哎呀，"他说，"半夜以后才上床睡觉！真不要脸！"

弗朗兹刚想继续往前走，老头一把抓住他的袖子。

"今晚我不生气，"他动情地说，"今晚我很高兴：老婆回家了！"

"祝贺你！"弗朗兹说。

"不过，欢乐并不十全十美，"恩里希特抓住弗朗兹的袖子不放，继续往下说，"我的小老太婆病着回来了。"

弗朗兹同情地叹息了一声。

"她在那里，"房东高声说，"坐在那边的一把椅子里。去看看吧。"

他把房门开大了些，弗朗兹在椅子靠背的上方瞅见了一个头发花白的脑袋，头顶上用饰针别着某样白色的东西。

"明白我的意思了吗？"老头用闪亮的眼睛凝视着弗朗兹说，"好啦，晚安！"他补充说，随后悄然溜进屋里，关上了房门。

弗朗兹继续往前走。但是，他突然停住脚步往回走。"嗨，"他隔着门说，"那只沙发呢？"

屋里传来沙哑拘谨、老太婆似的回答："沙发已经放在你房里了。我把自己的沙发给你了！"

"两个老古怪！"弗朗兹心想，并厌恶地做了个怪相。那是一只破旧的硬沙发，色调灰暗，图案是勿忘草。尽管如此，这还是一只沙发。第二天，玛莎来了一看，便皱起鼻子，不住地皱起。她按了按沙发的填充物，发现有一个弹簧坏了，沙发边缘破烂不堪已经隆起。

"咳，算了，没治了，"她最后说，"我不想跟他的老婆吵架。可惜她回来了。又多了两只耳朵。把那两个靠垫放到那边去，这样看起来舒服些。"很快，他俩就习惯了这个沙发，习惯了它朴素的颜色，习惯了他俩疯狂做爱时它发出的有节奏的讨厌的嘎吱声。

然而，它不仅是一只给弗朗兹的房间增添色彩的沙发。有一次，德雷尔心血来潮发起善心，从西装背心口袋里额外掏出一些现金（真正的绿背美元！），给了弗朗兹。两周后，正逢圣诞节，弗朗兹的衣橱里出现了一个新房客：期待已久的无尾礼服！

"这太好了，"玛莎说，"不过，这还不算什么。你还得学会跳舞。明天晚餐后，我们在留声机上放一张好听的唱片，我来给你上第一课。让你舅舅看我们跳舞，那太有意思了！"

弗朗兹穿着崭新的餐服来了。玛莎责备他没有必要穿得这么整齐，不过觉得礼服非常合身。时间是晚上九点。德雷尔随时都可能回来。在这方面他非常守时，总会打电话来说早到几分钟或晚来几分钟，因为他特别喜欢在电话里听妻子温柔、流利、一本正经地说话——她的声音有一种早期佛罗伦萨人的味道，与平淡无味的现实是那么的不同。每次他打电话来说无关紧要的早或晚个几分几秒，玛莎都会非常惊讶，尽管她也非常守时。就她丈夫的守时而言，她感到非常纳闷和恼怒。今晚，他还没有打电话，而且已经晚到半个小时。出于对每条神圣的裤缝真心的尊重，弗朗兹不愿坐下，而是绕着房间转圈，绕着玛莎的扶手椅转圈，但不敢亲吻她，因为女佣就在附近。

"我饿了，"玛莎说，"我不明白他为什么还不回家。"

"我们开始放唱片吧。我们一边等待，你一边教我跳舞。"

"我没心思。我说过了，晚饭以后。"

又过了十分钟。她噌地站起来召唤弗丽达。

吃了美味多汁的煎蛋饼和一些猪肝，玛莎精神来了。"把它关了，"她指着弗丽达离开后敞开的门对弗朗兹说。弗丽达有个牙齿坏了，整天痛不可言。当弗朗兹回到座位时，玛莎已经对着他满脸堆笑，爱意浓浓。碰巧，今晚是她和弗朗兹第一次单独在家吃晚饭。是的，他的餐服再帅不过了。她一定要给他一些漂亮的袖口链扣，不要用那些大头钉似的难看的纽扣。

"嗨呀，我亲爱的大甜心。"她柔声细气地边说边越过桌布朝他伸出手臂。

"当心啊。"弗朗兹环顾四周低声说。他不信任墙上的照片——身着长披风的老男爵瞪着两只疑心重重的眼睛向下凝视着，准备随时猛扑过来。那个闪光发亮的餐具柜也目不转睛地盯着。帷幕层层叠叠之中躲藏着披斗篷的窃听者。著名的恶作剧者柯歇斯·德雷尔森也许就蹲伏在餐桌底下。幸好至少汤姆还在前厅里。女佣随时可能回来。在这座豪宅里，你是不可以随心所欲胡来的。然而，她微笑的欲望是无法抗拒的，他抚摸起她光滑的手臂。她慢慢地用手指抚摸他的鼻子，笑容满面，用舌头湿润着她的嘴唇。他害怕极了，德雷尔很可能会在这个时刻突然从帷幕后站出来：开玩笑的人变成了刽子手。

"吃吧，喝吧，我的阁下，我们在自己家里呢。"玛莎笑着说。

她穿着一件黑色薄纱连衣裙，她的嘴唇抹了唇膏，绿色的耳环亮光闪闪，她的头发分缝精确，油光发亮，比平时更具有黑榴石的光泽，头发是她宝贵的美貌之一。一盏橘黄色灯罩的矮台灯照射出一种性感的光芒。弗朗兹的眼镜闪烁着崇拜的光亮，他一边享用着冷鸡腿，一边窥视着玛莎。玛莎朝着他倾身向前，从他手中夺过那块被啃了一半的油光光的鸡腿，只用两只眼睛微笑，优雅地拿着鸡腿，开始津津有味地啃了起来；她的小手指弯曲着，她的睫毛呼扇呼扇，她的嘴唇变得越来越丰满晶莹。"你真令人销魂，"弗朗兹低声说，"我爱慕你！"

"要是我们每天晚上都能像这样吃晚饭该有多好，就你和我。"玛莎说。她突然一抬头，驱除瞬间的愁容，用稍许变调的嗓音高声说："你能为我倒些那种珍贵的白兰地吗？我们来为我们的结合干杯！"

"我想我不能喝。我担心喝了酒就学不会跳舞了。"弗朗兹边说边小心翼翼地倾倒细颈小酒瓶。

可是她并不在意跳舞……她渴望留在这个椭圆形的光池里，感受这种确定性，确信明天还会这样，明天晚上还会这样，直至他们生命的终结。我的餐厅、我的耳环、我的银器、我的弗朗兹。

突然，她一把抓起左手腕，转动她那块手表的小表面，手表总是滑落到手腕另一侧青筋交叉的地方。

"已经晚了一个小时。一定发生了什么事情。请你按铃——在那边，就在你的上方。"

这让弗朗兹感到很恼火，她丈夫晚回家会让她紧张。丈夫晚回家到底有什么要紧的！他不回来更好。她根本不应该那么吃惊。

"一定要我按铃吗？"他边说边将双手插进了外衣口袋。

玛莎瞪大了眼睛。"我想我说过了，请你按电铃。"

在她的目光的威逼下，他像往常一样让步了，并按了铃。

"如果你吃饱了，我们就去客厅吧。不过，吃些葡萄吧。来，这一串。"

他开始吃起了葡萄，葡萄硕大，看起来很昂贵，可远不如他家乡样子难看的克莱姆斯葡萄好吃。电铃在它的电线上来回晃动，影子映照在桌布上，就像幽灵的摆锤。弗丽达进了屋，脸色苍白，茫然不知所措。

玛莎问："我外出时，我丈夫有没有来过电话？"

弗丽达愣了一下，随后紧紧捂住双鬓。"天哪，"她惊呼，"经理先生八点左右的确来过电话——说他刚刚动身回家，让你们先吃饭。对不起。"

"一个牙齿脓肿了，"玛莎说，"不应该让你失去理智！"

"对不起。"女佣无奈地重复。

"真是疯了！"玛莎说。

弗丽达一声不吭，不住地眨巴眼睛，让人好生怀疑，她开始收拾用过的餐盘。

"过一会儿再收拾。"玛莎厉声说。

女佣急急忙忙走了出去，忍不住抽泣起来。

"令人不可思议的女人！"玛莎生气地嘟哝，将胳膊肘搁在餐桌上，双手交叉握紧拳头，支撑她的下巴，"难道她没有看见我们在餐桌边坐下？难道她不是亲自端来煎蛋饼？等一等——我没有意识到实际上是她端来了煎蛋饼。"玛莎发亮的手指指了指，"再按铃，快点！"

弗朗兹顺从地举起一只手。

"不，别按了，"玛莎说，"她睡觉以前，我要跟她好好谈谈。"

玛莎一下子变得格外激动。

"除非我的手表和那台时钟跟她一样都疯了，现在已经是十一点半啦！你舅舅开车回家可真从容啊！"

"一定有事把他给耽搁了。"弗朗兹闷闷不乐地应和道。她的焦虑深深刺伤了他的心。

玛莎关了餐厅电灯。他们进了客厅。玛莎拎起电话筒听了听，随后砰地挂了。"电话没有故障，"她说，"我只是不明白。也许我应该给他打电话——"

弗朗兹双手在背后紧握着，在客厅里来回踱步。这位可怜家伙的眼睛感到剧烈疼痛。他心想他是否最好离开，走后把门砰地关上。玛莎快速地翻阅电话簿（"整整齐齐放在电话底下，收录着五百个电话号码"），找到了她丈夫秘书的家庭电话号码。

萨拉·赖希刚刚进入梦乡，于是今晚第一片安眠药算是废了。

"这就怪了，"她回答道。"我亲眼看见他离开的。对了，乘坐伊卡洛斯。时间——等一等——对了，大约八点——现在是半夜了……我是说，几乎半夜了。"

"谢谢。"玛莎说，电话支架发出丁零当啷的声响。

她走到窗户跟前，拉开蓝色的窗帘。夜色晴朗。前天夜里，冰雪已经开始融化，随后再次结冰。那天早晨，有个走在她前面的瘸子在一块光溜溜的冰上滑倒了，他的木头假肢朝天竖起，人傻乎乎地仰面朝天躺在地上，真是滑稽透了。玛莎没张嘴巴就突然前俯后仰地大笑起来。弗朗兹以为她在抽噎，于是就困惑不解地走到她的身边。她紧紧抓住他的肩膀，用她的脸颊蹭他的脸。

"小心——我的眼镜。"弗朗兹咕哝着——在过去几周里他不是第一次这样说了。

"开始放音乐，"她一边放开弗朗兹一边高声说，"我们跳舞吧，我们自娱自乐。别担惊受怕的——只要我乐意，任何时候只要我想对你说悄悄话，我就会说——你听见了吗？"

弗朗兹恭敬地转动留声机大漆盒的曲柄，这玩意儿一定很昂贵，可能要比它播放的所有唱片还要值钱。当他抬头张望时，玛莎正坐在沙发上凝视着他，一副奇怪阴郁的表情。

"我以为你也会来选一张唱片的。"弗朗兹说。

她转身走开。"没有，我根本没心思跳舞。"

弗朗兹深深叹息了一声。他已经见识过她的各种不同情绪，但这次有些特别。

他来到沙发跟前，在她身边坐了下来。远处传来"砰"的一声关门声。弗丽达上床睡觉啦？他一边依然专心倾听，一边亲吻玛莎，首先是头发，然后是嘴唇。她的牙齿在嗒嗒打战。"把披肩递给我。"她说。他从角落的跪垫上捡起粉色毛披肩。她看了看手表。

弗朗兹突然站起身来。"我要回家了。"他说。

"你要什么？"

"回家。我得比那些老秘书和胖姑娘们早起床很多。"

"你留下。"玛莎说。

他把她的话仔细想了想，隐约意识到所有这一切的背后隐藏着某种玄机。可是，是什么玄机呢？

"你知道吗，我刚才想起了什么？"玛莎突然说，弗朗兹拉了拉裤子的膝盖处，又坐回沙发。"我想起了那个粗鲁的警察写车祸报告的情形。把你的小红本子给我。还有铅笔，在那里！"她一边继续说，一边站起身来，挺直身子。"警察就是这样把笔记本拿在胸前的。气得发抖，同时还在本子上写字。"

"什么警察？你在说什么呀？"

"噢，对了，你不在现场。我已经习惯把你当作家庭成员之一，如果你明白我的意思的话，回想起发生过的任何事情，都把你算在里头。"

"别说了！"弗朗兹说，"你吓坏我了。"

"我不在乎你是否吓坏了。事实上，我不在乎——请原谅我，亲爱的，我在胡说八道。我想，我只是过分心急了。"

她再次在沙发上坐下，膝盖上放着那个笔记本。她心不在焉地在一页纸上画了几条线。接着，写了她的姓，然后慢慢地把它涂掉。她不以为然地看着他，用硕大的字体再次写了"德雷尔"几个字，眯缝起眼睛，将它涂黑。铅笔尖断了。她将笔记本和铅笔扔还给他，然后站起身来。

时钟"嗒嗒"而不是"嘀嘀"地响着，咔嗒咔嗒。玛莎站在他面前，好像要对他催眠似的，把简单的想法转移到他年轻木讷的头脑里。

前门砰的一声，打破了让人难以忍受的寂静，汤姆一下子欢快地吠叫起来。

"我的赌咒没能灵验。"玛莎说，怪诞的抽搐扭曲了她美丽的面孔。

德雷尔没像平时那么轻松愉快地进门，见面也没有跟弗朗兹开玩笑。

"为什么这么晚回家？"玛莎问，"你为什么不打电话？"

"正好碰巧了，亲爱的，正好碰巧了。"他想笑，但笑不出来。他盯着外甥的衣服看，外甥的裤子太窄了，西装的翻领太亮了。

"噢，我该走了。"弗朗兹嗓子沙哑地高声说。

弗朗兹吓傻了，他记不清自己后来是如何道别、如何穿上大衣、如何走上大街的。

"你没说实话，"玛莎说，"一定发生什么事了。是什么事情？"

"说来很乏味，亲爱的。我杀了个人。"

"又开玩笑了，总开玩笑！"玛莎不满地说。

"这次没开玩笑，"德雷尔轻声地说，"我们撞上了一辆电车，高速撞上去的。七十三路电车。我只丢了顶帽子，还重重地撞上了什么东西。碰到这种情况，司机的下场总是最惨。救护车上的人员简直是天使。司机当时还活着，我们就把他送进了医院。他死在那里。真正的天使。别盘根问底！"

他们在餐厅里隔着桌子面对面坐着。德雷尔吃了剩下的冷鸡。玛莎脸色苍白但光洁发亮，嘴唇上细小的黑色汗毛上有些汗珠；她用手指按住太阳穴，眼睛死死盯着雪白、雪白，白得让人难以忍受的桌布。

七

当那次不可避免的爆炸（不知怎的，在它发生之前就已经被认为是不可避免的）即将打断一场非常有趣但很不连贯的对话，一场与蓄须的马扎尔人[1]或巴斯克人[2]有关如何用几桶血来给一只海豹的尾巴做外科手术，以便使它能够直立行走的对话时，德雷尔突然回神，回到了人间冬季的早晨，回来得那么不顾一切，那么匆忙，好像他刚才在玩弄地狱里的机器，一下按住即将引爆的定时钟。

玛莎已经人去床空。他左手臂上的刺疼感就像一只电子蜂鸣器将昨天与今天连在了一起。走廊里，软心肠的弗丽达一边拖着脚步走路，一边大声抽泣。德雷尔叹息着查看自己厚实肩膀上那一大块紫色的瘀伤。

德雷尔躺在浴缸里，听见玛莎在隔壁房间里气喘吁吁，嘎吱嘎吱，噼噼啪啪地锻炼身体，这在那年是很流行的。他匆匆吃了点早饭，点上一支雪茄烟，忍痛笑着穿上大衣，然后出门。

园丁（也是警卫）正站在栅栏旁边，德雷尔心想，即便有点晚了，倒还不如用直接提问的方式，解决困扰他已久的神秘之事。

"不幸，真不幸哪，"园丁神情严肃地评论说，"想想吧，身后他还在村里留下一个年纪还不算大的父亲和四个小妹妹。在冰上滑了一下，就完了！他多么希望有朝一日能开大卡车。"

"是呀，"德雷尔点点头说，"他的颅骨裂了，他的胸腔——"

"是个快乐的好人哪！"园丁动情地说，"可是现在死了。"

"听着，"德雷尔开始调查说，"你有没有碰巧注意到——嗯，我非常怀疑——"

他犹豫了。一件小事——动词用什么时态——让他打住了。不应该问"他喝酒吗"，而是必须问"他过去喝酒吗"，这种时态上的变化会造成逻辑上的动摇。

"……我是说，你有没有注意到——客厅大窗户的窗闩有点毛病？我的意思是，窗闩不太起作用，任何人都能从外面进入？"

"结束了，"他坐在出租车里若有所思地想，他的一只手拉着安全带。"生命结束了，玩笑也结束了。我要卖了那辆伊卡洛斯，不再修了。她不想再买一辆车，我想她是对的。最好还是等一段时间，让天命忘了这件事。"

玛莎不想买车的理由有点让人难以理解。一个星期里不用自己的汽车外出两三次，似乎有点奇怪，有点让人怀疑，因为后半晌午，她得去上韵律操和仪态课（"弗洛拉，请接受这些百合花"或者"让我们迎风展开我们的面纱"），她之所以不能

1　Magyar，匈牙利的基本居民。

2　Basque，欧洲比利牛斯山西部地区的古老居民，绝大多数居住在西班牙北部，是欧洲保存本民族风俗、服饰最多的一个民族。

用车是因为用的话，她就得贿赂司机，让他别透露她的真实去向。因此，她不得不采用其他交通方式，采用各种最常用的交通方式，甚至包括地铁，地铁可以非常便捷地把人们从城市的任何一地（绕个圈子至关重要，尽管这段路步行也只要十五分钟）运送到某个街角，那里正在慢慢建造一栋相当了不起的大楼。她经常对德雷尔说，只要有机会，她喜欢乘公交车或者电车，因为慷慨大方的城市提供这么廉价、极其廉价的交通方式给人们随心所欲地搭乘，不利用它是很傻的。德雷尔说，他是个慷慨的公民，喜欢乘出租车或私车。采取了这些预防措施之后，玛莎相信，没人会想到她换乘了车子，减少或完全没去参加那些快乐的健美操，与其他光脚丫的贵妇人们一起身穿滑稽的紧身衣，抛撒看不见的花朵。

那天，报纸的新闻版上简要刊登了商人德雷尔，"花花公子"百货商场老板和他的司机车祸消息。玛莎比平时早一点到达弗朗兹的住处。弗朗兹还没下班。她在长沙发上坐下，摘下帽子，再慢慢脱去手套。那天，她的脸格外苍白。她穿着高领米色套裙，胸前有些小纽扣。当弗朗兹熟悉的脚步在走廊里响起，随后进屋（突然进门，不拘礼节，就像我们走进自己的房间那样，以为屋里没有人）时，她没有微笑。弗朗兹又惊又喜，高声叫了起来。他连帽子也没脱，就开始像阵雨降落一般，快速亲吻玛莎的脖子和耳朵。

"你已经知道那件事啦？"她问。她的眼神怪怪的，他希望别再看到这种眼神。

"那当然，"他一边回答一边从沙发上站起身来，脱掉雨衣和条纹围巾，"百货商场里大家都在谈论这件事。他们问我各种各样的问题。昨天晚上他进门时，脸色那么阴沉，我真是吓坏了。多么可怕的事情！"

"可怕什么，弗朗兹？"

他已经脱去了外衣和衣领，正在稀里哗啦洗手。

"你想想吧，所有那些锯齿形的碎玻璃刺向你的脸，金属和骨头嘎吱作响，还有鲜血，一片漆黑。我不知为啥要把这种事情描述得那么清楚。真让我想呕吐。"

"你紧张了，弗朗兹，紧张了。到这边来。"

他贴近她坐了下来，假装没看见玛莎正沉浸在自己遥远可怕的思绪之中。他轻声问：

"今天不玩毛球啦？"

她没有听见这甜蜜的委婉语，或者似乎没有听见。

"弗朗兹，"她一边说一边抚摸和捏紧他的手，"你明白吗，这简直是个奇迹！昨天我就有一种不祥的预感，结果没有应验。"

"咳，又谈这件事！"他心想，"她老是担心他，真让我厌烦，这还要持续多长时间？"

他转过身去，想吹口哨，但是吹不出声音来，于是就继续嘟着嘴唇沉思。

"你怎么啦，弗朗兹？别像个傻瓜似的。今天我关门修理。"（又一句甜蜜的委婉语。）

她搂住他的脖子，将他拉近她的身子；他犟着不靠近她，可是她钻石般明亮的目光像利剑一般刺向他，他全身一下子软了，眼泪也落了下来，就好像孩子的气球一样可怜兮兮"吱"的一声瘪了！忿忿不平的泪水模糊了他的眼镜。他把头靠在她的肩膀上："我不能这样下去，"他哀诉道，"昨晚我已经在怀疑你对我的感情是否是认真的。为我那个老舅舅担心！这意味着你在乎他！啊，这太痛苦了——"

玛莎眨了眨眼睛，明白了他的误会。"噢，原来是这么回事，"她拉长调子哈哈一笑，"哎呀，亲爱的，你真傻。"

她双手抱住他的头，专心严肃地看着他的眼睛，随后她慢慢地半张嘴巴，好像要轻轻咬他一口似的，凑近他的脸，含住他的双唇。

"真丢脸！"她边说边慢慢放开他，"真丢脸！"她点了点头重复道，"没想到你这么傻！不，等一等——我想让你明白，你有多傻。不，等一等。你不能碰我，但我当然可以碰你，啃你，如果我愿意，甚至把你整个人都吞了。"

"听着，"过了一会儿，她说。她的那种举动对弗朗兹来说相当新鲜，之后，两人又言归于好，"听着，弗朗兹，如果今天我不必离开这里那该多好！今天，或明天，或永远。当然，我们不能像这样蜗居在一个小房间里。"

"我们要租一间更大更亮的房间。"弗朗兹自信地说。

"对，让我们来憧憬一番。更大的，亮得多的。甚至有两个房间，你觉得怎么样？或者也许三个房间？当然要有个厨房。"

"有许多漂亮的餐刀，"弗朗兹说，"切肉刀，干酪切刀，烤猪肉切片刀，不过，你不用炒菜做饭。你的手指甲太珍贵了。"

"对，那是自然的，我们会有个厨师。我们怎么决定的——三个房间？"

"不，四间，"弗朗兹想了一会儿说，"卧室、客厅、起居室、餐厅。"

"四间。很好。一个普通套房。带厨房的，还有浴室。我们要把卧室全装饰成白色的，对不？其他房间蓝色的。要有一间接待室，里面摆上很多很多鲜花。楼上还应该多一个房间，以备用，比如来了客人，嗯……一个很小的客人，也许吧。"

"你说'楼上'是什么意思？"

"噢，当然啰——那应该是别墅。"

"啊，我明白了。"弗朗兹点点头。

"我们继续吧，亲爱的。嗯，一栋独立的别墅，有漂亮的门厅。我们进了屋。地毯、图画、银器、绣花被单，对吧？还有花园、果树、木兰花。对不对呀，弗朗兹？"

他叹了口气，"所有这一切至少得花十年或者更长的时间。我挣足够的钱让你跟他离婚，那得花很长时间。"

玛莎沉默不语，仿佛她不在屋里。弗朗兹微笑着转向她，准备继续憧憬，但是微笑慢慢消失了：她正眯缝眼睛看着他，牙齿咬着嘴唇。

"十年！"她苦涩地说，"你这个小傻瓜！你真想等待十年？"

"在我看来是这样的，"弗朗兹回答，"我不知道。也许，如果我非常幸运的话……拿皮夫克先生作个例子吧，商场开业时他就在了，现在你知道需要多少时间了吧。而且，他生活非常俭朴。他一个月的收入不足四百五十马克。他的妻子也工作。他们夫妻俩只有一个小套房，家里堆满了大大小小的箱子盒子和其他东西。"

"天哪，你还挺明白的！"玛莎说，"听我说，亲爱的，人不能把希望存在银行里。希望不是可以信赖的证券，它们不会带来任何红利。"

"那我们该怎么办呢？"弗朗兹惊恐地说，"你是知道的，我准备马上娶你。没有你，我没法活。没有你，我就像一只空袖子。可是，我甚至买不起一块我们商店里出售的漂亮的新地板垫，更不用说地毯了。当然，我得去寻找另一份工作——我啥也不会（他皱起了脸），我没有任何工作经验。那就意味着，一切都要从头学起。我们不得不住在潮湿破旧的小房间里，节衣缩食。"

"是呀，不再有舅舅的任何帮忙，"玛莎冷冰冰地说，"根本没有舅舅。"

"这整个想法都让人难以相信。"弗朗兹说。

"绝对难以置信。"玛莎说。

"你为什么跟我生气？"他沉默了一会儿说，"好像我应该对什么事负责似的。真的，这不是我的过错。好吧，如果你想的话，我们继续做梦吧。只是不要生气。我要像舅舅那样有十七套衣服——要不要我给你描述一下？"

"十年以后！"她哈哈一笑说，"十年后，我亲爱的，男人的时装式样基本上会全变的。"

"你看，你又生气了！"

"是的，我很生气，但不是跟你生气，而是跟命运生气。你知道吗，弗朗兹——不，你不会明白的。"

"我会明白的。"弗朗兹说。

"那好，听我说，人们通常会制订各种各样的计划，非常好的计划，但是，完全没有考虑到一种可能：死亡。好像人永远不会死去。唉，别看着我，好像我在说什么不吉利的话似的。"

此时，她的脸部表情与昨晚一模一样，怪怪的，好像要模仿警察似的。

"我该走了。"玛莎皱了皱眉头说。她站起身，在镜子里照了照自己。

"街上已经开始出售圣诞树了，"她说着举起胳膊戴上帽子，"我想买一棵圣诞树，一棵巨大的非常昂贵的冷杉树，树下放上很多礼物。请给我四百二十马克，我手头没钱了。"

"你也真令人难以忍受！"弗朗兹叹息道。

他陪着玛莎走下昏暗的楼梯，来到广场。建筑工人们已经开始装修新影院的临街门面。人行道非常滑，路灯下冰雪发出耀眼的光亮。

"你知道吗，宝贝？"在拐角处道别时她说，"今天我可能会深切悼念的，可能性非常大。我没哀悼那只是碰巧了。想一想吧，我的小外甥。"

她希望看到的情景确确实实发生了：弗朗兹看着她，张开嘴巴，突然哈哈大笑。她也笑得前仰后合。有位绅士牵着一条猎狐梗[1]，正在附近等待狗对路灯作出判断，他用赞许和嫉妒的目光看着这对快乐的恋人。"哀悼？"弗朗兹笑得说不出话来。玛莎点点头，哈哈大笑。"哀悼。"弗朗兹说着用手掌捂住爽朗的狂笑。牵狗的绅士摇摇头，继续向前行路。"我爱你。"弗兰兹低声说，他眼睛里含着泪水，长时间凝视着玛莎。

　　然而，当玛莎转身往家走的时候，她的脸色又变得凝重起来。与此同时，弗朗兹用手帕擦拭眼镜，一边继续暗自发笑一边慢慢离去。"是啊，这纯粹是一种巧合。如果车主坐在司机身旁，那结果会怎样呢？只要假设他坐在司机身边！那么，今天她就是——一个寡妇了。一个有钱的寡妇，一个可爱的情妇，一个绝妙的妻子。她说得多有意思：你的是蜜糖，他的是毒药。咳，又来了，谁最需要这种煞费苦心的笑话。毕竟汽车事故不一定是致命的，大多数事故中受害者都活了下来，只是受伤、骨折、撕裂划破，别想入非非，作不切实际的期望：就那样，求你了，让他脑浆喷射。还有其他可能，比如疾病。也许他的心脏不好，自己又不知道。看看那些患感冒而死的人吧。随后我们开始真正的生活。百货商场将继续营业。金钱滚滚而来。不过，更有可能的是，他的寿命比妻子长，一直活到二十一世纪。不是吗，报纸上有条新闻说，有个土耳其人活到

1　fox terrier，体小灵活，过去用以驱狐出穴，今主要供玩赏。

一百五十岁，而且还生孩子，肮脏的老淫魔！"

　　他就这样模模糊糊、赤裸裸地沉思冥想，他没有意识到他的思绪正沿着玛莎引导的方向延伸。结婚的念头也源于她。啊，多好的想法！玛莎一周三四次在一小时之内满足他两次，他从中得到如此愉悦，那如果她一天二十四小时都在他身边，她将会给他带来多少各色的狂喜！他运用这种方式，放纵地胡思乱想并计算着幸福，就像一个贪婪的小孩梦想大地上的泥浆都是巧克力奶油，乡间的雪都是冰淇淋一样。

　　在那些岁月里——一个非常年迈、病入膏肓的人，就好比犯了比当舅舅还要糟糕的罪孽，回想起来，他轻蔑地一笑——年轻的弗朗兹显然忘了，他这样得意忘形地梦想德雷尔突然亡故，在道德品行上是伤天害理的。他陷入了一种谵妄，一种漠然随意的胡思乱想。此后他与玛莎的幽会表面上似乎与以前所有的幽会一样自然和温馨，但是就像他那间普通的小租房一样，其家具简朴陈旧，过道十分昏暗，它的一个或几个主人表面上不像疯子，却也病入膏肓，此时他俩的幽会潜藏着某种奇怪的东西——开始有点怪异和恬不知耻，但已经非常刺激，极具动力。不管玛莎说什么，不管玛莎笑得多么迷人，她说的每个字，她投来的每一瞥，弗朗兹都从中感觉到一种无法抑制的含沙射影。他们就像灯光暗淡的客厅里坐着的继承人，卧室里，垂死的普鲁托斯恳求医生，赌咒祭司；他们可以谈论琐事，谈论圣诞节的来临，谈论百货商场里滑雪板和羊毛织品的紧张销售活动；他们也可以谈论任何事情，尽管与以前相比，比较冷静了一点——因为他们听对方说话的时候变得紧张兮兮，他们的眼睛里闪烁着一种不断变化的光亮；他们等啊等，当神情严肃的医生轻手轻脚走出卧室，意味深长地叹息时，一种隐隐的焦躁让人心神不宁，透过卧室的门缝，他们瞥见了牧师长长的背影，他代表了威力无比的慈悲的教会，倾身俯看着洁白洁白的病床。

　　他俩的守候是一种毫无意义的守候。玛莎十分清楚，丈夫甚至似乎没有一点牙疼或感冒。她对此感到特别烦躁，而就在节前，她自己受了寒，可怜的她渐渐开始干咳嗽，患上支气管炎，呼哧呼哧气喘，夜间盗汗，整天处于一种精神恍惚的状态，被一种所谓的流行性感冒弄得头昏目眩，头重脚轻，耳朵嗡嗡作响。圣诞节来临时，她的病情仍然不见好转。不过，那天傍晚，她穿了一件火红颜色的连衣裙，背部袒露；服用阿司匹林之后人感到昏昏沉沉，她极力想依靠意志力驱除疾病，亲自监督潘趣酒[1]的调配、餐桌的摆放，以及脸色红润、烟瘾很重的厨师的活动。

　　客厅里，圣诞树银色的顶冠触及天花板，树上满满当当装点着轻薄闪光的金属箔，点缀着还没点亮的红蓝彩色灯泡，那是一棵枝叶茂盛的冷杉，它巍然屹立，全然不顾它身上点缀的各色各样滑稽的装饰物。在客厅和门厅之间不太舒适的角落里，有一处明亮但几乎没有任何装饰的地方，不知是何缘故，

1　punch，一种用酒、果汁、牛奶等调和的饮料。

被称作接待室。接待室的柳条家具之间摆放的仙客来、七盆矮脚仙人掌、一盆叶子色彩鲜明的椒草等盆栽植物枝叶茂盛。接待室里的电子壁炉发出橘黄色的暖光，但是很难抵挡从玻璃窗外吹来的冷空气。德雷尔身着夜礼服，一边坐着阅读一本英文书，一边等候他的客人。小说里的故事发生在卡普里岛[1]，他阅读的时候嘴唇开开合合，不时查一查厚厚的词典，词典在他的大腿和配有玻璃的桌子之间不断地像梭子一样来回移动。在第一声门铃鸣响之前漫长而又短暂的寂静里，玛莎不知道自己该做些什么，她只是坐在离德雷尔稍远的一把长靠椅上，将一只脚抬离地面，从每个角度仔细端详她的尖头皮鞋。这种寂静让人难以忍受。德雷尔不小心掉落了词典，弄得他那件上浆考究的衬衫发出轻微的窸窣声，他就弯腰去捡词典，眼睛没有离开书。内心那么压抑，那么沉重，她该怎么办？单单咳嗽不能减缓内心的痛苦，只有一件事情能够使整个世界时来运转：这个自鸣得意、眉毛如狮、双手满是色斑的肥胖男人突然完全彻底地消失。她的憎恨达到了如此的程度，以至于一时间，她出现了幻觉，觉得他的椅子里已经空了。可是，当他合上词典的时候，他的袖口链扣发出一道弧光，他微笑着安慰她："天哪，你感冒多重啊！我能听见你气管里越来越响的呼哧呼哧声，简直像管弦乐！"

"省省你这些比喻吧，收起你的书！"玛莎说，"客人们马

---

1 Capri，位于意大利西海岸。

上就要来了。还有那本词典。没有比椅子上的词典更加肮脏的东西了。"

"好吧，我的宝贝。"他用英语回答，然后拿着书本走了，头脑里悔恨自己尽管用词确切，但发音不准。

那只温暖壁炉旁的椅子现在空无一人，但是这样并不能缓解她内心的压抑。她的整个身心都感受到他的存在，那里、门背后、隔壁、再隔壁、再隔壁；整栋房子因他而使人感到窒息：时钟费力地嘀嗒嘀嗒，喜庆的餐桌上摆放着令人喘不过气来的折叠好的冰冷餐巾，每个花瓶里都插着被绞死的玫瑰——但是，如何能把他咳走？如何能再次自由呼吸呢？在她看来，现在一切也就总是这个样子了。新婚开始的日日夜夜里，她被锁在白雪覆盖的萨尔斯堡宾馆里，他像野兽一样，不断用爪子玩弄她，用舌头舔她，她恨他，但无法摆脱。现在，他挡了她的路，在她平坦笔直的道路上挡住了她的去路，像一个坚固的障碍物，应该用某种办法将其清除，让她重新过上简单纯朴的生活。他怎敢把通奸的复杂情况强加于她呢？他怎敢在队伍里站在她的前面呢？我们最残酷的敌人并不那么令人憎恨，倒是这个身材高大的陌生人令人讨厌至极，他平静的后背挡住去路，不让我们挤到售票窗口或香肠商店柜台前。玛莎来回踱步，敲击窗户，摘去一片害了病的仙客来叶子，她感到她随时都可能窒息。就在那时，门铃响了。玛莎检查了一下自己的发式，快速走向——不是前门，而是回头走向起居室的门，为了从远处优雅地出来迎接客人。

在接下来的半小时中，门铃接连不断地鸣响。首先到达的必然是沃尔德夫妇，夫妇俩乘着他们的德布勒豪华高级轿车而来；随后是弗朗兹，寒冷的天气冻得他浑身颤抖；接着，几乎同时到达的是捧着一束普通粉色鲜花的伯爵以及造船业老板与他的妻子；紧随其后的是两位大声嚷嚷、穿着裸露、缺乏教养的姑娘，在比较幸福的日子里，她们的已故父亲曾是德雷尔的合伙人；跟在后面的是"天命保险公司"的经理，他鼻子扁平、面容消瘦、沉默寡言；还有脸色红润的土木工程师三人成行——也就是说，他还带了妹妹和儿子，滑稽的是他们长得跟他一模一样。这一大帮人渐渐热络融洽起来，形成了一个单体多肢但不过分复杂的怪物，它大声欢闹，狂饮周旋。只有玛莎和弗朗兹没能融入这群生机勃勃、脸色绯红、激动万分的人们，但在欢乐的节日里，他们无论如何应该与客人们水乳交融。玛莎注意到，弗朗兹对那两个像双胞胎似的粗俗年轻姑娘毫无兴趣，尽管她们穿着十分裸露、魅力十足；她们细细的手臂令人讨厌，腰肢婀娜多姿，欠揍的屁股小了点。生活就是不公平——十年后，她们还要比我现在年轻一点，事实上，到那时他们三人都还很年轻。

　　玛莎不时与弗朗兹交流眼神，即便不看对方，他和她也总能清楚地感觉到对方的位置以及在不同位置上彼此间千丝万缕的联系：他端着一杯潘趣酒，斜穿客厅，去找艾达或伊索尔达——不，找年迈的沃尔德夫人——玛莎正在客厅的另一端，把一顶窸窣作响的纸帽子戴到威利的光头上；弗朗兹坐了下来，开始听听那位脸蛋粉红、长相平平的工程师妹妹有什么要说的，玛莎采用了斜线和直线相结合的办法，从威利处走到门口，随后又走到餐厅的餐桌边，餐桌上摆满了各种开胃小吃。弗朗兹点燃了一支香烟，玛莎在盘子里放了一只柑橘。于是，一位下盲棋的象棋大师感觉到他陷入困境的象和他对手万能的王后之间形成了无法间断的关系。在这些关系的协调过程中建立起一种模糊的有规律的节奏，而且一刻也没被打断过。她，尤其是弗朗兹，感受到了这种隐形几何图形的存在。他俩是在这个几何图形中运动着的两个点，这两个点之间的相互关系在任何特定时刻都能被标定；尽管他们似乎都在独立运动，但是他们被这种几何图形无形的、不容更改的线条牢固地束缚在一起。

镶木地板上到处都是乱扔的五彩废纸，有个人打破了一个玻璃杯，伸着黏糊糊的手指，站在那里哑口无言。威利·沃尔德已经喝得醉醺醺，他头上戴着一顶金色的帽子，脖子上挂着一个彩纸花环，睁大了率真的蓝眼睛，正在对态度生硬的老伯爵讲述他最近访问苏联的情况，热情称赞克里姆林宫、鱼子酱和人民委员。此时，德雷尔已经脱去了外衣，满脸红光，手里拿着一把厨师刀，头上戴着厨师帽，把威利拉到一边，开始跟他悄悄说话，与此同时，肤色红润的工程师继续在给其他客人讲述三个戴面具的人的故事：圣诞节的一个夜晚，这三人破门而入，盗窃了整个公司。隔壁卧室里留声机突然乐声大作。德雷尔开始与两个漂亮姐妹中的一位跳起了舞，随后又纠缠住另一位，两个姑娘咯咯地傻笑；当德雷尔试图同时与她们两人一起跳舞时，背脊赤裸的两个姑娘扭动起柔软的腰肢。弗朗兹站在厚厚的窗帘旁，他很懊恼，迄今还没时间学跳舞。他看见玛莎将一只洁白的手搭在某人黑不溜秋的肩上，接着见到了她的侧影，随后又见到了她左肩胛下的胎记和胎记上某人的大拇指，随后又是她美妙的侧影，又是乳白色肤色上的那点葡萄干色的胎记；她丝绸般光洁的双腿，短裙的裙摆下裸露出膝盖以下的光滑秀腿，短裙左右飘动，那两条腿似乎（如果人们只看她的双腿）属于某个不知所措、焦躁不安、充满期待的女人的：她的舞步时快时慢，这边一步，那边一步，突然转身，再次迈步，显得极度不耐烦。玛莎机械地舞动着，感觉不到音乐的节奏，而却能感觉到她与弗朗兹之间几何图形般的位置变化；弗朗兹叉着双手，站在窗帘边，转动着眼睛观望。玛莎看见德雷尔穿过帷幕，他一定是去把窗户开大点，让房间凉快点。玛莎一边舞动，一般继续注意弗朗兹的位置：他在那里，亲爱的哨兵，她用目光搜索她的丈夫，德雷尔已经离开房间，她对自己说，正是由于丈夫离开，她才突然头脑清醒和心旷神怡。她飘然靠近弗朗兹，用那种熟悉的意味深长的眼神目不转睛地看着他，这使弗朗兹慌乱不堪，只好朝着工程师傻笑，工程师一个旋转，突然舞动到他的面前。留声机一遍又一遍地播放音乐，在许多双普通的大腿之间，闪动着健康、优美、迷人的大腿；喝了葡萄酒，舞者们的旋转使弗朗兹感到头晕乎乎的，他可怜的脑袋开始意识到某个舞蹈女神的疯狂舞姿，仿佛他所有的思想都在学习狐步舞。

这时，突然发生了一件事情。正在跳舞的伊索尔达高声喊道："嗨，看哪！窗帘！"

每个人都抬头张望。的确，窗帘在奇怪地抖动，它的皱褶形状变了，慢慢鼓了起来；与此同时，电灯熄灭了。黑暗中，一束椭圆形灯光开始在房间里转动，窗帘分开了，在晃动的微光中，一个戴着面具的男子突然出现。他身穿一件旧军装，手里握着一个吓人的手电筒。艾达发出一声尖叫。黑暗中传来了工程师平静的声音："我想这恐怕是我们和蔼可亲的主人！"留声机继续在黑暗中尽职地播放音乐，接着，一阵奇怪的安静之后，传来了玛莎悲伤的声音。她的叫喊如此悲惨，以至于那两个姑娘和老伯爵都朝着大门（兴高采烈的威利挡住了出口）猛地冲去。那个戴面具的人嘶哑地叫了一声，将电筒的亮光对准了玛莎，步步逼近。两个姑娘可能真的吓坏了。几个男人开始怀疑这仅仅是场恶作剧。玛莎继续高喊"救命"，突然发现站在她身边的工程师狂喜而又冷静，他将手伸进礼服，从后裤兜里取出某样东西。玛莎明白她这么尖叫意味着什么，是什么导致她这样尖叫，这样尖叫会造成什么后果；明白了行为的前因后果，她尖叫得更响了，使劲地呼喊，大声地喊。

弗朗兹再也忍不住了。他比任何人都靠近那个闯入者，看见那人穿着裁缝定制的礼服裤子，于是就立刻认出了他。他用灵巧的手指扯去了闯入者的面具。与此同时，"天命保险公司"先生终于克服气喘吁吁，打开了电灯。德雷尔站在客厅中间，身上穿着强盗披风和军装，放声哈哈大笑，一会儿左右摇晃，一会儿蹲在地上，满脸通红，头发蓬乱，用手指着玛莎。玛莎很快决定此时她应该如何解除伪装的恐惧，她转身背朝丈夫，重新整理了一下赤裸肩膀上的那根吊带，平静地走到声音颤抖的留声机跟前。德雷尔急忙冲上前去，一边依然哈哈大笑，一边紧紧抱住她亲吻。"哎呀，我早就知道是你！"她说——当然，这是千真万确的。

好一阵子，弗朗兹一直努力克制涌上心头的恶心，但此时此刻，他简直要呕吐了，他急急忙忙离开房间；身后，喧闹声依旧。主人客人都在哈哈大笑高声喊叫，也许正簇拥着德雷尔，用力挤他，紧紧抱他，挤压他和玛莎，玛莎扭动着身子。弗朗兹用手帕捂住嘴巴，朝前厅走去，猛地扭开厕所门。老太太沃尔德夫人像一枚炸弹一样飞奔出来，消失在墙壁拐角的后面。"我的天啊，我的天。"弗朗兹小声呻吟，他蜷缩起身子，发出可怕的声音，嘴巴里断断续续如洪流般呕吐出乱七八糟的食物和饮料，就像地狱里的罪人重新品尝他一生所犯下的罪孽。他喘着粗气，用一点手纸十分小心地擦拭他的嘴巴。他等了一会儿，拔掉了厕所的门链。在回大厅的路上，他在门厅里停了一下，侧耳倾听。透过门缝，一面镜子映射着不祥的灯光璀璨的圣诞树。留声机再次响起了音乐。突然，他看见了玛莎。

她迅速走到他跟前，边走边像话剧中的阴谋家那样扭头张望。他俩单独在灯光明亮的前厅里，门那边传来了喧闹声、欢笑声、束手待毙的猪猡的尖叫声、受尽折磨的火鸡的颤叫声。

"没有运气,"玛莎说,"对不起,亲爱的。"

她锐利的目光立刻闪现在他的眼前,审视着他的全身。随后,她开始咳嗽,用手紧捂住身子的一侧,一下子坐进一把椅子。

他问:"你是什么意思——没有运气?"

"不能再这样继续下去,"在一阵阵咳嗽的间隙,玛莎嘟哝着,"绝对不能再这样下去。唉,你看看你自己——脸色苍白得像个死人。"

屋里的喧闹声越来越响,越来越近,巨大圣诞树上所有的彩灯似乎都在咆哮。

"……像死人一样。"玛莎说。

弗朗兹感到又一阵恶心,各种声响往上涌;满头大汗的德雷尔匆匆忙忙从身边经过,他正在躲避沃尔德和工程师,他们后面紧跟着其他人,狂笑着胡扯着,关在车库里的汤姆正在拼命吠叫。这种相互追赶的噪声似乎在追逐弗朗兹,弗朗兹在空旷的街道上呕吐,摇摇晃晃地往家走。广场的一角,脚手架像蚕茧一般缠绕着未来的影城,影城大楼的顶端装饰着一棵灯光明亮的圣诞树。从德雷尔卧室的窗口,也能看到这棵圣诞树,不过只是繁星点点的天空中的一个小小的模糊的彩色影子。

"两个姑娘中的任何一个都可以给好老弟弗朗兹当娇妻。"德雷尔一边宽衣一边说。

"这是你的想法!"玛莎说边瞪眼看着梳妆台的镜子。

"艾达当然比较漂亮，"醉醺醺的德雷尔继续说，"不过，伊索尔达头发色浅松软，别人对她说笑话时，她笑得上气不接下气的样子——"

"那你为什么不去尝尝她的味道？或者两个一起品尝一下？"

"我只是好奇。"德雷尔若有所思地边说边脱掉他的内裤。他哈哈大笑，并且补充说："亲爱的，今晚品尝一下你怎么样？今天是圣诞节呀！"

"不行，谁叫你说那些无聊的笑话，"玛莎说，"如果你淫欲来了纠缠我，我就拿了枕头去客房！"

"我只是好奇，"德雷尔一边重复一边上床，并且再次哈哈大笑。他从来没有试过与两人一起玩，那也许很有趣！他只玩过两次，与两人分开玩的：玩艾达是三年前的事情，纯属偶然，一次野餐期间，在施潘道[1]的林子里；伊索尔达稍晚一些，在德雷斯顿一家旅馆里。两人都是没有希望的、蹩脚的速记员。

弗朗兹从来没有清晨四点半上床睡觉。下午醒来时，他感到饿了，身体又恢复了原状，他很高兴。他开心地想起一下撕去那个面具的快感。像噩梦一样追逐他的那个喧闹的黑夜变成了一种欣快，现在他沉浸在这种愉悦之中。

他在附近一家小酒店吃了晚饭，然后回家等候玛莎。七点

1　Spandau，德国柏林十二个区之一。

十分，她还没来。七点四十分了，他知道她不会来了。他要不要等到明天呢？他不敢给她打电话：玛莎禁止他和她通电话，她担心这会成为一种甜蜜的习惯，这种习惯可能导致被不怀好意的人偶然听见一两句不小心说漏嘴的亲热话。先不说喝了葡萄酒吃了鲜鹿肉，又是音乐又是恐惧的，他想知道她的感冒是否好转，他更想告诉她现在他感觉身强力壮、精神很好。

当他到达舅舅家的那条街时，一辆空载出租车超越他，在别墅前停了下来。他觉得自己的来访不合时宜——他们也许准备外出。他在花园的栅栏边停住了脚步，等着他们夫妇出现，她穿着可爱的皮大衣，他穿着驼毛绒衣。随后，他改变了主意，急急忙忙朝入口处走去。

前门虚掩着。弗丽达正拽着汤姆的项圈往楼上拉，汤姆几乎被勒个半死。在门厅里，弗朗兹见到一只豪华真皮提箱，还有一对精致的山核桃木滑雪板，他们商店不出售这种滑雪板。夫妇俩在客厅里面对面站着。他说话很快，她像天使一般微笑着，静静地点头。

"啊，弗朗兹，你来啦！"他说着转身抓住外甥的垫肩，"你来得正是时候！我要离开大约三个星期。"

"那边那些滑雪板派啥用处？"弗朗兹问，他吃惊地意识到德雷尔不再令他害怕。

"是我的。我要去达沃斯。拿着这个。"（五美元。）

他吻了吻妻子的脸颊。"好好养好你的感冒，亲爱的。圣诞节期间玩得开心点。让弗朗兹带你去看戏。别因为把你留在家里而生我的气，亲爱的。雪是专门为男人和单身姑娘下的。你没法改变它。"

"你赶火车要晚啦！"玛莎眯起笑盈盈的眼睛说。

德雷尔瞥了一眼他的金表，假装惊慌，急忙提起旅行包。出租车司机帮他拿起滑雪板。舅舅、舅妈和外甥一起穿越花园。霜冻过去之后，天开始下起了毛毛细雨！玛莎没戴帽子，身上穿着鼹鼠皮外衣。她懒洋洋地扭动着屁股，悠闲地走到边门前，她的双手紧握，缩在两个笼起的袖筒里。把长长的滑雪板安放在出租车顶部费了很长时间。终于，车门砰地关上了。出租车疾驰而去。弗朗兹机械地留意了它的车牌号：22221。在许多"2"之后，这个意外的"1"显得怪怪的。他们沿着嘎吱嘎吱的小路慢慢走回屋子。

"冰雪又开始融化了，"玛莎说，"今天我咳得不太厉害了。"

弗朗兹想了一会儿说："是的。不过，以后还会有寒冷的日子的。"

"有可能。"玛莎说。

当他俩回到空空的屋里时，弗朗兹觉得他们是刚参加完葬礼回来。

八

　　她开始固执地、热情地教他。

　　经过初级阶段的尴尬、跌撞和茫然，弗朗兹渐渐开始懂得玛莎传递给他的信息，几乎不用言语解释，完全靠形体和手势，就能学会。他集中全部精力注意她，注意那悲哀的乐曲声，那时而高昂、时而低沉、始终伴随着他的乐曲声；在那种声音中，他已经感悟到种种节奏的呼唤、一种强烈的内涵、均匀的间歇和节奏。玛莎要求他做的原来那么简单。一旦他吸收消化了，她就会默默点头，带着专注的微笑长时间看着他，仿佛在追随一个线条已经清晰的影子，追随它的各种动作和成长过程。开始那种折磨他的愚笨动作，那种一瘸一拐的感觉——都很快消失了；相反，身子笔挺、姿态悦目、舞步美观，她教他的所有这一切都让他如痴如醉；现在，他已经掌握了舞蹈的神秘之处，要他不合节拍都不行。眩晕成了一种习惯和愉悦的心境，一种自觉自愿的梦游般的倦怠，他存在的法则。玛莎暗暗感到欣慰，用鬓角紧贴着他的鬓角；她心里明白他俩是心贴心的，他会在适当时候做出适当的事情。在教他跳舞的时候，玛莎克制住自己焦躁的情绪，弗朗兹也曾注意到她的这种焦躁，在她那两条秀腿忽隐忽现的舞动中注意到的。此时，她站在他面前，用大拇指和另一个手指撩起褶裥裙，用慢动作重复刚才的舞步，以便让他看清脚趾和脚跟转动的细节。他试图趁着托起动作顺便摸她一下，但是她"啪"的一声打掉了他的手，并且继续授课。借着她手掌的有力推动，他学会了如何转身，如何旋转；终于，他的舞步跟上了她的舞步。偶尔，她朝镜子瞥一眼，发现笨拙的舞蹈课已经变成了步调一致的舞蹈；随后她加快了舞步的速度，兴奋地甩头，快速地高喊，表达了她对他活塞般协调舞步的极度满意。

他开始明白四周全是包厢的巨大舞厅里的镶木细工地板有多昂贵，昂贵得让人头昏目眩；他将胳膊肘倚靠在低矮挡墙的长毛绒上，擦去她在他肩上留下的脂粉；他在众多的镜子里看见了她和他自己；他从她丝绸的黑色钱包里取钱支付那些巧取豪夺的侍者；他的马金托什雨衣和她钟爱的鼹鼠皮衣在昏昏欲睡的衣帽间女服务员的守护下，在挂得沉甸甸的许多衣架间的黑暗中，连续数小时相互拥抱在一起；所有时髦舞厅和咖啡舞厅的响亮名字——热带舞厅、水晶舞厅、皇家舞厅——对他来说都变得非常熟悉，熟悉得就像他对前世曾经居住过的小镇的街道名字那样熟悉。此时此刻，他俩正坐着休息，放弃下一个舞曲，他们仍在气喘吁吁，在他肮脏昏暗房间里的邋遢沙发上肩并肩地坐着。

"新年快乐！"玛莎说，"我们的新年！给你母亲写信，说你过得很开心，我当然想认识她。想一想吧，以后她会多么惊讶……以后……当我见到她的时候。"

他问："什么时候？你确定最后期限了吗？"

"越快越好。越早越好。"

"哎呀，我们不能再拖延了。"

她身子向后，靠到垫子上，她的双手枕在脑袋后面。"一个月——也许两个月。我们得非常小心地策划，我亲爱的。"

"没有你，我会发疯的，"弗朗兹说，"一切都会使我心烦意乱——这墙纸、街上的行人、我的房东。他的妻子从不露面。太奇怪了！"

"你一定要更加镇定。否则，一切都做不成。过来，到这里来……"

"我知道这事会圆满解决的。"他紧紧压着她说，"只是我们必须确保万无一失。稍有疏忽……"

"咳，我身强力壮的弗朗兹，你怎么能怀疑呢？！"

"不，当然不怀疑。天哪，不怀疑！啊，我的上帝，我不怀疑。只是我们必须找到一种万无一失的办法。"

"要快，亲爱的，越快越好——难道你没听见那种节奏？"

他俩不再在沙发上做爱，而是在一家咖啡馆灯光明亮的地板上，在亮光闪闪的白色餐桌间，跳起了狐步舞。乐队在演奏，在喘着大气。跳舞人中间有一个高个子的美国黑人，他和他那位金发碧眼白肤的舞伴被一对满怀激情的舞者撞到了，黑人宽容地笑了笑。

"我们会找到办法的，我们一定要找到办法，"玛莎急促轻声地继续说道，她的声音与音乐声合拍，"我们毕竟有权这样做。"

他望着她甜蜜、炽热、深邃的目光，望着她光洁的束发带下天竺葵似的耳垂。要是他能像一根活塞杆在愉悦的真空中永远来回滑动，永远，永远不离开她，那该多好……但是，百货商场还存在着，在那里，他像一个快活的玩偶弯腰鞠躬、旋转身体；还有晚上，他像死了的玩偶，仰卧在床上，不知自己是熟睡着还是苏醒着，那是谁，在走廊里拖着脚步走路，在跳二步舞，在低声私语，那只闹钟为什么老在他的耳边丁零零作响？不过，让我们假设我们是醒着的，浓眉老头恩里希特端来了两杯咖啡——为什么是两杯？地板上那两只破丝袜多令人扫兴！

这样一个朦胧的早晨，一个星期天，他和身着米色连衣裙的玛莎一起在洒满粉末般白雪的花园里一本正经地散步，她默默地递给他一张刚从达沃斯寄来的快照。照片上德雷尔笑容满面，身着斯堪的纳维亚滑雪衫，双手紧握滑雪杆，雪橇平衡得非常优美，四周白雪皑皑，人们能在雪地上分辨出摄影者窄小的身影。

当摄影者（滑雪伙伴和英语教师维维安·巴德洛克先生）按下快门，直起身子时，德雷尔仍在微笑，同时滑动雪橇向前滑行；然而，他站的姿势有点儿倾斜，雪橇比他计划的还要向前多滑行了一点，他用力一挥滑雪杆，便重重摔个仰面朝天，与此同时，两个姑娘正好飞似的从他身边滑过，她们尖声大笑。好一会儿，他无法将那该死的交叉在一起的雪橇松开，他的手臂不断陷进雪中，直至胳膊肘。当他站起身来时，他已经被雪弄得面目全非；他戴上冻成硬壳的连指手套，小心翼翼地开始往山下滑，脸上神情凝重。他曾梦想过滑出各种各样的挪威式转弯和弓步式转弯，顺着下坡路段飞一样地滑下山，在一片雪尘中急速转弯——可是，天意显然不允许他这样潇洒。不过，在快照中，他看上去像个真正的滑雪运动员，他非常欣赏这张照片，于是把它放进了信封。但是，那天早晨，当他穿着黄色睡衣站在窗前，望着绿色的落叶松和钻蓝色天空时，他突然想起来滑雪场已有两星期了，可是他的滑雪技术和英语甚至比去年冬天更糟糕。此时，雪蓝色的大路上雪橇铃声叮当作响，伊索尔达和艾达正在浴室里咯咯傻笑，但是要适可而止才好。一阵快乐的剧痛之后，德雷尔想起了那个发明家，他一定已经在为他建立的实验室里工作了，他也想起了其他一些与"花花公子"百货商场扩展有关的娱乐项目。德雷尔考虑了所有这一切，看了看白雪覆盖的山坡、山坡上纵横交叉布满了亮晶晶的滑雪轨道，决定提前回家，让两个女友自己去玩那些滑雪器械，这是不可忽视的；还有一种有趣的想法，他故意把这种想法藏在自己脑海的深处：意外提前回家会很有意思，出其不意地捕捉玛莎的心灵，看看她会不会意外露出惊讶灿烂的微笑，或者在见到他时还是那样阴阳怪气，如果提前告知他的归程，她肯定会冷嘲热讽。尽管德雷尔有很强的幽默感，但是他太天真，太以自我为中心，因此，不会明白突然回家会如何被不堪入耳的流言蜚语所利用。

弗朗兹把照片撕成碎片，碎片随风散落到潮湿的草坪上。

"愚蠢!"玛莎说,"你为什么要这么干?如果我把它在相册里拼粘起来,他肯定要问我的。"

"总有一天,我也会把相册也撕了。"

热情的汤姆朝他们奔来:它想弗朗兹也许会扔个球或小圆石什么的,但是,快速搜寻一遍后,什么也没发现。

两天后,弗丽达得到允许,可以回家与她兄弟的家人一起过周末,她兄弟是波茨坦的一个渔民,在她阴暗的生活中,兄弟就像伦勃朗作品里的人物一样,是最亮的一线希望。汤姆被迫在花匠的房间里待上比平时更长的时间,花匠的屋子紧贴着没有汽车的车库。玛莎和弗朗兹沉醉于他们日思夜想的欲望,要找回属于自己的权利,要自由,要享受两人世界;于是就决定,即便只有一个晚上,也要按照他们渴望的方式去生活:它将成为他俩未来幸福生活的彩排。

"今晚你是这里的主人,"她说,"这是你的书房,这是你的扶手椅,如果你想阅读的话,这是文件:市场已经止跌回升了。"

他把夹克衫一扔,从容游遍了所有的房间,好像经过长时间艰苦旅行之后,回到了他自己舒适的房子里,到各个房间巡查一遍。

"一切都还好吗?主人高兴吗?"

弗朗兹伸出一条胳膊,搂住她的肩膀,他俩肩并肩站在镜子前面。那天夜晚,他胡子刮得不太干净,也没穿上西装背心,而是穿了一件深红色的羊毛便装,玛莎也穿得很朴素。刚刚洗过的头发看上去并不柔顺。她穿了一件羊毛女套衫，不太好看，但不知怎的相当合身。

"布本多夫先生和夫人[1]。你知道吗，我们曾经像这样肩并肩站立过，我以为你会第一次吻我，可你没吻。"

"我又长高了一英寸，"他笑着说，"瞧，我们几乎一样高。"

他深深坐进那个皮椅，她坐在他的大腿上。她的体重增加了，臀部相当厚实，这使一切更加舒服。

"我喜欢你的耳朵。"他说的时候像马一样皱起鼻子，将她的一缕头发轻轻撩起。

隔壁房间里，时钟开始轻轻奏起悦耳的报时声。弗朗兹轻声笑了。

"想一想吧，如果现在他突然进来——就像那样。"

"谁？"玛莎问，"我不明白你说的是谁。"

"我是说他。如果他突然回家，他会鬼鬼祟祟开门吗？"

"噢，你是在说我已故的丈夫，噢，我明白了，"玛莎用沙哑的嗓音说，"不，我那个已故的丈夫一直是个非常守时的人。他会让我知道回来的确切时间——不，不，弗朗兹，不会现在回来，吃过晚饭，也许会吧。我想，他想成为他娇妻的榜样，他年轻的妻子也许会突然去看他——我说不会的——不会事先打招呼，去他那个有长沙发的小房间，位于他办公室的后面。"

一阵静默。婚姻的快乐。

1　Mr. and Mrs. Bubendorf，女主人公借以比作她与弗朗兹俨然是一对夫妻。

"已故的，"弗朗兹咯咯地轻声笑了，"已故的。"

"你还记得他吗？"玛莎细声细气地说，用鼻子蹭他的脖子。

"记忆很模糊。你呢？"

"他肚皮上的红毛，还有——"

她用骇人听闻、轻蔑鄙视、相当不精确的词语描绘了已故者的隐私处。

"呸！"弗朗兹说，"别恶心我了。"

"弗朗兹，"她说，她的眼睛在微笑，"没人会知道！"

至此，他已经完全习惯了这种想法；此时此刻，他已经相当驯服，甚至敢动手杀人了，他默默地点了点头。一种麻木在渐渐侵入他的下肢。

"我们干得非常利索非常干净，"玛莎边说边眯缝起眼睛，仿佛在模糊地回忆，"没有引起丝毫的怀疑。一点也没有。为什么，先生？因为命运在我们一边。不可能有别的结果。还记得葬礼吗？皮夫克的郁金香？伊索尔达和艾达从街头乞丐处买来的紫罗兰？"

他又一次默默应和了。

"那事发生在去年冰雪融化的时候。我们在凸窗上放了连翘。还记得吗？我仍在咳嗽，但好多了，喉咙顺滑湿润，不是干咳了。啊，终于吐掉了那最后一口浓痰！"

弗朗兹脸部抽搐一下。又一阵沉默。

"哎呀，我的膝盖有点累。不，等一等，别起来。稍微挪动一下就行。对，就这样。"

"我的宝贝，我的宇宙，"她高声叫喊，"我亲爱的丈夫。我根本没想到我们的婚姻会这样美满。"

他将双唇印在她温暖的脖子上，说：

"我们是不是该躺一会儿啦？"

"要不要来点冷切肉和啤酒？不要？好吧，完事之后我们再吃。"

她站起来，身子紧贴着他。随后，她舒展身子。

"我们上楼去吧，"她心满意足，边打哈欠边说，"去我们的卧室。"

"那样没关系吗？"弗朗兹问，"我以为我们在这里做。"

"当然没关系。嗨，走吧，快起来。已经十点多啦！"

"你要知道……我还是有点害怕那个去世的人。"弗朗兹咬着一片嘴唇说。

"咳，他要再过一周才回来呢。这是毫无疑问的。有什么好害怕的？小傻瓜！难道你不想要我？"

"噢，我想的，"弗朗兹说，"可是你必须把他的床罩起来，我不想看见它。它会使我心慌意乱。"

她关了客厅里的电灯，他跟随她顺着内楼梯上楼，内楼梯短小，走起来嘎吱嘎吱响；接着，他们穿过一条淡蓝色的走廊。

"你为什么走路蹑手蹑脚的？"玛莎一边哈哈大笑一边大声说话，"难道你不明白——我们结婚了，结婚了！"

她领他看了她做印度柔软体操的练功房、她的更衣室、他和她的浴室，最后是他们的卧室。

　　"那个死了的过去常常睡在那边那张床上，"她说，"不过，当然，床单已经换过了。我来把这个虎皮地毯盖在上面。好啦！你要不要洗洗？"

　　"不，我在这里等你。"弗朗兹说，他的眼睛在仔细端量床边柜上一个柔软的玩偶。

　　"好吧。快点把衣服脱了，到我床上去。我如饥似渴呢！"

　　她让浴室的门半开着。她的百褶裙和羊毛衫被撂在了一把椅子上。过道那边，盥洗室里传来了持续不断、急速的给浴盆放水的哗哗声。流水声停了。玛莎走进了浴室。

　　突然，他感到这间冷冰冰的、充满敌意的、白得让人难以忍受的卧室里的一切都让他想起那个死了的人。他没法脱去衣服，更不要说做爱了。他厌恶地恐惧地盯着旁边那张卧床。

　　随后，他竖起耳朵仔细听。他觉得听见楼下"砰"的一声关门声，然后传来了蹑手蹑脚的脚步声。他飞快地奔到过道。与此同时，玛莎从浴室里走了出来，全身赤裸裸的。

　　"有情况！"他凑近了低声说，"我们不是屋子里仅有的人！听那个声音！"

　　玛莎皱起眉头。她穿上宽大的晨衣，走到过道里，停住脚步，侧耳倾听。

　　"我跟你说了嘛！……我听见声音了。"

　　"我也有一种怪怪的感觉，"玛莎低声说，"我理解，亲爱的，你非常失望，不过，我们最好不要再像这样疯狂。这样不能长久。你最好离开。明天我会像平时一样去你那儿。"

"可是，我会不会在楼下遇见什么人？"

"楼下不会有人的，弗朗兹。来，拿着我的钥匙。明天还给我。"

她陪着他一直走到主楼梯，耳朵依然在仔细倾听。此时，玛莎与弗朗兹一样纳闷和心烦意乱。

听！楼下大厅里回响着刺耳的砰砰声。弗朗兹停住脚步，双手紧紧抓住楼梯扶手，可玛莎突然宽心地哈哈一笑。

"我知道是什么声音了，"她说，"是楼下厕所。有时夜间风大，如果你没关紧门，它就会发出砰砰的声音，"

"我承认我有点吓坏了。"弗朗兹说。

"我也一样，你还是走吧，亲爱的。我们没有必要冒险。经过厕所时把那扇门关紧了，好吗？"

他拥抱她。她拉开晨衣的花边，让他在赤裸的肩膀上亲吻，这是离别时的奖赏。她继续站在用夸张的蓝色灯光照明的楼梯口，直至他一摇一晃地离去。

一股清新的强风迎面而来。沙砾小道在他的脚下是那么让人感到愉快和安全。弗朗兹深深吸了口气，随后又咒骂起来。她是那么邪恶那么美丽！她让他再次感到像个男子汉。他为什么那么懦弱？想想吧，一个幽灵、一具尸体，将他逐出了那栋房子，而他，弗朗兹，才是那里真正的主人！他一边走着一边小声嘟哝（后来他经常这样），他沿着昏暗的人行道飞快行走，随后，也不左顾右盼，便开始沿对角穿越大街，回家时，他总这样过街。

一辆出租车的喇叭声尖锐刺耳，吓得他猛地往后一退。弗朗兹绕过了街角，口里依然嘟哝着。与此同时，出租车突然刹车，摇晃着在路边停下。司机下了车，打开车门。"你说几号？"没有回答。司机弯身钻入黑暗的车里，摇摇乘客的肩膀。乘客终于睁开了眼睛，倾身向前。"五号，"他回答司机，"你有点开过头了！"

卧室的窗户里灯亮了。玛莎正在梳理头发，准备睡觉。突然，她呆住了，柳眉倒竖。这时，她相当清晰地听见一下哐当声，好像掉落了什么东西。她飞奔着下了楼梯。楼下大厅里传来一阵阵哈哈大笑的声音——熟悉的笑声，天哪！是他在笑，因为肩上扛着长长的雪橇，他转身非常笨拙。一根雪橇从肩上滑落了下来，另一根雪橇碰掉了那把白色的刷子，刷子像小鸟一样从镜架上飞落下来，接着他被自己的手提箱绊倒了。

"I am the voyageur, [1]"他尽力用标准的英语高声说，"I half returned from shee-ing ！"

接着，他感受到了完美的幸福。玛莎的脸上笑容灿烂。啊，毫无疑问，他的模样健美，皮肤被晒成了棕褐色的，地球

1　英语，我是伐木工人。此处应为德雷尔的用词错误，他想说的应该是 I am the voyager（我是旅行者）。接下来一句也是错误百出的英语，大意是："我旅行回来啦！"

引力让他身材苗条了，体重至少减轻了五磅（好像玛莎和弗朗兹已经开始摧毁他了）；但是，玛莎并没有看他，她的目光注视着他脑袋上方的某个地方，她不是在欢迎他，而是在庆幸如此轻易而诚实地避免了一场赤裸裸的、荒唐的、可怕的、突如其来的灾难。

"上帝创造的奇迹救了我们，"事后她对弗朗兹说（因为人们通常对奇迹不以为然），"不过，我们要把这件事当作一个教训。你自己也能看明白了：不能再等待了。我们可能侥幸逃脱一次，侥幸逃脱两次，随后——被当场逮住。我们还能期待什么？假设他同意我离婚，假设我甚至当场捉住他与一个速记员通奸，可是，如果我再婚了，他就不必供养我。接下来会怎么样呢？我就跟你一样贫穷。我在汉堡的亲戚不会帮助我的。"

弗朗兹耸了耸肩膀。

"我不知道你是否知道，"她说，"他的遗孀可以继承一笔财富。"

"你为什么要对我说这些？我们讨论这个问题已经够充分的了。我非常清楚只有一个解决办法。"

透过他闪光的眼镜，她看透了他那对绿色眼睛里流露出的困惑；她明白她已经达到了自己的目的，他已经有了充分的准备，已经完全成熟，动手的时候到了。她是对的。弗朗兹不再有自己的主意，他最多只能用他自己的方式来反映她的意愿。两个融汇在一起的梦想在他看来已经很容易了，因为那是各种感觉非常简单地相互作用而成。至此，德雷尔已经被谋杀和埋葬了好几次。这不是一种未来的幸福，而是一种未来的回忆，在一栋昏暗和空无一人的别墅前、在一个空舞台上进行彩排。尸体不知从何处回来了，像一个活动的雪人走来走去，而且开始说话，好像他复活了似的，这真让人感到震惊和意外。不过，那又怎么样呢？现在要对付这个冒名顶替的家伙，要把这具僵尸再次变成尸体很容易，而且一点儿也不可怕，这一次要把它永远消灭。

讨论谋杀方式成了他俩日常的话题。没有丝毫不安，不感到丝毫羞耻，没有赌徒所感受到的那种暗暗的激动，没有一个有家室的男人在家庭报纸上读到毁灭另一个家庭血淋淋的细节时所感受到的那种舒坦的恐惧感。"子弹"和"毒药"等词语开始听起来就像 bouillon[1] 或 pullet 一样正常，就像医生的 bill 或 pill 一样普通。密谋如何杀害一个人是那么镇静，就好像在讨论烹调书中的食谱一样。毫无疑问，玛莎首先想到的是毒药，因为那是女人一种天生的家庭爱好，一种对调料和药草、对健康和有害食物生来就有的灵感。

他们查阅了一本二流百科全书，了解了各种各样令人恐惧的卢克蕾西娅和洛库斯塔[2]事件。弗朗兹苦恼万分，满脑子都想着空心钻石戒指里装满五彩毒液。晚上，他会梦见一次奸诈的握手。半睡半醒时，他缩紧身子，不敢动弹：他身子底下

1　法语，牛肉、鸡肉等的清汤，与前面的 bullet（子弹）谐音，产生幽默效果，后面的 pullet（小母鸡）、bill（账单）和 pill（药丸）也是同样的用法。

2　Locusta，罗马帝国时期臭名昭著的连环杀手。

某个地方，在床单上，那个多刺的毒戒指刚刚滚过，他吓坏了，担心戒指会刺伤他。但是，到了白天，在玛莎平静目光的注视下，一切又变得简单。托法娜，一位西西里姑娘，谋杀了六百三十九人，用小瓶出售她的"水"，瓶上贴的标签是一位圣人率真的形象。莱斯特伯爵手法更加老练：被他杀害的人摄入少量致命的鼻烟就会快乐地打喷嚏。玛莎不耐烦地合上百科全书 P 至 R 卷本，打开另一卷本。他们在不经意中获悉，毒血症会引起贫血，罗马法律认为故意下毒既是谋杀又是背叛。"深邃的思想家。"玛莎一边哈哈狂笑，一边用力翻着书页说。不过，她还是不得要领。嘲弄般的"参见"一词让她去查阅某种被称作"生物碱"的东西。另一个"参见"导致她去查阅百脚的毒牙，注意，是放大的毒牙。弗朗兹不习惯使用大型百科全书，越过她的肩膀看书累得他直喘粗气。他们费劲地解读十分艰难的公式，花了很长时间阅读有关吗啡的各种用途，经过艰难曲折，最后终于读到一个特殊的肺炎病例。玛莎突然明白，讨论中的毒药属于家用品种。翻阅到另一个字母时，他们发现士宁[1]会使青蛙抽搐，会使某些岛上居民发出一阵阵狂笑。玛莎即将发怒。她不断从书橱里粗野地劲地抽出一本本厚厚的巨著，随后又硬把它们塞回去。有时她快速浏览一下整版的彩色插画：各种军用勋章、各种埃特鲁斯坎[2]花瓶，五彩缤纷的蝴蝶……"看，这个很像，"玛莎说。她用低沉严肃的口

1　Strychnine，也称马钱子碱，一种中枢兴奋药。

2　Etruscan，意大利埃特鲁里亚地区古代民族。

气朗读道："呕吐，情绪低落，耳鸣——请你别那样喘粗气好不好——全身皮肤瘙痒，瞳孔收缩到针头那么小，睾丸肿胀，像橘子一样……"弗朗兹记得，青少年时期，他曾在学校一本小得多的百科全书里查过"手淫"词，结果一直担惊受怕，几乎禁欲了一个星期。

"宝贝儿，"玛莎说，"这些都是医学上的胡说八道。谁会去臭烘烘的尸体屁眼里寻找治病的方式或砷的痕迹？！我想，我们需要一些特殊著作。这边圆括号里提到一篇论文，可那是一篇十六世纪用拉丁文写的著作。我真不明白人们为什么要使用拉丁文。打起精神来，弗朗兹——他回来啦！"

玛莎不慌不忙地把书放回书橱，不慌不忙地关上书柜的玻璃门。德雷尔从古老的阴间回来了，一边走来一边吹着口哨，狗在身边跳跃着。但是，她没有放弃下毒的主意。早晨独自一人时，她又一次在百科全书里寻找那些难以找到的文章，试图找出那种她日思夜想的、普通简易的、历史上没用过的、不引人注意的、比较实用的毒剂或毒粉。纯属巧合，在某一页的末尾，她读到一则貌似现代著作的简略文献目录。她征求弗朗兹的意见，问他们是否应该设法找到目录中的一本书。弗朗兹茫然地看着她，不过他说如果必要，他会去买一本的。但是，她说她不放心让他独自去买。书商可能会对他说，这本书必须订购，或者这套书碰巧有十卷，每卷价值二十五马克。他也许会因为慌张不安而愚蠢地留下自己的地址。如果她陪他一起去，他当然会举止得体——自然随意，仿佛他是个医学系或化学系的学生——可是，两人一起去买书非常危险，绝对不能去公共图书馆借阅的理由也在于此。一旦你一门心思想弄书，开始在一家家书店之间来回奔波，那么谁知道会有什么样乌七八糟的事情接踵而至。此时此刻，她在脑海里温习以前学到的以及她从犯罪手法中挖掘出来的一点知识。她弄清了两件事情：第一，每种毒药都有它的对应物——一种解毒剂；第二，突然暴毙会导致过分好奇的调查性尸检。然而，相当长一段时间以来，由于弗朗兹（这个曾经相当独立、毕恭毕敬的宝贝已在街头书摊上买了《布兰维利耶侯爵夫人正传》）俯首帖耳全力合作，玛莎继续玩味着这种想法。最具吸引力的毒药似乎是氰化物。这种化学物质有某种令人振奋的成分，但不含任何不切实际的噱头：一只普通的老鼠只要摄入微不足道的一克，不出三十英尺，它就会倒地死亡。她见过氰化物，它是一种无色粉末，可以将它神不知鬼不觉地与糖块掺在一起倒入一杯茶中。"书上说，在某些案件的尸体中发现不了氰化物。在哪些案件中？快告诉我们！天哪，这样就简单了，"她对弗朗兹说，"傍晚我们一起喝茶，吃那些'门策尔'公司生产的可口的小巧克力泡芙，他会狼吞虎咽地吃掉他的甜茶和奶油——你是知道他喝茶吃泡芙的那种速度的——突然——噗！"

"那好，我们就去弄那种毒粉，"他回答，"如果我知道怎样、在哪里能够搞到它，那我就去弄。我去药房或者其他什么地方？"

"我也不知道，"玛莎说，"我在一部侦探小说里读到，在一些小酒吧里，人们能遇到可卡因贩子。可是，那离我们所需要的药还相差甚远。恐怕不能考虑用毒药了，除非我们设法贿赂医生，让他别解剖尸体，但那样做太危险。不知怎的，我绝对确信毒药肯定有，那些绝对安全的毒药。如果没有，那多傻！弗朗兹，你没在学医，真是很遗憾啊；如果学医，你就能找到办法，就能作出决定。"

"我准备做任何事情，"他绷紧嗓子说，因为说话时他正弯腰脱鞋——这双鞋子是新的，紧得脚疼，"我愿意策划任何计谋。"

"我们已经浪费了很多时间，"玛莎叹息道，"当然，我不是科学家。我只是个女人。"

她小心翼翼地在一把椅子上叠好刚脱下的衣服。二月的风吹得窗玻璃咯咯作响，脱掉短衬裤时，她冷得浑身发抖。冬天时刻，玛莎来与他幽会时，她已经开始穿上保暖的内衣内裤，可是他不喜欢她不时髦的样子：身穿米灰色的紧身裤，与他自己身上穿的一样，又长又乏味，脱起来很麻烦，让她的臀部和胸部看上去就和货运电梯对面商店里圆乎乎的人体模型的一样，显得格外讨厌和愚蠢。过了一段时间，除了贴身穿他喜欢的褶边衣服外，她不穿其他任何衣服，冻得她身上直起鸡皮疙瘩。

"学习毒药得花很多很多年，"她一边说一边有条不紊地卷下脚上的长筒袜，她想放好，不想扯坏它们。"没希望了，没希望了，"她一边拉松被子一边叹息（躺在被子里会暖和些，尽管她明白他喜欢沙发），"当你胡子长了白了的时候，你就会成为一名化学天才，到那时，我们终于能够给他递上一杯那种茶了！"

与此同时，弗朗兹从夹克衫里取出皮夹、小笔记本、自来水笔、两支铅笔、钥匙和他忘了寄给母亲的信，将它们放在桌子上，皮夹里只有一张五元美钞，价值七马克六芬尼的邮票，接着很随意地将衣服挂在一个特殊的宽衣架上（从商店偷回来的）。弗朗兹沉思默想，全身赤裸，神情阴郁，他用鼻子闻了闻一个胳肢窝，一下子将他的贴身内衣朝着脸盆架底下扔去。内衣落到了橡胶脸盆边的地板上，脸盆里放着玛莎很令人扫兴的随身物品。他一脚将内衣踢到一个角落里——过了明天，她就能为他洗内衣了，连同袜子一起洗，袜子还比较干净呢。好吧，干活吧，老兵！他甚至做爱还要戴着眼镜，这使她想起他俩一起观看的那出俄国芭蕾舞剧，剧中有一个英俊、汗毛浓密的年轻潜水采珠人，他随时准备从玫瑰色贝壳里撬出珍珠；或者想起百科全书 M 卷倒数第二页上的那幅海螺图。弗朗兹脱去手表，放在耳边听了听，随后将它放在床边柜的闹钟附近。剩下的时间还不到半小时，他们讨论氰化物的时间太长了。

"亲爱的，快点。"玛莎在毯子底下催促。

"天哪，我长了这么大个鸡眼！"他一边嘟哝一边将他的一只光脚丫搁在椅子边上，仔细检查小脚趾上那块黄色的硬块。"可鞋子尺寸正好啊！我也不明白，也许我的脚还在长！"

"弗朗兹，快来呀，亲爱的，你可以完事之后再检查鸡眼嘛！"

　　事实上，他确实适时彻底检查过他的鸡眼。玛莎匆匆冲了个澡之后，再一次躺进被窝，淫欲正旺。那个老茧碰上去像块石头，他用一个手指按了按它，随后摇摇头。他做每个动作都伴有一种倦怠严肃的神情。他板着脸，挠了挠头顶。随后，他用同样倦怠严肃的神情开始仔细查看另一只脚，这只脚显得比较小，味道也不同。他想不通，为什么鞋子尺寸是对的，但却夹疼了脚。鞋子就在那里放着，这两个捣蛋鬼，肩并肩的，美国式样，鞋尖成球形，红棕色，很漂亮。他带着怀疑的眼光打量它们——买这双鞋花了很多钱，打折之后仍然很贵。他慢慢取下眼镜，嘴巴鼓成一个小写的 o 的形状，对着镜片吹气，随后用床单的一角擦拭镜片。随后，他用同样缓慢的速度把眼镜戴上。

　　玛莎看着时钟。咳，该穿好衣服离开了！

　　"今晚你一定要来吃晚饭，"她边说边穿上长筒袜，"咔嚓"扣好吊袜带，"如有客人，我倒不太在乎，但是单独与他坐在一起——我再也忍受不了了……穿上你那双旧鞋子。明天你去把这双新鞋撑撑大。当然是免费的。每一天都是珍贵的，啊，多么珍贵呀！"

　　弗朗兹坐在床上，双手紧抱双膝，眼睛凝视着脸盆架上细颈盛水瓶上的一点光亮。他长着圆圆的脑袋、招风耳朵，在她看来是那么特别，那么可爱。他的态度、他凝视的眼神中有一种催眠般的静止。她脑海里闪过一个念头：此时她只要说一个词就能使他站起身来，跟着她走——他是那么率真，像小男孩一般——走下楼梯，穿过街道……此时此刻，她的幸福感达到了一种相当光明的程度；她的想象是那么丰富逼真，想到除掉丈夫之后她与弗朗兹的共同生活轨迹就会正常有序、计划周全、光明正大。她不敢打扰弗朗兹那种静止的样子，那种未来幸福的定格。她很快穿好内衣，套上外衣，拿起帽子，快速吻了他一下，随即起身离去。前厅里，在一面比她情人房间里那面镜子稍好一点的镜子前，她往自己的鼻子上抹了点粉，随后戴上帽子。她的脸颊绯红，多么好看！

房东从厕所里出来，朝她深深鞠了个躬。

"你妻子身体如何？"她问候道，一边握住球形门拉手一边回头看。

他再次鞠躬。

她心里想，这个男巫似的怪老头一定知道某种毒死人的方法。她很好奇，他们，他和他那个隐形的老女人，是如何毒死人的。连续好几天，她没法摆脱梦见可以瞬间溶解在死亡的虚无之中各种神奇的毒药，尽管她已经知道这种梦是不会有什么结果的。那是一种复杂、危险和过时的方法！对，是这样——过时了。"在上世纪中叶，每年平均调查五十起下毒案，数据表明，在现代——"对，这是关键！

德雷尔将杯子举到嘴边。弗朗兹不由自主地看着玛莎的眼睛。雪白餐桌的中心有个水晶花瓶，它慢慢形成了一个圆影。德雷尔放下喝剩半杯茶水的杯子，餐桌上的圆影停止了转动。

"……那里的光线不太好，"他继续说，"天气很冷。回声极大。每次弹起都会形成回响。我认为那个地方过去曾是个骑兵学校。当然，这是坚持训练的唯一方法。那样，即便在冬季，发球技术也不会生疏。不管怎么说（他喝下最后一口茶水），感谢上帝，春天就要来了，很快就可以到户外去打球了！四月份，我的新俱乐部就将建成使用。届时，我会邀请你的。好吗，弗朗兹？"

前天早晨九点，他在体育用品部露面，造成了小小的轰动，因为他很少在冬天去那里。弗朗兹在一根拉毛灰泥柱后面看见德雷尔停下脚步，与毕恭毕敬鞠躬的皮夫克交谈。女店员和施维默先生都立正站着。一位早来的顾客想再给他的宠物狗买一个球，那刻却被撂在一旁。"向你的同事们问好！"德雷尔神秘而又快活地对皮夫克说，随后走到柜台前，与此同时，弗朗兹溜到了柜台后面，假装全神贯注整理垫子和铅笔。

"工作，工作，我的孩子，"他心不在焉和蔼可亲地说，他对外甥说话时总是这种样子，在脑海里，他早已把外甥归入"蠢货"一类，还掺杂了"无男子汉气概的人"和"令人喜爱的"的情感。他幽默地向那个无反应的彩木年轻男子人体模型伸出了一只手，他最近被换上了网球服。店里的姑娘们给他起了个绰号"罗纳德"。

德雷尔久久站在那个身穿红运动衫的蠢人面前，轻蔑地看着他的姿态和橄榄色的脸，心里稍许激动地想着那位幸福的发明家正在努力完成的任务。从罗纳德握球拍的方式来看，他显然一个球都击不中——甚至连他那个木头世界里的抽象球也击不中。罗纳德收紧腹部，脸上露出一副空洞愚蠢、自我满足的表情。德雷尔惊讶地注意到罗纳德系了一根领带。鼓励人们系着领带打网球！

他转过身来。另一个年轻的男店员（多少有点活力，甚至还戴了副眼镜）毕恭毕敬倾听着老板的教诲。

"嘿，弗朗兹，"德雷尔补充说，"把最好的球拍拿给我看。"

弗朗兹遵命照办。皮夫克在远处用温柔的目光注视着，他感动了。德雷尔选了一个英国球拍。他用手指轻轻地"嘣嘣"弹了几下琥珀色的弦，把球拍放在一个手指上作平衡，看看哪边重一些，球拍的框子还是把手。他挥了一下球拍，尽可能模仿优秀网球选手的反手击球。这是舒适的十三点五度。

"把衣服熨平了。"他对弗朗兹说。一阵情绪涌上心头，年轻的弗朗兹的眼睛湿润了。

"感情的标志，朴素的礼物。"德雷尔轻快地解释说。他最后很不满意地看了一眼俗气的罗纳德后走开了，皮夫克跟在他身边一路小跑。

尽管严格地说，这根本不是他工作的一部分，弗朗兹抱住木头僵尸罗纳德，开始帮他解掉领带。在解领带的时候，他不得不碰触到他僵硬冰冷的脖子。接着，他解开了一个扣得很紧的纽扣。衬衣的领子敞开了。这具僵尸呈棕绿色，上面还有更加深色的红斑和较浅色的变色点。因为衣领敞开了，罗纳德僵硬俯就的微笑变得更加粗俗和不雅。罗纳德的一个眼睛底下有一道暗棕色的污斑，好像被人用力打过一拳似的。罗纳德的下巴上有斑纹，鼻孔里塞满了黑色的尘土。弗朗兹努力回忆以前究竟在哪里见过这张可怕的脸。对了，是的——很久很久以前，在火车上见过。在同一辆火车上，他见到了一位头戴黑帽的美丽贵妇人，她的帽子上别着一只钻石小雨燕。冷冰冰，香喷喷，好像是个有钱的太太。他努力回忆她的相貌特征，可是再也回想不起来了。

九

    此刻，雨下得意味深长、欢天喜地，有一种兴奋的冲动。雨点不再毫无目的地洒落；它们呼吸，它们说话。像紫色的水晶，像浴盐一般，融化在雨水之中。水坑里盛的不再是泥浆，而是清澈透明的颜料，描绘出美丽的图画，映照出房屋的正面、路灯、栅栏、蓝天白云、一只赤裸的足背、一个自行车的踏板。两个胖乎乎的出租车司机，一个系着浅黄色围裙的清洁工，一个金色头发在阳光下闪闪发光的女佣，一个赤脚穿着亮晶晶橡胶套鞋的白人面包师傅，一个手里提着饭盒、胡子拉碴的年迈移民，两个牵狗的女人，以及一个身穿灰色衣服、头戴灰色博尔萨利诺帽[1]的男人，他们拥挤在人行道上，抬头看着街道对面一栋公寓大楼的角楼，那边一群燕子叽叽喳喳尖叫着往一处聚集。随后，那个身系浅黄色围裙的清洁工将他的黄色垃圾桶滚上卡车，两个司机回到了他们的车里，面包师傅重新跳上他的自行车，漂亮的女佣进了文具店，两个女人跟在她们的宠物狗后面走了，狗因闻到新气味而兴奋不已；最后离开的是那个身穿灰色衣服的男人，只有那个带着饭盒的年迈的大胡子外国人和一份俄文报纸仍然留在那里发呆，抬头凝视远方图拉[2]的房顶。身着灰色衣服的男人慢慢地走着，他眯起了眼睛，因为驶过汽车的挡风玻璃突然折射过来几道曲折刺眼的亮光。空气中弥漫着某种东西，产生了一种让人感到晕乎乎的有趣感觉，暖流和寒流交织着传遍他丝绸衬衫里面的身体，一种有趣的变化无常，一种缥缈的激动不安，一种身份、姓名、职业的丧失。

他刚吃过午饭，从理论说应该回办公室，然而，在这春季的第一天里，"办公室"的概念已经悄悄蒸发了。

一位身材苗条、留着短发的女郎沿着大街洒满阳光的一侧朝他走来，她身穿卡腊库耳大尾绵羊毛皮外套，身边有个四五岁的男孩，身着蓝色水手装，骑着一辆儿童三轮脚踏车。

"埃丽卡！"男子惊呼道，他停住脚步，展开双臂。

男孩使劲蹬车从他身边驶过，孩子的母亲停了下来，在阳光中眨巴着眼睛。

此时此刻，女郎显得更加高雅，她那张生动、聪明、小鸟般的脸蛋似乎比过去更加清秀。但是，她昔日魅力所散发出来的气息和光泽已不复存在。他们分手时她二十六岁。

"八年中我见过你两次，"她说，声音是那么熟悉、刺耳、急速、细小，"一次你开着敞篷轿车，一次我在剧场里看见你——你与一位高个子黑皮肤的女郎在一起。她是你的妻子对吗？我坐在——"

"对，对，"他边说边快活地哈哈大笑，同时用他的大手掌掂量她戴着绷紧的白手套的小手，"今天我压根儿没想到会见

1 borsalino，一种男式宽檐软毡帽。
2 Tula，俄罗斯西部一州，位于中俄罗斯高地。

到你，不过，这种天气遇见故人是最令人开心的了。我以为你回维也纳了。那次看的戏名叫《王，后，杰克》，目前他们正在把它改编成电影。我也看见你了。你怎么样——结婚了吗？"

她也同时在说话，所以他俩的对话难以记录下来。五线谱纸需要两种谱号。当他在说"我压根儿没想到"……时，她已经在继续说："……离开你大约十排。你一点没变，库尔特。你现在只是肌肉松弛了。对，这是我的男孩。不，我没有结婚。对，大部分时间在奥地利，对，对，《王，后，杰克》。"

"七年了，"老库尔特说，"我们在这里走一会儿吧，"（他引导兴高采烈的小男孩踏着小三轮车进入一个公共小花园）"你知道吗，我刚刚看见第一——不，没那么多——"

"……数百万！我知道你收入有数百万。我自己也过得不错"（"没那么多，"库尔特插话说，"不过，告诉我——"）"……我非常幸福。与你分手后，我只有过四个恋人，不过为了弥补那段情感，他们四个人一个比一个有钱，现在我生活非常稳定。他有个肺痨的妻子，一位将军的女儿，她住在国外。事实上，他刚离开，去达沃斯与妻子待一个月。"（"天哪，圣诞节我就在那里。"）"他上了年纪，却非常时髦。他非常喜欢我。你呢，库尔特，你幸福吗？"

库尔特笑了，轻轻地推了推穿蓝色衣服的男孩的车子，小孩到了几条小路的分岔口：男孩瞪着圆圆的眼睛抬头看着他；随后嘴巴发出嘟嘟的声音，继续往前骑去。

"……不，他父亲是个年轻的英国人。瞧，他的头发跟我的头发一模一样，但颜色较红。那时候要是有人告诉我就好了，当时我们站在那架楼梯上——"

他听着她喋喋不休，脑海里回想起上千件琐事：她喜欢反复朗诵的一首旧诗（《我是海布尔戈尼的男侍》）；喜欢酒心巧克力（"不，这块巧克力里又加了杏仁——小埃丽卡总拿到杏仁口味的——我喜欢库拉索酒心的或者至少是樱桃白兰地的"）；喜欢动物园里月光石上大腹便便的国王，在春天的夜晚里国王们显得那么威严；喜欢丁香在弧光下开出了绒毛状的灰色花朵；喜欢白色楼梯上移动的图案。啊，那么芳香的味道，上帝啊……那短暂幸福的两年，埃丽卡是他的情人，他把她视作这一连串意外琐事中的一件：情景包括她家前厅那巴掌大的地方，她在沙发上上下跳跃的样子，或者坐在双手上的样子，或者突然在他脸上轻轻快速拍打，她特别喜欢的《放荡不羁的人》，乡间的旅行，他们在露台上喝果子酒，她在露台上丢了饰针……所有这些随风云掠过的记忆，那么琐碎，那么可怜，当埃丽卡用极快的语速跟他描述她的新套房、她的钢琴、她情人的生意时，这些往事又在他的脑海里浮现。

"不管怎么说，你幸福吗，库尔特？"她再次问。

"记得——"他答非所问但满怀感情地说，"Mi chiamano Mimi[1]……"

---

1 意大利语，我叫咪咪。

"噢，我不再漂泊不定了，"她摇了摇头，哈哈大笑，"可你还是老样子，库尔特，那么（她的嘴皮子不再快速运动，做状要接着说下去，但却找不到合适的词语）——那么缺乏常识。"

"那么笨。"他说着弯下腰又推了一下童车；他想抚摸一下孩子长着鬈发的脑袋，但孩子已经离开太远了。

"你还没有回答呢，你幸福吗？"埃丽卡逼问，"告诉我，说吧，求你了！"

那首诗轻快的节奏不住在他的脑海里闪现，他诵咏了出来：

她的嘴唇苍白，

可在接吻的时候却那么鲜红，

如果有人想猜测结局，

我依然不能说出藏在心里的话：

关于王后爱抚的话。

"难道你忘了吗，埃丽卡？你会一边行屈膝礼，一边朗诵这首诗，哎呀，难道你忘了吗？"

"我当然没忘。不过我问你，库尔特，你妻子爱你吗？"

"嗯，怎么说呢。呃……她不是一个你称之为充满激情的女人。她不会在公园长凳上，或者在阳台上像燕子一样做爱。"

"她对你忠诚吗，你的王后？"

"Ihr' blasse Lippe war rot im kuss[1]..."

"我敢打赌她欺骗了你。"

"可是我告诉你,她冷若冰霜,理智,有自制力。情人!她都不知道'通奸'的第一个字母是什么。"

"你不是世界上最好的证人,"埃丽卡笑着说,"在我情人的未婚妻给你打电话之前,你根本不知道我欺骗了你。嘿,我能想象你是如何对待你妻子的。你爱她,但并不注意她。你爱她——疯狂地爱——但不在乎她内心是怎么想的。你吻她,但依然不注意她。你总是粗心大意,库尔特,从长远来看,你会永远是这个样子,非常幸福自负的人。唉,我已经把你看透了!"

"我也是。"他说。

> 于是勃艮第高地的男侍说
>
> 他挽着王后的拖裙,
>
> 哒嘀嘀,她的嘴巴,她的嘴巴哒嘀,
>
> 在大理石柱的台阶上。

"你知道吗,库尔特,坦率地说,有时候你让我感到非常难受。我明白你的爱只是——浮在表面。你把一个人安置在一个小货架上,以为她会永远那样一直坐着不动。但是,知道吗,她会坠落下来,你还以为她仍然坐在那里,甚至她消失

---

1 德语,她苍白的嘴唇在亲吻的时候变得通红。

了，你也不会叫一声。"

"完全相反，完全相反，"他打断她的话说，"我非常善于观察。你头发的颜色过去是金黄色的，而现在是浅红色的。"

她跟过去一样假装恼怒地轻轻拍了他一下。

"我早就不跟你生气了，库尔特。希望不久后我们能一起喝咖啡。他要到五月中旬才回来。我们好好聊一聊，回忆一下过去的时光。"

"好的，好的。"他说。突然，他感到很无聊，他心里十分清楚他是根本不会再与她一起喝咖啡的。

她递给他一张名片（几分钟后，他把名片撕碎了，塞进了出租车的烟灰盒里）；分别时，她跟他握了许多次手，依然像机关枪似的喋喋不休。埃丽卡可真有意思……那张小脸，不停扇动的眼睫毛，翘鼻子，语速极快、嗓音嘶哑的唠叨……

骑着三轮童车的男孩也举手告别，随后立刻骑车走了，他的膝盖快速上下运动。德雷尔边走边回头张望，好几次挥动他的帽子，不小心撞上了路灯柱子，他说了声对不起，戴好帽子，继续向前走去。总的说来——这是一次不必要的相遇。现在我对埃丽卡的记忆永远不会是从前那种样子了。二号埃丽卡将永远影响他对她的看法，她是那么衣冠楚楚，那么一事无成，身边还有个骑着童车毫无用处的小维维安。现在，她推断我过得不幸福，这样做对吗？我怎么不幸福啦？为什么要那样说话？我为什么要在家里养一个热辣的小娼妓？也许，妻子所有的魅力就在于她的冷冰冰。毕竟，一时真正的幸福之后是应该有一阵冰冷的哆嗦。她就是那种寒气。染了头发的埃丽卡没法理解，王后的冷漠就是最好的保证、最好的忠诚。我不应该像那样回答。此外，四周的一切，那些晶莹闪亮的水坑——面包师傅们为什么赤脚穿橡胶套鞋？我不明白——但是，每日每夜，每时每刻，我四周的所有这一切都在笑，都在闪光，恳求人们看它们，爱它们。整个世界像一条狗一样站着，乞求人们逗弄它。埃丽卡忘了上千条格言和歌曲，忘记了那首诗歌，还有她粉色帽子上的咪咪二字，果子酒，初次幽会时那条长凳上的月光斑点。我想明天我要与伊索尔达幽会。

第二天，德雷尔特别开心。在办公室里，他向赖希小姐口授了一封信，写给一家历史悠久、声望很高的公司，这封信绝对难写。傍晚，在有着诡异古怪的照明的工场里，一个奇迹正在慢慢变为现实，他拍了拍发明家的背，拍得那么重，发明家都躬起了身子。他打电话给家里，说回家吃晚饭会晚一些；晚上十点半他回家时，调侃弗朗兹，考查他的销售技巧，问他一些非常荒唐的问题，比如：如果我妻子去你的销售部，当着你的面偷走罗纳德，你该怎么办？弗朗兹对于幽默，尤其是德雷尔的幽默，反应很慢；他睁大了眼睛，摊开了双手。这把德雷尔逗乐了，他很容易被逗乐。玛莎玩弄着一把小匙，不时用它敲击玻璃杯，然后用一个冰冷的手指抑止杯子震动的声音。

在那一个月的时间里，她和弗朗兹研究了几种新的谋杀方法，像以前一样，她说这说那都十分简洁，因此弗朗兹没感到恐惧或不舒服，他的内心正在进行着一种奇怪的感情重新组合。德雷尔已经一分为二：一个是危险的令人讨厌的德雷尔，他到处走动、说话，他在折磨他，他在狂笑；第二个纯粹是简图式的德雷尔，他与第一个德雷尔分离了——一张格式化了的扑克牌，一种纹章图案——这就是要予以毁灭的。不管计划用什么方式毁灭它，那也仅仅指毁灭这种简图式的形象。巧妙处理这个二号德雷尔是非常方便的。他是二维的，不动的。他就像那些近亲的照片，用剪刀沿着人物的轮廓剪开，然后用薄板纸加固，放在书桌上，人们喜欢这种廉价的效果。弗朗兹并没意识到这种无生命人物的特质和格式化的显现；因此，他没有停下来思考，为什么讨论这些罪恶的行为那么容易和无害。事实上，玛莎和他谈及两种不同的个人：玛莎想处置的目标绝对震耳欲聋，强悍活跃得让人难以忍受；他用男性生殖器威胁她，并且已经在她身上留下了一个几乎是致命的伤口。他用一把银色的小刷子梳平他下流的八字须，他夜间鼾声震动，像凯旋时那样久久回响；而弗朗兹的眼中那个男人毫无生气，平淡无味，可以烧掉或者扯掉，或者像一张撕坏的照片一样随手扔掉。当玛莎拒绝使用毒药，认为下毒是"用不适当的方式谋害人命"（在那本被翻烂了的百科全书里详细阐释了一些令人难以捉摸的合法性），是某种与许多现代实用谋杀方法水火不容的东西时，这种难以表述的重复讨论又开始了。她开始谈论使用武器。天哪，她冷酷的理智与鲁莽的无知结合到一起，产生了相当怪诞的效果。她潜意识里从记忆最深处招募力量，无意识地回忆一些蹩脚、无聊小说中描述的一些精心策划却荒唐可笑的枪杀细节，由此抄袭罪恶的行为（该隐都避免使用的谋杀行为）。玛莎提议采用下述方法：首先，弗朗兹去购买一把左轮手枪；然后（"顺便提一下，我知道如何射击，"弗朗兹插话）——那太好了（"尽管你知道如何射击，亲爱的，你仍然应该练习一下，在某个僻静的小胡同里"）。计划是这样的：她设法把德雷尔留在楼下，直至深夜（"你怎么能做到这一点？""别打断我的话，弗朗兹，女人知道如何留住男人"）。半夜里，当德雷尔喝着香槟，为玛莎突然百依百顺而兴高采烈时，玛莎就走到隔壁房间的窗户前，拉开窗帘，在那里站一会儿，手里举着闪闪发光的笛形细长酒杯。那就是信号。弗朗兹处在靠近花园栅栏的位置，从那里他能清晰地看见玛莎站在炉火很旺的矩形凹处。玛莎让窗开着，然后重新回到客厅卧榻德雷尔的身边。德雷尔也许坐在那里，已经衣冠不整，喝着香槟，吃着巧克力。弗朗兹立刻在黑暗中跳过栅栏门（"跳过栅栏门很容易。当然，门上有尖铁，可你是那么优秀的运动员"），迅速穿过花园，小心翼翼地走，别留下任何泄露秘密的脚印，从落地窗进屋，她会让落地窗半开着。客厅的门也会开着。弗朗兹从客厅门槛处连开六枪，就像美国电影那样。为了造成假象，在离开前，他应该从死者身上拿走钱包，也许还要从壁炉架上拿走两件法国古董银质蜡烛架；随后，从原路返回。与此同时，她奔上楼去，宽衣就寝。这就是整个行动过程。

弗朗兹点点头。

另一个计划是这样的：她单独与德雷尔去乡间。两人进行一次长途跋涉。他喜欢徒步旅行。她和弗朗兹事先选好一个绝好的僻静处（"在树林里，"弗朗兹说，他想象自己在一个昏暗的松树和橡树林里，想象树林覆盖的山上有个古老的地牢，童年时他经常想起这些地方）。他提着左轮手枪等候在大树后面。当他们再次把他杀死时，弗朗兹就朝她的一只手上开一枪（"对，这是必要的，亲爱的，都是这样干的，必须看上去像我们遭到了强盗袭击"）。弗朗兹应该拿走钱包（事后他应该把皮夹连同蜡烛架一并还给她）。

　　弗朗兹点点头。

　　这两个计划是基本的。其他计划仅仅是这一主题的变异形式。那么多小说家相信，如果细节设计周密，那么情节和人物就会水到渠成。玛莎小心翼翼策划夜袭别墅计划和树林抢劫计划（不幸的是，这两个计划经常会混淆起来）。结果弗朗兹被证明是意想不到的最幸运的礼物：他能够图解似的清楚想象他的行动，还有玛莎的行动，事先还得将这些行动与那些时间、空间、事由等概念协同考虑。在这清晰明了和灵活机动的计划中，只有一件事始终不变，不过，玛莎对该漏洞却视而不见。其盲点就是受害者。受害者在遇害之前没有显露出任何生命的迹象。如果还有哪一点事先没有想到，那就是在安葬尸体之前，必须要移动和处理它，它似乎比活着的时候更加活跃。弗朗兹的思绪围绕着这一固定点像杂技演员那样展开敏捷的思索。所有必要的动作以及它们的后续发展都一一作了周密考虑。那个目前叫做"德雷尔"的东西与未来的"德雷尔"之间的不同就像一根直线与一根横线的差异，一种角度和视角的不同——仅此而已。玛莎并非故意鼓励弗朗兹朝着这些抽象概念去思考，因为她总是理所当然地认为德雷尔事先不会察觉，没有时间捍卫自己。至于其他细节，她展开了非常生动、现实的想象：想象外甥用枪瞄准她丈夫时，德雷尔会如何耸起眉毛，如何开始哈哈大笑，以为手枪是玩具，如何带着笑声进入另一个世界。为了消除一切危险，她把德雷尔想象成一种商品，已经包装好，捆扎好，随时准备发送。她并没意识到这样做会使弗朗兹下手方便得多。"聪明的孩子，"她哈哈大笑，在他的脸颊上亲吻一下，"机灵，你真机灵，亲爱的。"在玛莎赞扬声的鼓励下，弗朗兹提供了一份估算单（不幸的是这份估算单后来不得不被烧毁了）：从栅栏到窗户的步数，走这段距离需要多少秒，从窗户到客厅大门的距离，从大门到扶手椅的距离（在他们的计划中，在某个时刻要让德雷尔从沙发移至扶手椅），从悬空举起的左轮手枪到恰当安置的那颗脑袋背后的距离。当德雷尔真的坐在那把扶手椅中，在四月阳光的照耀下阅读周日的报纸时，玛莎的发髻里插着一把梳子，身穿一套高级定制的粉红色新衣，与不穿外套的弗朗兹忙着在花园里来回踱步，汤姆跟在他们后面，口里叼着一个黑球。他俩沿着别墅的围墙一直走到客厅的窗前，然后回到边门，边走边数着步子，记住步数，演练前进和撤退的方法。德雷尔双手叉腰，走出客厅，来到露台，随后立刻来到花园，加入他们一起散步，帮助他俩讨论怎样重新铺设石板路，怎样重新设计花圃；其实，玛莎和弗朗兹也在煞费苦心地计划花园小路和花圃的重新规划。

当他俩单独在那间乏味但钟爱的小租房里时，他们继续计划着，卧床上方还挂着那幅没有售出的大乳头奴隶姑娘画，以及一把装在框子里的崭新、昂贵、闲置的网球拍。是时候考虑弄手枪了！刚到这一阶段，他们就遇上了一个荒唐的障碍。他俩确信，为了购买左轮手枪，必须弄到特许证。玛莎和弗朗兹都根本不知道如何弄到这张特许证。他们必须得打听，也需要去警察局，这也许意味着不得不填写并签署申请单。很显然，现在比起武器被派上用场，弄到武器的可能性要渺茫得多。玛莎不能忍受这种自相矛盾的荒谬说法。她不把弄武器当作一回事，却在执行这个计划时遇到了各种同样不可逾越的困难。比如，那个花匠——他也是个警卫（可以收买？可以施以麻醉药？）——是个头脑冷静、身强体壮的老恶棍；他目光锐利，一眼就能识别入侵者，他捏死毛毛虫的方法很特别，他用长着铁指甲般的食指和大拇指那么特别可怕地一捏，毛毛虫就会尖叫一声，流出不少黏液，弗朗兹第一次亲眼看见那种绿色绞刑，他像女孩一样尖声高喊。还有那个警察，他经常沿街巡视，好像在散步一样。森林计划中也出现不少错误估计和漏洞：短途去格吕内瓦尔德旅行之后，弗朗兹报告说，那里野餐的人比松树还多。柏林市郊还有许多其他树林，但是得想出办法把德雷尔弄到那里去才行。妥善解决上述这些问题之后，获得武器的问题也似乎不再那么难以解决：柏林北部也许有些友善的枪支经销商，他们不在乎有没有许可证。一旦有了枪，机会肯定就在他们一边，他们的目标就会在恰当的时刻处在恰当的位置。于是，玛莎很满意，因为她传达了自己对各种正确关系的感觉（"要紧的事情先做""如果你有两个鼻子，那么你应该满足于只有一个眼睛"，这些都是她特别喜爱的谚语）。

于是，获得一支可靠的小型左轮手枪的时候到了。她想象弗朗兹如何——动作缓慢、身材修长、生性腼腆的弗朗兹——穿梭于各个枪支商店，热情的销售员如何突然开始问他一些需要谨慎回答的问题，那个白痴店员日后如何记得弗朗兹的玳瑁眼镜和他细长、洁白、幼稚的双手做出的各种解释性的手势，那支枪被使用和埋掉之后，如何被某个爱管闲事的侦探查获……那么，如果她去购买武器呢？……也许，她认为汤姆患了狂犬病，她想杀了它，事实上只是练练枪——女人也能学会精确射击。突然，一个新异的形象在眼前浮现、停顿、转身、继续向前浮动，就像商业电影广告中那些能自己移动的逗人喜爱的东西那样。她意识到为什么那支左轮手枪会在她脑海里有着这样清晰的形状和颜色，尽管她对枪一无所知。威利的脸从她的记忆深处浮现出来；他笑起来是那么张扬，他弯腰去看某样东西，他挡住汤姆不让它靠近，汤姆以为那东西是它的玩物。她再努力回忆，于是就想起德雷尔坐在他的书桌前，向威利展示——展示什么？一把左轮手枪！威利把枪拿在手里翻来覆去看，哈哈大笑，狗汪汪直吠。她再也记不起更多了，但是，那已经足够了。她大为惊愕，她高兴地发现，几年来，她的头脑里是如何煞费苦心和未雨绸缪地保存着那种一闪即逝但必不可少的印象的。

又是一个星期天。德雷尔牵着汤姆外出散步。别墅所有的窗户都敞开着。阳光舒坦地照射到每个房间平时很难照到的角落。露台上，微风吹乱了一本四月刊杂志的书页（已经旧了），杂志上刊登了一张照片，拍摄的是新近发现的维纳斯非常可爱的双臂。首先，玛莎彻底翻查了书桌的抽屉。在蓝色文件夹中，她发现了几根金色封蜡棍、一个电棒、三个金币、一个先令、一本写有英语单词的练习簿、他龇牙咧嘴微笑的护照（谁会在正式场合龇牙咧嘴？）、一个坏了的烟斗（是她很久很久以前送给他的礼物）、一本陈旧的夹着褪色快照的小相册、一位姑娘最近的快照（如果照片中的她身上没穿时髦滑雪衣的话，那么她很像伊索尔达·波茨）、一盒图钉、几根带子、一块手表的玻璃表面，还有其他一些乱七八糟不值钱的东西，保存这些琐碎的东西总让玛莎火冒三丈。这些东西中的大部分都被玛莎扔进了废纸篓，包括那本习字簿和冬季体育用品广告。她猛地推回抽屉，离开那张被震昏的书桌，朝卧室走去。在卧室里，她在两个白色五斗橱里仔细翻寻，在乱七八糟的东西中找到了一个实心球，球上留下了汤姆的牙印，天知道这个球怎么会跑到橱里来的，橱里整整齐齐放着两排共十双丈夫的鞋子。她把球从窗口扔了出去。她飞奔下楼。经过更衣镜时，她发现自己鼻子上的脂粉掉了，两个眼睛明显憔悴。她应该去看肺科医生呢还是心脏医生？或者两科都看？她在各个房间又翻查了一些抽屉，她责怪自己都在一些荒唐的地方翻找；最后，她认为枪要么藏在保险箱里（她没有保险箱的钥匙，保险箱里藏着遗嘱、金银财宝，还有未来！），要么藏在办公室里。她再一次搜查了那张该死的书桌。书桌卑躬屈膝，屏住呼吸，任她气势汹汹地翻找。抽屉开始像抽耳光似的噼啪作响。这里没有！这里没有！这里没有！在一个抽屉里，她注意到一个棕色的公文包。她生气地提起公文包。她发现在公文包底下的抽屉深处有一把珍珠母手柄的小左轮手枪！与此同时，周围传来了她丈夫的声音，她急忙放回公文包，关好抽屉。

"天气太好了，"德雷尔欢快地说，"简直像夏天。"

玛莎阴郁地说，连头也没回：

"我在找药片。你的书桌里有氨基比林[1]。我的头快要裂开了。"

"我不知道。今天天气这么好，谁的头还会裂开？"

他坐在一把椅子的皮扶手上，用手帕擦了擦额头。

"知道吗，我亲爱的，"他说，"我有个想法。听着——弗朗兹的电话号码是多少？——我给他打个电话，我们一块儿驾车去网球俱乐部。是个好主意吧？挺有吸引力吧？"

"你想什么时候吃午饭？他会来吃午饭的。你为什么不打电话给其他人，然后吃过午饭去打网球呢？"

"现在才十点。我们可以在一点半吃午饭。浪费这样的好

1　pyramidon，一种降热镇痛药。

天气真是可惜了。你也去，好吗，好吗，好吗？"

她同意一起去，只是因为她明白让弗朗兹单独与德雷尔去该有多难受。"我来给他打电话。"她说。

房东问她是谁，为什么要跟他的房客通话，玛莎让他少管闲事。弗朗兹颇感意外，穿着平常的衣服就来了，脚上简单换了双帆布胶底运动鞋。德雷尔很不耐烦，一口接一口地抽烟，他担心天空中随时会形成雷暴云。他急急忙忙推着弗朗兹上楼，给了他一条法兰绒裤子，这是他两年前在伦敦购买的，现在穿起来太紧了。他站在那里，双手叉腰，眼睛鼓鼓的，脑袋侧着，留心看着弗朗兹更换衣服。可怜的弗朗兹像山羊一般腥臭。这样的天气还穿着厚厚的长内裤！不管是谁，在内裤上绣了那个交织字母就不是个专业的——至少不是个专业的女裁缝。弗朗兹尴尬得不知所措，他完全意识到，他的内裤非常难看；他很荒唐地担心，这整个换衣服的过程也许会暴露许多通奸的肮脏秘密。当一个脚一个脚地换裤子时，他变得非常笨拙，伸出一条腿，另一条腿单足跳跃；他努力劝说自己，这只是一场噩梦。德雷尔也开始两腿交替站立。这种难受的情形痛苦乏味地延续着。裤子似乎太长太大，在这套袋赛跑[1]的过程中，一阵痉挛，弗朗兹倒在一个破损的行李架上，这个破行李架是不该放在梳妆室里的。德雷尔做了个含糊的动作，好像要出手拉他一把似的。扣好裤纽对他来说更是噩梦一场，德雷尔

1　颈或腰部以下套上袋子后的一种跳跃式赛跑。

让他自己扣好。之后，试衣匠用两个手指灵活地拎起裤腰，调整边带，内行地将一根皮带围到对方僵硬的腰部，跪下一条腿，用皮尺去丈量裤腿，像人们舞动毒蛇那样将皮尺挂在身上。最后，他咯咯地轻轻一笑，表达出一种宽慰和认同；随后，他在弗朗兹的屁股上重重拍了一下。这一拍让可怜的弗朗兹的屁股刺疼了很长一段时间，与此同时，他格外拘谨地弯着双腿向前走，裤子夹在屁股里。甚至坐进出租车后，屁股上的刺痛还在持续。从出租车下来时，德雷尔又重重拍了弗朗兹一下，这一次是用弗朗兹的球拍，因为他差点把球拍遗忘在车上。"Aber lass doch.[1]"玛莎对粗俗的丈夫说。

在赤褐色的球场上，白色的人影奔来冲去，雇来的球童飞快地捡球。四周，高高耸立着铁丝网，外面还套着绿色的纱网。俱乐部会所前放着白色的桌子和柳条扶手椅。一切都非常干净，井井有条。玛莎与一位双腿白里透红、有着浅色眼睛、身穿白裙的漂亮女人闲聊了起来，那女人的裙子跟纸灯罩差不多大。她俩点了饮料——一种咖啡色的美国冰镇混合饮料。德雷尔进会馆去换衣服。穿黑衣服的玛莎和穿白衣服的女士大声地说话，可是弗朗兹一个字也没有听清。不知从哪里飞来一只球弹跳着从他面前飞过，落到了一张桌上，然后再弹到椅子上，再落到草皮上。他捡起球，仔细看了看：球相当新，上面有一个公司的紫色商标，这家公司在"花花公子"百货商场里

---

1 德语，别闹了。

可是名声显赫。弗朗兹把球放在桌子上。又有两个赤裸着手臂和双腿的年轻女子从身边经过，她俩穿着丝绸花边、红色鞋底的白鞋子（"墨丘利"牌的——不，"爱情"牌的）走在草坪上相当平坦，好像是在赤脚走路。她们的眼睛里充满着幸福，她们的嘴唇鲜红。所有这一切都是他童年的梦想和欲望，早已烟消云散。她们错把他当作某个其他人，朝他暧昧地微笑，弄得他丈二和尚摸不着头脑。再往远处看，一个球场边上有个裁判模样的人，或者是赛场警卫，坐在一把梯凳上，注视着球飞过落球网；他像一个自动装置，有节奏地晃动脑袋——不行，不行，不行，你不是玩网球的料。德雷尔一身白色网球装，从会馆的黑色大门里走了出来，耀眼炫目。"我们走吧！"他高声说。他脖子上围着一块松软的毛巾，迈着轻松的步子，一个手臂下夹着两把球拍，另一个手里拿着一盒新球，朝着六号球场走去。玛莎告别了那位女士，在一把椅子里坐下，观看两人打球。在球场上，德雷尔像刽子手行刑时准备垫头木那样仔细周到，正在用他的球拍丈量落球网的高度。弗朗兹站在球场边缘，靠近他的情人，抬头瞭望一架从头上飞过的飞机。玛莎用挑剔温柔的目光注视着她恋人弗朗兹充满朝气的脖子、闪光的眼镜和漂亮的网球裤（裤子的臀部太宽松了些，否则很合身）。德雷尔完成了他邪恶的摆弄之后，慢慢跑到网球场他一侧的底线。弗朗兹依然站在他那一端的长方形球场中央。一个骨瘦如柴的小姑娘满是雀斑的脸上毫无表情，她从盒子里取出一个球，把球弹向他。球猛地弹起，击中了他的阴部。他试图用球拍把球往下打，但是，球从他的两腿之间穿了过去。女孩又掷给他一个球，他又没抓住。不过，这次他跟在球后面追逐，最后终于在毗邻球场一个球员的脚下把球捡了起来，那个球员漏接了球，生气地朝他瞪眼睛。弗朗兹饶有兴趣，把球放进口袋跑了回来，又站到了他原先的位置上。德雷尔宽容地朝他笑了笑，挥手示意他往后站，作为热身活动，他发了一个低手球，动作还算正确，是从俱乐部教练朱波夫伯爵那里学来的。弗朗兹挥手接球，作为初次上场的人，他运气不错，尽管动作并不标准，但他用力猛击，使球飞到远远超过德雷尔接球的范围。玛莎禁不住鼓起掌来。德雷尔又发了个低手球。弗朗兹"嗖"地用力挥拍，但是连球的皮毛都没有碰到，网球直直地落到了他身后的小女孩附近。弗朗兹不慌不忙，从口袋里拿出网球，伸直手臂，估算高度，将球抛起，试图使球弹起。结果他又一次没击中，却踩到了球，差一点跌倒在地。他一阵小跑，来到网前，结果，球卡在网上了。德雷尔叫他多往后退一些，继续接连给他发球。弗朗兹一会儿弓步向前，一会儿急忙转身。但是，他大多数击球依然是徒劳的挥拍。那个小女孩看得津津有味，不停地跑来跑去，用她的小手接住每一个球，冷漠但精确地滚球或将球掷还给德雷尔。

"别碍手碍脚的！"玛莎对着这个不懂礼节的接球小女孩高声喊道，但是，女孩要么没有听见，要么听不懂她的话。她的一个手指上戴着一个黄铜戒指。她也许是个肮脏的小吉卜赛人之类的。

这种煎熬仍在继续。最后，弗朗兹在一阵绝望之中终于"啪"的一声击中了球，球"呼"地高高飞起，越过了会馆的屋顶。

德雷尔慢慢走到网前，向弗朗兹招招手。

"我赢了吗？"弗朗兹气喘吁吁地问。

"没有，"德雷尔说，"我只想作些解释。我们不是在玩美国棒球，也不是玩英国板球。这种游戏叫做'草地网球'，因为刚开始时人们是在草地上玩球的。"他总是发不好 lawn[1] 这个字，好像老要与 down[2] 混淆起来。

随后，德雷尔缓慢地、遗憾地回到他的底线。同样的情形再次上演。玛莎再也忍不住了，她从就座的地方高声嚷嚷道：

"够了，够了！你很清楚，他不会——"

她想高喊"不会打球"，但是，一阵春风把最后两个词给吹没了。弗朗兹故意停下来检查球拍的弦。一个年轻人，也是身材细长、戴着眼镜，一直不怀好意、嘲弄似的看着他俩打球；这时，他走上前来，鞠了个躬。德雷尔用球拍指了指弗朗兹，示意他可以走了，同时，兴高采烈地迎接那个新来的家伙，他知道那人的球艺很棒。

弗朗兹走到玛莎跟前，在她身边坐下。他的脸色苍白憔悴，汗珠闪亮。玛莎对着他直笑，而他则擦擦眼镜，眼睛不朝她看。"亲爱的。"她低声说，试图吸引他的目光。她捕捉到了

---

1 英语，草地。
2 英语，向下。

他的目光，可是他沮丧地摇摇头，紧咬着牙齿。

"没关系的，"她柔声地说，"这样的事不会再发生了。我跟你说件事，"她更加轻声地补充说，"听着，我找到它了！"

他的目光游离了，但她坚定地重新捕捉到了它。"……在书桌里找到的。过几天你去拿就是了。明白了吗？"

他眨巴着眼睛。"你这样会感冒的，"她说，"有一股凉风吹来。穿上你的毛衣和外衣，亲爱的。"

"别说得那么响，"弗朗兹低声说，"求你了！"

她笑了，朝四周看了看，耸耸肩。

"我必须解释一下……不，听着，弗朗兹——我有了一个全新的计划。"

德雷尔刚打出一次漂亮的削球，球贴着网飞了过去。他朝妻子瞟了一眼，看见妻子正看着他，心里很高兴。

"嗨，"玛莎低声说，"我们走吧。我必须把一切给你解释清楚。"

德雷尔未能截击一次空中球，摇着头回到了底线。玛莎把他召唤到身边，说她头痛更加厉害了，让他吃午饭别迟到了。德雷尔点点头，继续打球。

他们没能叫到出租车，不过没关系，快点走也就是几分钟的路程。他们穿过一个公园，公园里，幸福的恋人们站在去年的枯树叶上相互紧紧地拥抱着，她一边走一边开始解释。

这个计划没有危险，这很令人高兴：计划从他的英语学习展开。有时他会让她给他做些听写。她认识的英语词汇不如他多，但是她的发音也许比他好些，或者至少与他的发音不同。比如，她发的 lawn 与 own[1] 近似，不是与 down 谐音，她跟他说过很多次，发成 down 是很可笑的，说她的倔丈夫是个蠢蛋。过去，他常常在一本练习本里记录她口授的词汇。随后，他就拿自己记下的与原文对照。永久的幸福就是依存于在一个私人花园里进行这样的听写。他们会拿一本陶赫尼茨[2]小说，在书中找一个适当的句子，比如 I could not have acted otherwise[3] 或者 I am shooting myself because I am tired of life.[4] 剩下的事情就不用多说了。"你在场的时候，"她说，"我向他口授这个挑选好的句子。当然，他一定不可以听写在练习本里，而是写在一张空白的信纸上。事实上，我已经撕毁了那本练习本。他一听写完那个句子，还没来得及抬起头，你就接近他，非常靠近，在他身后一点，好像你想越过他的肩膀看，随后非常小心地——"

1　英语，自己的。

2　Tauchnitz，德国印刷出版社。

3　英语，我别无他择。

4　英语，我用枪了结生命，因为我厌倦了生活。

一〇

　　自从发明家（此时在德雷尔的头脑里它的第一个字母已经是大写的了）制造出他称之为"自动人体模型"第一批样品那个难忘的日子以来，已经近三个月过去了。因为那些无灯罩高支光照明灯，他的工作室简直像个医学实验室，的确，过去这里曾是医学实验室。示范表演在一个没有陈设的大房间举行，这个房间曾经用来存放尸体以及身体器官，爱开下流玩笑的学生（他们中一些人，并非所有人，如今已是受人尊敬的老外科医生了）经常来这里进行各种各样的纵欲活动。发明家和德雷尔站在房间的一个角落里，默默地观看。

　　在灯光明亮的房间中央，一个约一英尺半高的胖乎乎的玩意，全身用棕色粗麻布紧紧捆束着，只露出两只血红的短脚。两只短脚是用某种橡胶和轮胎似的东西做的，穿着装饰着纽扣的儿童靴，来回走动，动作非常自然，很像真人；它神气活现地迈着小步，每走十步就转身，转身时会轻轻叫一声，听起来介于 hep 和 help 之间，其实是为了掩饰它机械装置发出的轻微嘎吱声。德雷尔双手紧抱着肚皮，怀着柔情观看着，就好像是一位多愁善感的客人关注着一个孩子——这孩子也许是他自己的小杂种——孩子第一次蹒跚学步，自豪的母亲在深情地观望。发明家留了胡子，现在看上去像个穿便服的东方神甫，他的一只脚一直不停地轻轻叩击，与小人的一举一动合拍。"天哪！"德雷尔突然高声惊呼，好像多愁善感的眼泪会随时夺眶而出。事实上，戴着风帽的侏儒的确走得非常引人入胜。它身上裹着的棕色布头只是为了体面。事后，当机械装置停止转动时，发明家解开裹在他的样品身上的布头，暴露出它的活动机件：关节和肌肉的精密系统，三节小而相当沉重的电池。即便在这第一个粗糙的样品中，也可以看出这一发明的一个特色：给人们留下深刻印象的不是那些电子神经系统和有节奏的电流输送，而是这个机器侏儒轻快而富有弹性、饶有风格但非常逼真的步态。可笑的是，机器侏儒在地板上来回踱步，与其说它像个树林里的侏儒，还不如说它像个沉思冥想的数学家。这种动作的秘密在于"沃斯金"——一种非常特别的物质，发明家用这种物质取代了真人的骨头和肌肉——的灵活程度。这个原创"沃斯金侏儒"的两条假肢看上去像真的一样，这不是因为它们（机械"散步侏儒"毕竟不罕见，它们像兔子一样，在复活节或圣诞节前后的人行道上常可以见到）能迈开步子走，而是因为材料本身，由所谓的"生物电流"驱动，会一直保持活动状态——扭动、绷紧、放松，好像人体器官在活动，或者甚至有意识，双重波纹变为三重斑纹，像水中反射那样平稳。它行走时不会出现抽搐现象——神奇之处就在于此。德雷尔最欣赏的就是这一点，他对神秘的技术方面的反应却相当冷淡。狡猾的发明家先告诉他密码，然后再用编码方式给他解释密码。

"它的性别是什么？你能告诉我吗？"当那个棕色小人在

他面前站住时，德雷尔问。

"还没有区别开来，"发明家回答，"不过，一两个月后，就会有两个男的，一个女的，身高五英尺。"

换言之，侏儒必须长大。这不仅需要创造一种类似人类的腿，而且需要创造类似人类的优美身体和富有表情的脸。然而，发明家既不是艺术家也不是解剖学家。因此，德雷尔为他找到了两个帮手：一个老雕塑家，他的作品十分逼真，比如，可以表现急性舞蹈病的特征；再比如，可以表现刚要打喷嚏的样子。另一个是生理学教授，为了解释众所周知的在自我设定的时间里苏醒的能力，他写过一篇长篇论文，文章首次描述了肌肉的"自我觉醒"，配以漂亮的彩色插图，除此之外，什么也没解释清楚。很快，这个工作室开始看上去好像那些医学院的学生又在用马驮着肢解的尸体四处走动。这个解剖学教授和那个古怪的雕塑家非常成功地协助了发明家。他们一位身体精瘦、脸色苍白、神经紧张，长长的头发披在脑后，还有个硕大的喉结；另一位神情安详，头上光秃秃的，戴了一个浆过的高领圈。他们的到来给德雷尔带来了无尽的乐趣，因为第一位是教授，第二位是艺术家。

此时此刻，他能够清晰地想象到这个成熟、完美、衣着高雅的机器人在商场凸形橱窗里来回走动，在盆栽植物中间走动，然后悄悄消失，在幕后更换衣服，又悄悄回来，逗得客人们乐翻了天。这是一种诗意般的幻想，毫无疑问，是一种赚钱的买卖。五月中旬，他从发明家那里买下了专利权，价格相对低廉。现在，他在心里盘算——下一步怎样做比较好——按原计划将这些机器人在库达姆大街[1]巡回展出制造轰动呢，还是将发明卖给外国辛迪加：前者比较炫耀有趣，后者比较安全盈利。

正如许多商人一生中经历过的那样，一九二八年春天，德雷尔开始觉得自己的事业不知怎的有可能在某种程度上独立生存。他的部分资本处于一种持续盈利的运转状态，势不可挡，发展太快了；他似乎正在失去对自己财富的控制，似乎不再能够按照自己的意愿停止这个大金轮的转动。他的一半财富尚且安全，但是，另一半财富是他在某一年奇特多变的运气中创造的——那一年需要运气（尽管是小运气）和他特殊的想象力——现在变得太活跃，太流动。他天生是个乐观主义者，希望这只是暂时失控，他一刻也没有想到资本的这种加速运转也许会把幸运轮改变成运转微光；如果他用手停止了轮子的转动，那就证明这个轮子啥也不是，相反那只是它自己金色的灵光。但是，此时的玛莎比以往更加讨厌丈夫的古怪轻率和变化无常（尽管这种性格曾经帮助他富裕起来），她不禁担心，在她能够除掉他并且亲自阻止轮子的随意转动之前，丈夫也许就会这样轻而易举地陷入财政灾难。

商场依然生意兴隆，但是利润却没有理所当然地稳步累积起来。最近，股票市场突然震荡。他赌了一把，但是输了，现

1　Kurfurstendamm，又译选帝侯大街，柏林著名的商业街。

在他又在赌。在所有这一切之中，玛莎预见到一种充满厄运的警示。她也许愿意准予他缓期受刑，以换取某种体面的交易，因为她承认她"相信他的嗅觉"，但是，玩弄股票实在是太危险。当每过一个月就意味着财富进一步缩水的时候，为什么还要拖延将他处以死刑呢？

在那个阳光灿烂、糟糕可怕的早晨，一从网球俱乐部回来，她就领着弗朗兹去书房看那把左轮手枪。她在门槛处朝房间尽头的那个书桌快速递了一个眼神，并同时令人几乎难以察觉地耸了一下肩膀示意：就在那里，在一个抽屉里，躺着他们实现幸福的工具。

"你马上就会见到它。"玛莎低声说，随后轻手轻脚地朝书桌走去。就在这时，汤姆大大咧咧、欢快地进了屋。"把这条狗弄走！"弗朗兹说，"有这条狗在这里，我什么事情也干不成。""出去！"玛莎大声吆喝。汤姆耷拉着耳朵，向前伸了伸它温和的灰色鼻子，鬼头鬼脑地钻到一把椅子的背面。"不行，把它弄出房间！"弗朗兹咬紧牙关浑身颤抖着说。玛莎拍拍手。汤姆钻入椅子底下，又从另一边跑出来。玛莎做一个吓唬的手势。汤姆及时往后一跳，带着委屈的神态舔了舔嘴，快步朝门小跑去。在门槛处，它回头张望了一下，随后举起一只前爪。不过，玛莎朝它逼近。狗屈服了，乖乖离开了房间。玛莎砰的一声关上了门。一股强风"呼"的一声震响了窗玻璃。"现在可以了。我们快一点，"她有点恼火地说，"你干吗绷着脸站在那里？过来呀！"

她飞快地打开抽屉，拎起公文包。公文包底下，一样散发着微光的东西出现了。弗朗兹呆呆地伸出一只手，将它拿在手里左看右看。

"你有把握吗？"他漠然地说。

他听见玛莎气愤地哼了一声，便抬头望去。她冷冰冰地笑了一下，走开了。

"把它放回原处。"她站在窗前一边敲击窗玻璃一边说。怪不得威利要笑他呢。

"我说了，把它放回去！你看得很清楚，那是一个打火机。"

"对，当然啰。可它真的很像一把小左轮手枪。相当时髦，对不？我想我在商店见过几个。"他轻轻地关上抽屉。

那天，玛莎想到了一件伤心事。直到那时，她一直认为自己的所作所为简直就是她一生中所做过的或想要做的事情中最聪明的。此时，她看见某种可怕的梦境正在接近她人生的航图。新手的自信也许可以原谅——但是那种可以原谅的阶段出现过而且已经远去。好吧——她根本就不应该同意嫁给那个手里捧着臭钱的小丑；咳——她不应该受到金钱的诱惑，她不应该年轻无知，希望把那个小丑变成一个平常、高尚、顺从的丈夫。不过，她至少为自己安排了想要的生活方式。将近八年的恐怖挣扎。如果她愿意的话，他可以不买这栋典雅的别墅，而想把她带到锡兰[1]或佛罗里达去。她需的是一个坐得住的丈

---

1 Ceylon，斯里兰卡的旧称。

216

夫，一个顺从、严肃的丈夫。她需要一个死人般的丈夫。

好几天休息的时候，她好像陷入了自己最荒凉的精神沙漠，检讨自己的错误，鼓起所有勇气，专心投入谋杀计划，以便不再重犯以前的错误。精心计划的组合行动，错综复杂的详情细节，华而不实的虚假武器——所有这一切都必须摒弃。从现在开始，座右铭将是：简单和常规。所追求的谋杀方法必须绝对自然，绝对纯净。必须规避中间人物。毒药是老鸨，手枪是男妓。他们都可能出卖她。必须停止购买有关博尔吉亚家族[1]的小说。不可能用香烟打火机杀人，而有些人显然认为她曾作过这样的考虑。

玛莎一本正经地说，随着她话题的转变，弗朗兹有时摇头有时点头。小房间里充满着阳光。弗朗兹坐在窗台上。窗格已经敞开并用三角木固定。尽管是假日，建筑工人们仍然坚持工作，丁零当啷东敲西凿，房子越建越高。有个姑娘从下面一个窗口高声叫喊着什么，另一个姑娘从大街对面的一个阳台上回应，嗓音更加甜美。在家乡，这是在河上乘着筏子弹奏吉他、在柳树的阴影下轻声歌唱的季节。

他的背开始感到热乎乎的。他滑下窗台，站在地板上。玛莎的双腿紧紧地交叉着，裙子下露出一段胖乎乎的大腿，她侧坐在桌边。无情的太阳照得她皮肤显得比较粗糙，她的脸似乎比较宽，也许这是因为她用拳头支撑下巴的关系。她湿润的嘴

1　the Borgias，定居意大利的西班牙世袭贵族一家族，在十五至十六世纪出过两个教皇和许多政治及宗教领袖。

角下垂，她的眼睛向上看着。在弗朗兹的意识中闪过一个念头，她完全是个陌生人，很像一只癞蛤蟆。玛莎动了动脑袋，又回到了现实之中。一切又都变得那么压抑、黑暗、无情。

"……掐死他，"她含糊不清地说，"如果我们能简单地掐死他。我们就赤手空拳地干。"

两年前，伟大的赫兹医生告诉她，她的心电图显示出一种值得注意、不一定危险，但一定是不治之症的反常情况，这种病情他只在另一位妇女身上见过，一位霍恩措伦[1]妇女，她仍然活着，快四十岁了。现在，在玛莎看来，她的心脏会爆裂，没法承受德雷尔一举一动、一声一息在她心中所引起的那种仇恨的感觉。有时夜间，他温情脉脉、嬉皮笑脸接近她时，她会感到一种冲动，想用双手掐住他的脖子，使劲扼勒，用尽全身力气扼勒。相反，最近有一次，她迫使他作出许诺，不用荒唐的价格出售他三处套房中最好的一套，那么低的价格是威利提出的。作为慷慨的补偿，她主动让他短暂抚摸，可是让她意想不到的是，他缺乏男性的反应，这与他的挑逗一样，让她大倒胃口。她意识到，在这些情况下，要想符合逻辑地分析，形成简单、平稳、精巧的计划是多么困难，因为她心里的一切都在尖声呐喊，都在怒火肆虐。然而，如果她必须活下去，那么她就必须采取某种措施。德雷尔像恶魔一样展现在她的面前，就像电影里的一场大火。人的生命就像大火，很难扑灭，不过，

1　Hohenzollern，德国一地区，原为普鲁士的一个省。

如果把人的生命比作大火，那么，扑灭烈火般的生命就一定得，简直必须得，有某种能被普遍接受的自然方式。德雷尔那么庞大，头发黄褐色，因打网球皮肤被晒成棕褐色；身穿亮丽的黄色睡衣，张开血盆大口打哈欠，散发着热量和健康活力，发出各种各样叽里咕噜的声响，正如没法控制自己粗俗肉欲的男人醒来舒展身子时会发出的响声。德雷尔塞满了整个卧室、整栋房子、整个世界。

从情人房间里得意洋洋地出来，玛莎再也不计后果，而且越来越频繁。弗朗兹在商店工作的时候，她甚至也会光顾；高空建筑工地上震耳欲聋的噪声掩盖不住身边收音机里的播音声，她会边听边织补袜子，她紧锁黑眉，满怀自信和合法的温柔等候弗朗兹下班归来。没有他顺从的嘴唇和年轻的身体，她连一天都活不下去。在他们幽会的时刻，当他们还能感受到渐渐消融的愉悦涟漪时，她会睁开眼睛，她感到一切似乎很奇怪，情人性交时一次次猛烈的插入怎么还没能摧毁德雷尔。很快，她会试着诱惑性功能不足的弗朗兹重新振作起来，她费了一番周折才达到目的（商店里的那份工作让这只可怜的宠物累坏了！），她会再次感到德雷尔正在完蛋，每次猛力插入都会更加深地伤害他，最后他在极端痛苦中瘫倒了，凄厉地嚎叫，体液横流，在她难以忍受的极度愉悦中融化了。

然而，好像一切都没发生似的，他又复活了，闹腾着在各个房间里走来走去，兴高采烈，饥渴难忍，坐在她对面用餐，用餐叉刺住一片火腿，然后将其折叠起来，嚼食物时胡子作绕圈运动。

"救救我吧，弗朗兹，天哪，救救我吧！"有时，她会摇动他的肩膀，细声细气地说。

擦得十分干净的眼镜片后面，弗朗兹的眼神完全是一副唯命是从的样子。然而，他却想不出任何办法。他的想象完全受到她的控制，随时准备为她服务。是她必须得给他的想象提供推力和食粮。在过去几个月中，他的外表改变了很多：他的体重减轻了，他的颧骨突出了，看上去更像一个饥饿的印度人，一种奇怪的虚弱感使他视觉模糊，仿佛他活着仅仅是为了活着，却是很不情愿地活着，他很乐意随时回到动物般麻木不仁的生活状态。白天，他按部就班，但是他的夜晚杂乱无章，充满恐怖。他服用安眠药了。早晨，闹钟把他从睡眠中猛地惊醒，就像一枚硬币落入投币式自动售货机。他起床，拖着沉重的脚步去臭气熏天的盥洗室（盥洗室本身就是一个黑暗的小地狱），然后再拖着脚步回屋，洗手，刷牙，剃胡子，抹去耳朵上的肥皂沫，穿上衣服，步行去地铁车站，登上一节禁止吸烟的车厢，阅读头顶上同一张旧广告，听着地铁咔嚓咔嚓有节奏的噪声到达目的地，攀爬石阶，眯着眼睛瞟一眼地铁出口处，那里灿烂的阳光照耀着大花圃里色彩斑驳的圆三色堇。他穿过大街，完成商店里他该干的活，以同样的方式回到住处，然后再次完成所有希望他做的所有事情。她离开后，他会花大约一刻钟时间读报，因为读报已经成了习惯。随后，他会步行去舅舅的别墅。晚饭时刻，他有时会重复在报上读到的内容，一字不差地复述每一个句子，奇怪的是，他在复述过程中经常会混淆事实；不过，德雷尔会先怂恿他，随后再纠正他，并以此取乐。十一点左右，他离开别墅，沿着同一条人行道回家。一刻钟后，他宽衣，然后关灯睡觉。

他思想的特点就跟他的行动一样单调乏味，它的顺序与他一天的顺序一模一样。他为什么不喝咖啡了？抽水马桶的拉绳每次脱落，那么就不能放水冲洗啦？刮胡子刀片钝了。皮夫克在公共厕所里戴着衣领刮胡子。这些白短裤不实用。今天是九号——不，是十号——不，六月十一号。她在阳台上。赤裸着双臂，被晒干了的老鹳草花。每天早晨，地铁越来越拥挤。用Dentophile 牌牙膏刷牙，你每分钟都会微笑。那些把座位让给身强力壮的胖女人的人都是傻瓜。用 Dentophile 刷牙，用你的微笑清洗这一分钟。我们鱼贯而出。

在这些每天常见的思绪背后隐藏着黑暗，就像写在玻璃板背面的词汇一样，这是一种人们不该偷窥的黑暗。然而，人们总会受到陌生人的偷窥。有一次，好像有个满嘴奶酪味的警官，手臂下夹着一个公文包，坐在对面座位上带着怀疑的目光盯着他。他母亲的来信有些含蓄的批评，比如说他拼错了一些字，或者说他没有把一些词拼写完整。在商店里，用来取悦游泳者的橡胶海狮的脸开始像德雷尔的脸；当罗贝街一号的施特勒夫人让他把橡胶海狮包装好给她送去时，弗朗兹非常高兴。他闻到一股椴树的香味，这使他怀念起了家乡的校园，在玩捉人游戏时，他们要碰触椴树的树皮。一次，有个乳房有弹性的年轻姑娘差一点撞入他的怀抱，她手里拿着一串钥匙，他觉得她像学校里一位工友的女儿，很多年以前他就开始暗恋她。那些只是短暂闪现的感觉，他会立刻回到恍恍惚惚的现实之中。

到了晚上，他服用安眠药后昏昏入睡，某件更加意味深长的事情会突然在脑海中闪现。他会与赤身裸体的玛莎一起在公共厕所里用锯子锯掉皮夫克的脑袋，尽管首先他很难分辨皮夫克与德雷尔已经死去的司机，而且，梦语中皮夫克被叫成德雷尔。恐怖和无助的厌恶感带着某种非人世间的感觉出现在这些噩梦之中，只有那些刚死去的人，或者那些看穿红尘之后突然发疯的人才会体验到的感觉。于是，在一个梦中，德雷尔站在梯子上，慢慢摇动一台红色留声机，弗朗兹明白，很快那台留声机就会叫喊那个解决整个宇宙的词，之后，存在的行为将变成一种毫无意义的儿童游戏，就像一个人每走一步，他的脚都踩在每面旗子的边缘上。留声机会低声播放一首有关一位伤心的黑人和黑人爱情的熟悉歌曲，但是，从德雷尔的面部表情和贼头贼脑的眼神来判断，弗朗兹明白了这一切都是阴谋诡计，他不知不觉受骗了；他明白了歌中就隐藏着那个不能让人听见的词，他会尖叫着醒来，他没法分辨远处一个光线暗淡的广场，渐渐地，那个广场变成了黑暗中一扇暗淡的玻璃窗；随后，他的脑袋再次落到枕头上。突然，玛莎，脸色可怕——蜡黄，光滑，下巴宽厚，因年老而布满皱纹，头发花白——会冲进屋里，抓住他的手腕，将他拖到高高悬在大街上空的阳台上，阳台底下的人行道上站着一个身前拿着某样东西的警察，警察慢慢变大，直至他的脸够到阳台，原来，他手里拿着的是一份报纸，他对着弗朗兹高声宣布他的死刑。

弗朗兹在体育用品部的同事——运动员似的施维默和他没有男子气概的瑞典朋友（他现在专卖泳装）——有一天碰巧注意到他脸色苍白，建议他星期天到格吕内瓦尔德湖去做日光浴。但是，弗朗兹却一脸冷漠倦怠的样子，一小时休闲就意味着要与玛莎一起度过一小时。不过，玛莎却把弗朗兹的郁郁寡欢错当成他像她一样患了忧郁症，是因为心里老想着谋杀，到了白热化的程度。德雷尔在场时，弗朗兹有时会攥紧和放松拳头，拗断火柴，玩弄盐瓶，这使玛莎十分高兴。她觉得她发出的关于死亡的光线已经清清楚楚地穿透了他，她只要用那种光刺他，他紧张的幼小灵魂（禁锢的死亡形象就隐藏在他的灵魂里）就会爆炸，在爬行的大黄蜂身上印上巨大的弗朗兹印记。相反，当弗朗兹进行解释时，她反而十分恼怒。听到他嘟嘟哝哝说不清楚的时候，她就会耸耸肩膀。

"难道你不明白吗——他精神不正常，"弗朗兹会反复说，"我知道他精神不正常。"

"胡说八道，不是精神不正常，而是有点怪。这甚至是个有利因素。身体别扭来扭去的，好不好！"

"可是，这太可怕了，"弗朗兹坚持说，"他不再给我送咖啡了，我也不知道是从什么时候开始的，随后，他突然端来一碗红色的牛肉汤。"

"好啦，别说了！谁在乎？他确实没有害处。他有个患病的妻子。"

弗朗兹不住地摇头，"我们从来没见过她。我敲了数千次厕所门，让他快点出来，可厕所里的总是他，不是她。我讨厌这样！"

"傻瓜！嘿，我告诉你，这倒是个有利因素。不会有人打探我们。我感觉我们在这方面非常幸运。"

"天知道他们那个房间里发生了什么事情！"弗朗兹叹息道，"有时那个房间里会发出非常奇怪的声音。不是笑声，而是母鸡的咯咯声。"

"够了，别说了。"玛莎平静地说。

他不再说了，赤身裸体地坐在床沿上，眼睛一动不动地看着地板。

"哎呀，亲爱的，亲爱的，"她阴郁急躁地说，"这有关系吗？难道你不觉得岁月正在消逝，而我们则在漫无目的地瞎谈，不知从何下手？难道你不明白，这样下去，总有一天我们会按捺不住，某个晴朗的日子，我们会就这么简单地猛扑到他的身上，将他撕成碎片？我们不能像这样生活下去。我们必须想出某种办法。你知道吗，最近他变得生龙活虎，好让人害怕。他的力气比我们两人大吗？他比这个，还有这个，还有这个更加有活力吗？"

不过，她是对的，她是对的！那个老家伙生龙活虎，浑身是劲。他还年轻，他打网球反手击球与正手击球一样有力，他的消化能力简直让人羡慕；明年冬天他将去巴西或者桑给巴尔[1]。伊索尔达花钱大手大脚，而且不忠诚；可是，过一段时间，他就会在一处为她姐妹俩租用的漂亮小套房里发泄一下他的淫欲（不过，艾达很快被一个嫉妒的情人一阵风似的带走了）；在卢森堡商务领事举行的一次社交聚会上，个子高挑的玛莎穿着黑色丝袜，袒露漂亮的削肩，挂着翡翠耳坠，使所有其他女士都黯然失色。他决定暂时不将自己的特殊计划告诉她，等待适合的时机，尽管他确实在三四个场合暗示过要进行一个新的非同寻常的计划。可是问题又来了，他该如何向她解释这个对他来说很有吸引力的计划呢？这是不可能的。她会一口否决，把它视作一种毫无意义的怪念头。搞什么机械人体模型！下一步搞什么，皮格马利翁[2]？你的伽拉忒亚[3]？不行，这个计划毫无希望！她会说："你在浪费时间，想出这种垃圾计划！"话是不错，但那是多么令人向往的垃圾计划！一想到这里，他笑了，她也有她自己古怪的地方。睡觉时，她会把冰凉的玫瑰水抹在脸上。几乎每天都做柔软体操。他用拐杖在栅栏的尖板条上连续刮动，使之发出清脆的撞击声。他俩正沿着街道洒满阳光的一侧散步。与他

1　Zanzibar，坦桑尼亚东北部一地名。

2　Pygmalion，希腊神话中的塞浦路斯国王，钟情于阿佛洛狄忒女神的一座雕像。据罗马诗人奥维德在他的《变形记》里的说法，雕刻家皮格马利翁创造出一座表现他的理想女性的象牙雕像，并爱上了自己的作品，将"她"取名为伽拉忒亚，维纳斯女神应他的请求赐予雕像生命。

3　见注释2。

一起走的是那个黑胡子发明家，发明家不停地暗示穿过大街到对面有树荫的人行道上去散步也许不错。但是，德雷尔听不进去。如果他喜欢阳光，那么其他人也一定要喜欢阳光。"还有很长一段路啊！"发明家叹息道，"你很肯定吗，你确实想散步？""那要得到你的允许才行呀。"德雷尔心不在焉地说，并且越走越快。充满活力是一件多么快乐的事情！比如，现在这位黑胡子天才正带他去看某样非常有意思的东西。如果他叫住一位路人，问他："猜猜看，朋友，我现在去看什么？我为什么一定要去看它？"路人根本答不上来。好像这还不够似的，街上所有来去匆匆的路人，在电车站候车的人们——那么多的秘密、那么多让人惊讶的职业、那么多令人称奇的回忆。比如，那个家伙，挂着拐杖，留着正统的英国黄色八字须：谁知道呀，也许在战争期间，他曾被分配去执行单调愚蠢的任务，改制所缴获的各种各样的敌人军装，为国家所用；但是，两年之后，这种军装布料开始逐渐减少，他又被派往前线，在前线，他至少感受到了在一个村庄的废墟上参加一场恶战的兴奋，那个村庄曾经以它的啤酒和猪肉著称，于是，敌对情绪暂时缓解了，最后一名士兵是被飞机空投的一麻袋停战宣言传单砸死的。但是，为什么要把自己的回忆告诉陌生人呢？那边长凳上坐着的老头还很年轻——噢，我不知道——也许，是个著名的杂技演员；那个黑胡子外国人，那个乏味的同路人（只是在我们之间说说而已），也许搞出了一项惊人的发明。一切都是未知数，任何结果都有可能。

"在右边，"乏味的同伴气喘吁吁地说，"在那边，那栋有雕塑的大楼。"

在法院的增建楼里，警察举办了一个犯罪展览会。一位受人尊敬的市民突然毫无理由地肢解了一个邻居家的孩子，还在他的套房里发现了一个人造女人。她能够行走，能够扭动双手，能够小便，现在放在警察博物馆里。受专业焦虑的驱使，发明家想去参观一下。在一个退役警官的引导下，他俩参观了那个女人，德雷尔贿赂了警官，让那个机器女人动起来。结果，他们发现那个可怜的女人造得非常粗糙，报纸上所说的那种神秘材料，天哪，只是古塔胶[1]。驱动她活动的能源也被夸大了。一种发条装置使她能够闭上她的玻璃眼睛，展开她的双腿，两条腿可以注满热水。她身体上的毛发是真的，披在肩上的棕色头发也是真的。综上所说，这个机器女人没有任何新鲜的东西——仅仅是一个粗俗的玩偶。发明家立刻不屑一顾，高兴地走了，不过，德雷尔总怕错过什么有趣的事情，悠闲地浏览了所有的展厅。他仔细看了那些罪犯的脸，放大了的照片：耳朵、乱七八糟的指印、厨房用的各种刀具、绳子、褪色的衣服碎片、满是灰尘的罐子坛子、肮脏的试管——上千件被误用了的不值钱的小东西——又是一排排的照片，身体肮脏、穿着邋遢的凶犯苍白的脸，以及那

---

1 gutta-percha，一种类似橡胶的热塑性物质。

些受害者浮肿的脸，受害者死时倒很像罪犯；一切都是那么破破烂烂，那么愚蠢，德雷尔禁不住笑了起来。他想，这是个多么没才华的人！谋杀自己邻居的人是个思想多么肤浅，多么歇斯底里的蠢蛋！展品死一般的灰色，罪行的陈腐平庸，资产阶级的家具，让人惊恐万分的慰藉：找到了血印，榛子的果仁注入了士的宁，纽扣，锡盆，又是照片——所有这一切垃圾都表明了犯罪的本质。那些傻瓜失去了多少美好的东西！他们失去的不仅是每天生活的乐趣，单纯的生存的乐趣，而且也像这个展出的案例那样，失去了怀着好奇心去观看原本枯燥乏味之事的能力。还有最后一件乏味的事情：黎明，脸色苍白、头戴黑色大礼帽的都市父亲们顾不上吃早饭就开着车去看处决。天气寒冷，雾气茫茫。早晨五点戴着黑色大礼帽，那种感受该有多难受！死囚被押进监狱的院子里。刽子手的助手求他文明一点，别挣扎。啊，行刑的斧子！说时迟那时快——砍下的头颅立刻示众。看着砍下的头颅，一个身穿礼服的公民该做什么呢——对它同情地点头？指责地皱眉？微笑着鼓励？仿佛在说："瞧，砍头多么简单利索！"德雷尔发现自己心里在想：拂晓时刻醒来，彻彻底底刮好胡子，吃一顿营养丰富的早餐，穿好条纹囚服去外面的放风场，适当开个玩笑，摸摸胖刽子手的肌肉，朝众人友好地挥挥手，最后再好好地看一眼官员们苍白的脸，那也许很有意思……对，所有的脸都异常苍白。比如，这里有个年轻的家伙，把他的父母都砍死了：他的耳朵真大呀，脸上的小脓包真多呀！这里有位郁郁寡欢的绅士，他把装有他未婚妻尸体的箱子留在车站里。这里是吉隆廷博士的发明——噢，不，那是中世纪瑞士的发明，一模一样——木板，木项圈，两个垂直构件，中间的刀片。吉隆廷先生，你是个骗子！啊，美国牙医的椅子。牙医戴了面具。病人也戴了面具，面具上有两个洞眼。他们在裤腿的腿肚子处撕了个口子，用于连接电极。啊哈！接通电流。一跳一跳的，就像在高低不平的路上。多么郁郁寡欢的傻瓜们！这里就是白痴般的脸和受折磨的物件的集合。

室外真好，暖风拂面。路人的鞋底在洒满阳光的柏油马路上留下了银色的足迹。多美啊，蓝色的，芳香的，我们的柏林已经进入了夏季。在海边也会感觉不错。那些云彩灿烂——假日的云彩。工人们懒洋洋地修理着人行道。一切都是那么美好。他想，仔细追寻那些工人的脸、那些路人的脸该多有意思，因为他刚刚看过无数照片中的脸部表情。让他吃惊的是，在他遇见的每个人的脸上，德雷尔都能认出一个罪犯，过去的，现在的，或者将来的罪犯；很快，他完全沉浸在这种游戏之中，他开始为每个人虚构一宗特别的罪行。他注视着一个肩膀滚圆的男人提着一个可疑的箱子，他走上前去借个火。那人掸掉香烟上的烟灰，很平常地将两支香烟轻轻对接，不过，德雷尔注意到那人的手颤抖得多么厉害，他很遗憾自己亮不出侦探的警徽。一张张脸从面前掠过，眼神躲闪，在那些胖乎乎、慈母般的家庭妇女身上也发现了谋杀的迹象。于是，他走着，像螺旋桨那样转动着手杖，一时间感到相当开心，还不由自主地对着陌生人咧嘴而笑，他开心地注意到，那些人都时不时地表现出局促不安。随后，他厌倦了这种游戏，感到饿了渴了，于是就加快了脚步。但他走进门口时，他发现妻子和外甥在花园里。他们正一动不动地并肩站着，注视着他渐渐走近。德雷尔终于看到两张熟悉的、完美的具有人性的脸，他感到愉悦和宽慰。

一一

"求你了，我亲爱的，"威利·沃尔德说，"别这样。你已经偷偷看了两次手表，然后又看了你丈夫。真的，时间还早。"

"再吃点草莓。"威利的妻子说。

德雷尔说："我们必须再待一会儿，我亲爱的。因为我想不起我的故事了。"

"请尽量回忆。"威利说，他深深窝在扶手椅里。

"……也许再喝点烈酒？"沃尔德夫人用疲倦悦耳的假嗓音说。

德雷尔用拳头捶捶前额。"我想起了故事的开始和中间部分。我的商场作为结尾！"

"别着急，会想起来的，"威利说，"如果你继续担心，你妻子会感到更加无聊的。她是个严厉的女人，我怕她。"

"……明天这个时候，我们将在去巴黎的路上。"沃尔德夫人打起精神说，但是她的丈夫打断了她的话。

"她要带我去巴黎！我知道那是个生气勃勃的城市，可我从来不喜欢那个城市。不过，我还是要去的，我要去。顺便提一下，你还没告诉我你自己的暑期计划呢。我听说有个家伙想不起一个有趣的故事，结果爆了一根血管！"

"我倒不是因为想不起那件事而感到伤心，那不是事实，"

德雷尔伤感地说，"让我感到伤心的是，我们一分开我就想起来了。我们还没决定，对不，我亲爱的？我们还没决定？"（转向威利），"事实上，我们根本还没讨论过那件事。我知道她不喜欢阿尔卑斯山。她对威尼斯毫无兴趣。真是非常难啊！最后还发生了意想不到的事了，真有意思……"

"别说了，别说了，"威利喘着气说，"你怎么还没决定？已经六月底啦！是时候啦！"

"也许是吧，"德雷尔嘲弄似的看了看妻子说，"也许我们可以去海边。"

"海水，"威利点点头，"浩瀚的蓝色海水。那很好。我也想去，非常想去。可是，我被拖去巴黎了。我潜水特棒，不过，你可能不信。"

"我甚至还不会游泳，"德雷尔郁闷地回答，"我不擅长某些体育活动，也不擅于滑雪。我好像总停留在同一个点上：甩臂，技巧，平衡，就是学不会。我想是不是那副新滑雪板不适合我？亲爱的，我明白你讨厌海滨，可我们还是再去一次吧！带上弗朗兹和汤姆。我们可以泼水玩水。你和弗朗兹去划船，晒成和奶油巧克力一样的咖啡色。"

玛莎笑了。这倒不是因为她感觉到何处飘来了一股湿润的新鲜空气。想象中神奇的幻灯插入了一张彩色的片子——一九二四年他们曾去过波罗的海长长的海滩，白色的凸式码头、鲜艳的旗子、彩色条纹的小房间、上千个有着彩色条纹的小房间——不过，如今它们稀少了，破败了；在杜鹃花和海水之间，向西延伸着数英里沙滩空荡荡的白色。海水。你用什么扑灭大火？婴儿也能告诉你。

"我们去格雷维茨。"她转身对威利说。

她变得格外活跃。她光滑的嘴唇开启了。她那对杏仁般的眼睛像宝石一般闪亮。红扑扑的脸颊上出现了两个镰形酒窝。她开始激动地对埃尔莎说起一个小裁缝（这些人前面总添加个"小"字）的故事，她发现了他。她欣喜地夸奖埃尔莎的香水。德雷尔正在吃草莓，他注视着玛莎，心里感到很高兴。她从来不笑，只有去探望沃尔德夫妇（"他们是你的朋友，不是我的朋友"）时，她才喋喋不休，显得那么漂亮。

"我们得认真谈一谈，"在回家的路上她说，"有时，你的确想出些好主意。这样，明天你写信去'海景酒店'预订两间毗连的房间和一间单人房间。不过，狗要留在家里——它只会添麻烦。你得赶紧，否则就订不到房间了。"

德雷尔有点喝醉了，他将嘴贴到她温暖的后颈上。她将他推开，相当和蔼地说：

"我看你不仅是个好色之徒，而且专门说谎。"

他突然显得很着急。"你是什么意思？"

"我记得，"她说，"你对我说过——什么时候说的？一年前？——你要去弗赖巴德学习，现在你游起泳来会像鱼一样。"

"说大话了，不可饶恕，"他回答说，心里宽慰多了，"一条糟糕的鱼，真的。我可以浮在水上三米，然后就会像一根圆木沉入水中。"

"可是圆木不会沉入水中。"玛莎开心地说。

必须抓紧！不过此时的抓紧倒是轻松愉快的。四周全是海浪和阳光，呼吸、谋杀、做爱，多么容易！"海水"单单一个词语就解决了一切问题。尽管玛莎不懂数学问题，也不懂精确验证的愉悦，但是她立刻意识到问题的解决办法是那么简单和清晰。这种和谐平淡、简单得体的解决办法使她为自己原先胡乱的摸索和粗俗的幻想感到羞耻——她也许应该对此感到羞耻。此时，她极想见到弗朗兹，或者至少采取某种行动——立刻给他发电报，告诉他暗号；不过，目前的电文暂时是这样的：**半夜出租车招呼站雨水大门前厅楼梯卧室请停下好的赶紧晚安**。明天是星期天——你觉得怎么样？！她告诫过弗朗兹，如果天气没有好转，她将不去见他，因为德雷尔不打网球。不过，现在由于她又有了信心，即便是这种耽搁（这种耽搁曾气得她大发雷霆）也似乎只是小事一件。

她比平时晚醒了一点，她的第一个感觉是，昨晚发生了某件极好的事情。露台上，德雷尔已经喝完了咖啡，正在读报。当她容光焕发，身穿淡绿色绉绸衣服下楼时，他起身吻了吻她冰凉的手，星期天早晨见面时，他总这样亲吻她，不过这次亲吻，他格外和蔼可亲，眼睛里闪烁着感激的神色。银色的糖碗在阳光下发出耀眼的强光，然后慢慢暗淡，接着再次发出耀眼的光芒。

"球场会不会还是湿的？"玛莎说。

"我打过电话了，"他回答，说完又接着看报，"它们都湿透了。一位考古学家在埃及发现了一座古墓，里面有玩具和蓝色的蓟，有三千年历史。"

"蓟不是蓝色的，"玛莎边说边伸手去拿咖啡壶，"你有没有写信预订房间？"

他点点头，连头也没抬一下，并且一边读报一边继续更加缓慢地点头，一边点头一边高兴地提醒自己明天去办公室口授电文。

好吧，继续点头吧……继续骗人吧……现在没啥关系了。他是个一流的游泳好手——这可不是打网球！她也出生在大河岸边，可以浮在水面上连续几小时，几天，永远！

她习惯仰面躺在水面上，流水会轻轻拍打摇晃她，那么惬意，那么凉快。你赤裸着身子与赤裸的同岁男孩一起坐在勿忘草间，令人心旷神怡的微风沁透着你！这些思绪来得一点不费力气，她不用挖空心思去想，只要展开在脑海里业已存在的概要。她的心上人将会多么高兴！她要不要给他挂电话，只说一个字："Wasser[1]？"

德雷尔窸窸窣窣折叠报纸，好像在用它包装一只小鸟。他说："我们去散散步，好吗？你觉得怎样啊？"

"你去吧，"她回答，"我得写几封信。我们得打发希尔达，知道吗？"

他想，要是我请求她，温柔地，非常温柔地求她，她会去

---

1 德语，水。

吗？今天早晨没什么事情。我们又成恋人了。

可是，表达强烈情感从来就不是他的特长，他什么也没有说。

一分钟后，玛莎从露台上看见他手臂上挽着雨衣，朝大门走去。他打开边门，让汤姆像女士一样先出门，然后从容不迫地漫步走了，边走边点燃了一支雪茄烟。

她一动不动地坐着。糖碗一会儿发出耀眼的光芒，一会儿光芒暗淡。突然桌布上出现一个灰色的小斑点，随后在它的边上又出现一个小点。一个雨点落到了她的手上。她站起身，朝天空望了望。弗丽达开始急急忙忙收拾盘子碟子和桌布，同时也不时朝天空看去。天边雷声隆隆，一只受惊的麻雀停落在栏杆上——然后突然猛地飞走了。玛莎进屋去了。过道里厕所的门在砰砰作响。弗丽达衣服已经湿了一半，她怀里抱着桌布，边笑着喃喃自语，从露台朝厨房奔去。玛莎站在格外昏暗的客厅中央。此时，屋外的一切都在发着汩汩声、淅淅沥沥声，都在呼吸清新的空气。她心想是否应该先给他打电话。可是她过于急躁——费事打电话是浪费时间。她窸窸窣窣穿上马金托什雨衣，顺手抓起一把雨伞。弗丽达从卧室里给她取来帽子和手提包。"你应该等雨停了再出去，"弗丽达说，"这只是常见的阵雨。"玛莎呵呵一笑，说她忘得干干净净，在咖啡馆与贝亚德夫人和另一个女士有约会，那个女士是位节律性呼吸专家。（"混合性呼吸。"弗丽达说，她了解的事情比她应该知道的还要多，整个早晨她一直不停地喷鼻息。）雨点开始像打鼓似的落在雨伞紧绷的丝绸伞面上。边门砰地关上，雨水溅到了她的手上。她沿着明镜般的人行道迅步急行，急急忙忙朝出租车招呼站走去。太阳光照在长长的雨帘上，使得一串串珍珠般的雨线似乎斜着落下，不一会儿，雨便成了金黄色的、寂静无声的。阳光一次又一次照射下来，被阳光击碎的雨水四处飞溅，成为火焰般的一个个雨点；柏油马路映射出彩虹的紫色，一切都变得那么明亮、那么热烈，德雷尔的头发淋湿了，他边走边脱去雨衣；雨淋之后，汤姆的皮毛变得更加深色，它梳理自己的毛皮，追逐一只棕色的腊肠犬。汤姆和那只腊肠犬在一个地方绕起了圈子，说准确些应该是汤姆绕着圈子，与此同时腊肠犬不时突然转身，两条狗搅在了一起，直至德雷尔吹口哨。德雷尔慢慢地走着，左顾右盼，想找到前天晚上威利提及的那个新建的电影院，结果发现自己来到一个他很少光顾的街区，尽管这里离他的家不远。他转入一个公园，想让狗再多活动活动；随后，他抄近路穿越一片荒地，荒地连接着一条陌生的林荫大道。再往前走一程，穿过一个广场，他看见下一条街的拐角处有一栋大楼，大楼四周已经拆去了脚手架：一层楼装饰了一幅巨大的广告，宣传七月十五日晚首场上映的那部电影，电影是根据戈尔德马的剧本《王，后，杰克》改编的，好几年前这部戏剧曾轰动一时。广告由三张巨大的看似透明的扑克牌组成，很像彩色玻璃窗；晚上如果电灯一亮，效果也许非常好：国王身穿一件褐紫红色的晨衣，杰克身穿一件红色圆翻领毛衣，王后则穿着一套黑色的泳装。"明天千万别忘了预订房间。"德雷尔想起了玛莎的嘱咐，他将口授另一封重要的短信，忠诚可靠的赖希小姐会在她的署名之上写下：艾尔博士必须离开这个城市，很遗憾，他不能继续支付那个套房的费用，因为你坚持在那个套房里接待其他白痴，或者诸如此类的话。

他刚要转身往回走，突然汤姆短促沉闷地吠叫起来：弗朗兹从一家小餐馆出来，边走边用指关节擦嘴巴。

"哎呀，哎呀，想不到在这里遇见你，"德雷尔惊呼道，"喝点烈酒开始一天？"

"我的房东不再供应我早餐了。"弗朗兹说。多么糟糕的意外相遇！他俩肩并肩地走着，地上一个个闪光的水坑都在注视着他们。

他们还几乎从来没有机会单独在一起，德雷尔此时才意识到，他们完全没有任何可以交谈的事情。这是一种奇怪的感觉。他试图弄清这种奇怪的感觉究竟是什么。每隔一天，弗朗兹就会来别墅吃晚饭，但总有玛莎在场。在那些场合，弗朗兹都能自然融入，占据着长久以来给他留出的位置；除随便开个玩笑外，德雷尔从来不跟他单独交谈，从不寻求任何信息，从不表达任何情感。他信任弗朗兹，像对待其他熟悉的东西和人一样对待他，用毫不相干的话打断弗朗兹对玛莎说的那些愚蠢和无聊的事情。德雷尔早就意识到他不愿公开承认的腼腆性格，意识到他没有与在冷酷的机缘下遇到的人们进行直率、严肃、坦诚地交谈的能力。此时此刻，对于楔入他与弗朗兹之间的沉默，他既感到担忧又想哈哈大笑。他根本不知道该如何应对这种局面。问他去哪里？他清清喉咙，睨了弗朗兹一眼。弗朗兹边走边看着地面。

"你去哪里？"德雷尔问。

"我住在附近。"弗朗兹做了个含糊的手势说。德雷尔不无友好地看着他。就让他看吧，弗朗兹心里想。生活中的一切都让人难以理解，这种散步也是一样。

"好啊，好啊，"德雷尔说，"我想我从来没到过这里。我抄近路，穿过一片荒芜的菜园，随后突然发现我周围全是建了一半的房子。顺便问一下，那个——你为什么不带我去看看你租的房间？"

弗朗兹点点头。一阵沉默。很快，他指了指右边，两人不由自主地加快脚步，至少他们可以完成一个并非是毫无目的的行为——右拐。汤姆也显得很无聊。它不太喜欢弗朗兹。

"多傻呀，"德雷尔心想，"我一定得找个话题说说。我们不是跟在灵车后面。"他心里琢磨是否要告诉他有关电动模特儿的事情。这种事情年轻人可能感兴趣。事实上，这个话题太有趣了，所以他不得不克制自己，不在家里过分动情地说这件事。最近，发明家叫他别去研究室，说他在准备一个惊喜；随后，几天前，发明家面露得意神色，邀请德雷尔前去视察。那个雕塑家看上去像个科学家，那个教授看上去像个艺术家，他们似乎也特别洋洋得意。在商场工作的两个年轻人，默里茨和马克斯，他们无法掩饰地咯咯笑。发明家拉了拉一根细绳，一帘黑色的幕布开启了，这也是一种创新，一个身穿无尾礼服、脸色苍白、神色威严的绅士从左侧边门里走了出来，他的纽孔里插着一朵康乃馨；尽管走起路来像梦游一般，但是他非常逼真地穿过房间，从右侧边门退场。默里茨和马克斯在幕后抓住机器模特儿，给他换衣服，与此同时，一位身穿白色衣服的青年手臂下夹着网球拍，接着走过演示厅；一号梦游者立刻跟在白衣青年后面再次出场，现在他穿着一套灰色衣服，配以典雅的领带，手里提着公文包。他心不在焉，离开时，把公文包遗忘在了舞台上；不过，默里茨捡起公文包，跟在他后面退场。与此同时，那个白衣青年又出现了，这时他身穿一件鲜红的运动装，身后跟了个年纪稍大的男子，身上矜持地穿着一件雨衣，走路从容不迫，神情如梦，忧郁沉思。

德雷尔觉得这场表演绝对引人入胜：机器人不仅穿了制作精良的裤子，双脚穿上了鞋子，走起路来风度翩翩、魅力十足，以前的机械玩具从未达到如此精美的程度；而且他们的脸与手一样，用了同样像蜡一样的材料，经过精心处理，显得非常时髦。当粗俗的青年马克斯紧随可爱的年轻机器模特儿最后一次出场，学那个年纪较轻的机器模特儿的样子，昂首阔步、趾高气扬地走路时，没人会怀疑，两个角色中哪一个更具人类的魅力，尽管一个发明家比另一个经验丰富得多。不一会儿，那个成年机器绅士最后一次走过舞台，它的创造者设计了独特的表演方式：让那个重新穿上无尾礼服的机器模特儿（只是康乃馨插错了地方，插到了某个化身的身上）停在舞台中央，轻轻抖动双脚，像在展示某种舞步，然后继续朝着出口退场，他的一个手臂弯曲着，好像在护送一位隐形女士。"下一次，"发明家说，"会制作一个女人。美貌很容易造就，因为美貌的基础就是对于美貌的造就。不过，我们还在加工她的臀部，我们想让她的屁股抖动起来，这很困难。"

但是，所有这一切都要告诉弗朗兹吗？如果用开玩笑的语气说，那就没意思了，如果一本正经说，弗朗兹也许不相信，因为在过去德雷尔经常开他的玩笑。突然，他脑海里闪过一个化解困境的念头。弗朗兹还不知道他将应邀去海滨，当然，这是个好消息；同时，德雷尔回想起那则趣闻的结尾，前天夜里他怎么也回想不起来了。他先告诉弗朗兹去海滨旅行的消息，最后再说那个趣闻。弗朗兹含含糊糊地说，他非常感谢德雷尔的照顾。德雷尔给他解释去旅行应该买些什么，一切费用都由舅舅买单，selbstverständlich[1]！弗朗兹精神振作了一些，他再次千恩万谢。

"你考虑过婚事吗？"德雷尔问（弗朗兹像小丑配角碰上难题时那样，做了打趣的手势），"因为我也许可以为你找到一位柔情似水的新娘。"

弗朗兹笑了。"我太穷了，"他回答说，"如果我工资涨了，也许会考虑。"

"这个想法不错。"德雷尔说。

"我们快到了。"弗朗兹说，汤姆停住了，他几乎被绊了个

1　德语，理所当然的。

跟斗。

德雷尔决定等一会儿再说他的趣闻——这个趣闻确实非常好笑——等他们进了弗朗兹的房间：讲故事的时候，做一些激烈的手势，说一些放肆的观点。推迟说这个趣闻是至关重要的。他从来没有说过这件事。这时，他们来到弗朗兹租屋的门前；另一个有趣的故事正在成形，有植物学思维的民俗学家们称之为"正在作叶状展开"。汤姆又停了下来，抬头看看，又回头看看。"往前走，往前走呀。"德雷尔边说边用膝盖推动聪明的猎狗。

"我住在那里。"弗朗兹指着五楼说。

"那好，我们进去看看吧。"德雷尔说。他扶住门让汤姆进去，汤姆一下子蹿上楼去，激动得呜呜吠叫。

"天哪，我一定要为他另找一个住处。我的外甥不应该住在一个贫民窟里。"德雷尔一边爬楼梯一边想。楼梯上的地毯非常粗劣，离木头地板很远的梯级上已经没有地毯覆盖。当他俩在爬楼梯的时候，玛莎补完了袜子上的最后一个洞，她正坐在心爱的破旧的长沙发上，倾斜着身子专心干针线活；她闭拢双唇，像在自己家一样幸福地嘛动着嘴巴。房东说了，弗朗兹随时会回来。弗朗兹突然外出去吃早饭，去吃一顿比生病老太太准备的要丰盛得多的早餐。玛莎起身将袜子放回抽屉。她已经换上了有象征意义的拖鞋，而且已经摆出了那个橡胶小盆，上面卖弄风情似的盖了一块干净毛巾。突然她停住了，半躬着背，屏住呼吸。"他回来了！"她心想，愉快地叹了口气。接着，走廊里传来一阵急促的非人类的脚步声，随后响起一阵可怕而熟悉的狗叫声。"安静，汤姆，别胡闹！"这是德雷尔欢快的声音。"你右边第三扇门。"这是弗朗兹的声音。玛莎冲向房门，想去转动钥匙锁上门，但钥匙在房门外面。"这里？"德雷尔问，门把转动了。她用尽全身力气抵住房门，同时用她强有力的手握住门把手。只听见钥匙往这边转又往那边转。汤姆激动地用鼻子嗅闻房门的底部。门把手又一次试图转动。此时是两个男人与她较劲。她滑了一下，掉了一只拖鞋。这种事情在另一世里已经发生过。"怎么回事？"德雷尔的声音说，"你的房门开不开。"她能干的情人正在帮着推门。"两个白痴！"玛莎冷冰冰地想。她脚下又开始滑动了。她用力耸起一侧肩膀顶住房门关紧。弗朗兹嘟哝道："我实在弄不懂了。也许这是我房东开的一个玩笑。"汤姆拼命吠叫。明天要把它杀了！德雷尔咯咯地笑，建议弗朗兹去叫警察。"我们把门踢开吧。"他说。玛莎觉得她再也顶不住房门了。突然，一阵寂静。寂静中一个尖细的抱怨的嗓音说出了魔力般的反开门咒："你的姑娘在房里！"

德雷尔转过身来。一个身穿晨衣的老头。他手里紧攥着水壶，对着这个年轻的笨蛋直摇他又粗又长的花白胡子；弗朗兹用双手捂住了他的脸。汤姆正在嗅闻老头。德雷尔突然哈哈大笑起来，拉住狗的项圈，开始往外走。弗朗兹陪着他一起走到门厅，在一个水桶上绊了一下。"哈哈，原来你有一套啊。"德雷尔说。他眨了眨眼睛，用胳膊肘轻轻推了推弗朗兹的胃窝，随后离去。汤姆回头张望了一下——随后跟着它的主人走了。弗朗兹呆若木鸡，两脚都有点站不稳了。他沿着走廊往回走，打开了此时毫无阻力的房门。玛莎满脸通红，头发蓬乱，气喘吁吁，好似打了一架，她正在寻找自己的拖鞋。

她鲁莽地拥抱住弗朗兹。她微笑、大笑，她亲吻他的嘴唇、鼻子、眼镜，随后让他与她一起并肩坐在床上，递给他一杯开水。弗朗兹无力地颤抖，将头枕在她的大腿上；她轻柔地、抚慰地抚摸他的头发，向他解释唯一的、与水有关的、美好的解决办法。

她比丈夫早到家。丈夫回家时，汤姆疾步跑到她跟前，她恐慌不安、嘲弄地看了它一眼。

"听着，"德雷尔说，"我们的小弗朗兹——不，想象一下吧——"他气急败坏，直摇脑袋，过了很长时间才告诉她。他闷声不响、笨头笨脑的外甥爱抚一个高大粗壮的心上人的样子简直滑稽得难以形容。回想起弗朗兹穿着肮脏的内裤、一只脚跳着换裤子的情形，他的笑声越发爽朗。"我想你是嫉妒了。"玛莎说，他试图拥抱她。

弗朗兹前来共进晚餐时，他聪明的舅舅开始嘲弄起他。玛莎在餐桌底下用脚踢她丈夫。"我亲爱的弗朗兹，"德雷尔边说边挪动身子，远离她脚能踢到的范围，"也许你不喜欢去遥远的海滩，也许你在城里就已经完全知足了。你可以坦率说。毕竟我也年轻过。"

他间或转向玛莎，随意地观察着："你知道吗，我雇了个私人侦探。他的工作就是确保我的职工过一种苦行僧的生活，不喝酒，不赌博，特别不能——"说到这里，他用手指按住嘴唇，好像说话太多似的，随后瞟了一眼弗朗兹。"当然啰，我是在开玩笑，"他继续嘲弄似的含糊说道；接着用细细的假惺惺的嗓音补充，好像是在改变话题："天气真是太可爱了！"

离计划中的旅行只差几天了。玛莎是那么高兴，那么平静，现在没有任何事情能够如此深刻地影响她：她丈夫的俏皮话很快就要终结了，就像其他一切事情一样——他的雪茄烟、他的古龙水、白色露台上他的身影以及书本的影子。只有一件事——"海景宾馆"的经理厚颜无耻，利用节日游客蜂拥而来的状况，给房间开出了天文价格——只有这件事情仍能令她心绪不宁。的确，很遗憾，除掉德雷尔的代价实在太大了——尤其是现在，当然他们不得不节约每一个铜板，因为她说，他可能会在那最后几天中一转眼就失去他全部的财富。这样的忧虑确实有些根据。但是，她同时也经历着某种奇怪的满足感，因为此时此刻，她想到了那一瞬间，德雷尔将在她的眼皮底下死去，他似乎已经耗尽了卓越的商业想象力，耗尽了冒险企业家的才华，也正是因为他卓越的想象力和冒险精神，他已经准备了一笔财富，留给他并非不感恩的遗孀。

她并不知道，荒谬的是，在那个衰落和懒惰的时期，德雷尔已经悄悄开始代价非常昂贵的机器模特儿的研制。问题是：对于柏林单调乏味的中产阶级商店，它们是不是过分炫耀、过分浪费、过分新颖和奢华？另一方面，他一刻也不怀疑，如果能够让潜在的顾客倾倒入迷，那么这项发明将会获得十分可观的收益。美国商人里特先生喜欢时髦玩意儿，他不久就会来到柏林。德雷尔心想，我要把机器模特儿卖掉，甚至卖掉整个商场也行！

暗地里他明白，他从商纯属偶然，他的奇特想象并不能卖钱。他的父亲曾想当个演员，曾在一个巡回马戏团里当化妆师，曾试图设计舞台布景和漂亮的天鹅绒戏装，最后成了一名普通的裁缝。童年时，德雷尔曾想当个艺术家——任何形式的艺术家——可是阴错阳差，却在父亲的裁缝店里干了许多年枯燥乏味的工作。他所获得的最大艺术乐趣来自通货膨胀时期他的商业冒险活动。不过，他非常清楚，他更能欣赏其他艺术，其他发明。是什么东西阻止他纵览世界？他有办法——但是，他与每个向他招手的梦想之间都有着某种致命的隔膜。他是一个有着漂亮冷酷妻子的单身汉，一个无物可收藏的狂热业余收藏家，一个不知会死在哪座高山的探险家，一个对无营养书籍如饥似渴的读者，一个幸福健康的失败者。他没能从事艺术和冒险活动，而是仅仅满足于生活在柏林近郊的一栋别墅里，满足于在波罗的海旅游胜地度过单调乏味的假期——即便是那种旅游，也会使他异常激动，就像当年低级马戏团常引得他温和笨拙的父亲如痴如醉那样。

事实上，这次去波美拉尼亚海湾的短途旅游对于每个相关人员都相当有益，包括机遇之神（卡策尔蒂或者斯卢奇，或者不管他的真名叫什么），只要你把上帝想象成小说家或者剧作家就行，就像戈尔德马在他最著名的作品里所写的那样。玛莎有条不紊，乐而忘忧，热情满怀地为去海滨作准备。她躺在弗朗兹的胸膛上，懒散地舒展四肢趴在他的身上；她壮实沉重，因为天气炎热，身上有点汗水黏糊。她对着他的嘴巴和耳朵低声私语，说他的烦恼会很快平息。她买了——没在她丈夫的商场里购买——噢，不能在那里买——各种各样喜庆俗丽的服装，一套黑色的泳装，一件蓝绿两色之字形条纹的海滨浴衣，法兰绒宽松长裤，一架新照相机，还有许多色彩鲜艳的衣服；对此，她笑着责怪自己胡乱挥霍，因为她很快就要服丧了。德雷尔从商场里拿了一个硕大的沙滩充气球和一种新式的双翼形充气浮袋。

玛莎的妹妹希尔达曾试探着征求过意见，希望夏天她俩一起度假，所以她写信给妹妹说今年的暑期计划还没确定，他们也许会去海滨玩几天，也许哪里也不去，如果确定去海滨并想待得时间长一些，那么她会写信的。她允许弗丽达仍然住在阁楼里，但是不允许她在那里接待客人。玛莎告诉园丁，歇斯底里的汤姆咬了她，不过她不希望打搅她丈夫，希望在他们前往格雷维茨后，那只畜生能尽快被处理掉。园丁似乎有些顾虑，她把一张五十马克的钞票塞进他诚实、沾满毛虫黏液的手里，年迈的士兵耸耸肩同意了。

出发前夕，她查看了别墅内所有的房间、家具、餐具、画像；她低声对自己、对所有这些物品说，她会很快回来的，回来时，她就是一个幸福自由的人了。那一天，弗朗兹给她看了一封他母亲的来信。母亲说埃米很快就要结婚了。"一年后,"玛莎笑着说,"一年后,亲爱的,还会举行另一场婚礼。哎呀,振作起来,别挖你的肚脐眼!一切都安然无事。"

他俩正在那间破旧的租房里最后一次幽会。房间已经有一种忧伤怪异的氛围,当一间提供家具的租房与它的房客永远分离时,它就会这样。玛莎已经把红色拖鞋拿回家,藏在一个箱子里,可是她不知道如何处置那些装饰桌布、两个漂亮的靠垫,还有那个充满回忆的精致小玩意。她怀着沉重的心情建议弗朗兹把它包裹起来,寄给他妹妹作为考虑周全的结婚礼物。小小的租房似乎意识到有人在议论它,于是就露出一副越来越紧张的神态。下流的出价人正在对大奶头、戴着古铜色手镯的奴隶姑娘作最后一次估价。墙纸上的图案——一连串有规律、图案重复的棕红色花束——从三个方向汇拢到房门,随后再也无处延伸,它们没法离开房间,就像人类的思想一样,尽管也许井井有条,但还是逃脱不了它们地狱般幽僻范围的限制。两只小提箱搁在角落里,一只是崭新的棕色人造革箱,漂亮的小钥匙仍然插在锁里,这是情人的礼物;另一只是黑色纤维板箱,一年前在商场的一个摊位上购买的,箱子仍然很有用,只是箱子上的一把锁有时不去碰它也会弹开。所有在十个月里带进这个房间的东西,或者说在房间里积聚起来的东西,全部装进了这两个箱子,次日将离开这里——永远离开。

那最后一个夜晚,弗朗兹没有外出吃晚饭。他关好空空的五斗橱，环顾四周，打开窗子，靠坐在窗台上，他必须得用某种方法熬过这个夜晚。最好的办法就是一动不动，不作思考，就这么坐着，听着远处汽车的喇叭声，凝视着墨蓝的天空，遥望远处的一个阳台，橘黄色灯罩下一盏台灯正闪烁着亮光。两个幸福率真、无忧无虑的人正在下棋，聚精会神于那张幸福桌子上的灿烂绿洲。对于弗朗兹来说，人类的第三种意识，那种对未来的憧憬，已经不复存在，有的只是一个黑暗的牢笼，充满许多可怕明天的牢笼，乱七八糟的东西全都堆在一起。玛莎作为首选的、现实的、有逻辑的解决办法，解决他们所有问题的办法，只会给他正常的理智以最后致命的一击。事情会按照她所说的那样发展吗——或者说计划会成功吗？他内心激起一阵恐慌的颤抖。也许现在还不算太晚……也许他应该写信给母亲，或者写信叫姐姐和她的未婚夫来柏林把他带走。上星期天，命运几乎拯救了他，命运也许会再次拯救他，对——发个电报给家里，说自己患了斑疹伤寒，病倒了；否则，再往前一点，他也许就会滑落早已准备就绪的贪婪引力的怀抱之中。但是，心房的颤动消失了。一切都会按照玛莎的指令进行。

他赤着脚，不穿外衣，双手抱着双膝一动不动，长时间坐在窗台上，尽管窗台上的一个球形突起物硌得他生疼，一只蚊子正准备袭击他的太阳穴，他连大腿的姿势都没有改变一下。此时，厄运降临的房间里已经相当昏暗，可是没有人去开灯，即便他从窗台上坠落下去，也不会有任何人知道。

一扇接一扇，或者两扇接两扇，甚至三扇接三扇，所有的窗户都变黑了。很快，他就感到身体僵硬，手脚冰凉，他费劲地慢慢摸回房间，钻进被窝。半夜某个时刻，房东无声无息地沿着走廊经过房间，查看弗朗兹房门底下是否还有一线灯光；他低头倾听，然后再回自己的房间。他十分清楚弗朗兹不在房门背后，他熟练运用自己敏捷的想象力对弗朗兹胡思乱想。然而，这种臆想必须有某种正常的结局。用价格昂贵的电或者试图用剃刀割开喉管的办法去凭空臆想虚构是很傻的。此外，老头恩里希特越来越讨厌他这个奇怪的房客，该是让他滚蛋的时候了，找个新房客取代他。他灵机一动，作出了这样的打算：今晚就是这个捉摸不定的房客的最后一晚，明天一早就让他滚蛋——让他像其他房客一样厚颜无耻地留下一大堆乱七八糟的东西吧。因此，他假设明天是下个月的第一天，房客自己希望离开——事实上，他已经付清所欠房费。现在一切都已准备就绪。于是，老头恩里希特（别名法辛）想好了必要的结局，不愉快地回首往事，又添油加醋了一些过去发生并且一定会导致这种结局的情节。因为，他十分清楚——至少在过去八年里已经弄清楚——这整个世界只不过是他的一个诡计，所有那些人——八个从前的房客，医生、警察、垃圾工人、弗朗兹、弗朗兹的女朋友、那个带着一条汪汪直吠的吵吵嚷嚷的绅士，甚至他自己的，法辛的，老婆，一个戴着花边帽子的安静的小老太太，还有他自己，或者可以说是他隐秘的室友，一个年纪稍大的伴侣，八年前是个数学教师，他们的生存全靠他的想象力、他的建议以及他灵巧的双手。事实上，他自己随时可能变成一只捕鼠器，一只老鼠，一只旧沙发，一个被出价最高的竞拍人带走的奴隶少女。这样的巫师应该当皇帝。

时钟敲响了起床的时刻。弗朗兹尖叫一声，双臂护住脑袋，从床上一跃而起，朝着房门冲去；到了门前，他停住了，他浑身颤抖，模模糊糊地环顾四周。他已经意识到没有发生任何特别的事情。现在是早晨七点，天气雾蒙蒙的，温暖宜人，麻雀叽叽喳喳叫个不停，一个半小时后，一列快车即将离站。

昨晚，他穿着白天的衣服睡觉，出了很多汗。他的干净内衣内裤都已装进了箱子，无论如何都不值得再找麻烦更换衣服了。脸盆架上空空如也，只留下曾经置放一块紫罗兰香味的米色肥皂的痕迹。他花了很长时间，用手指甲刮起粘在残留肥皂上的一根头发；头发形成不同的曲线，很难弄掉。他的手指甲里聚集起不少干肥皂。他开始洗脸。现在那根头发粘到了他的脸颊上，随后粘在了他的脖子上，弄得他脖子痒痒的。前天，他已经把房东的毛巾装进了箱子。他停顿下来思索——用床单的一角擦干自己。没有必要刮脸了。他的梳子也被装进了箱子，不过，他口袋里有一把小梳子。他有头皮屑，头皮有点痒。他扣好被弄得皱巴巴的衬衣的扣子。没关系。没有任何事情值得大惊小怪。他尽量不去理会讨厌的皮肤接触，他戴上柔软的衣领，衣领马上就像一块冷敷布，紧紧挤压着他的脖子。他的一个手指甲破了，钩住了他的丝绸领带。他第二好的裤子放在它脱下来时置放的床脚处，裤子上已经积聚起一些不知名的绒毛。衣服刷子也打包了。最后的灾难发生了：他穿鞋时，鞋带断了。他不得不将鞋带的末端含在嘴里吮吸，然后将它慢慢穿过小孔，结果两端很短的鞋带头很难系成一个结。不仅是动物，即便是所谓无生命的东西也害怕和憎恨弗朗兹。

终于一切就绪。他戴好手表，把闹钟放进口袋。对，该出发去火车站了。他穿上雨衣，戴好帽子，对着镜子里自己的样子耸了耸肩膀，提起两个箱子，撞上了门框，好像他是高速奔驰的火车上一名笨拙的乘客；他走出房间，来到走廊。他残存在房间里的肉体痕迹也就是洗脸盆底部的一点点脏水和房间正中心的夜壶里满满一罐子尿液。

他在走廊里停住了脚步，一种不愉快的想法使他愣住了：出于礼貌，他应该跟老房东恩里希特告别一声。他放下提箱，急忙敲了敲房东卧室的房门。没有回应。他推开房门，走进房间。从未照过面的老女人背对着他坐在她常坐的椅子里。"我走了，我想说声再见。"他边说边朝扶手椅走去。根本就没有什么老女人——只有粘在一根棍子上的一顶头发花白的假发和一块针织披肩。他一下把这个灰尘覆盖的怪玩意儿打倒在地。老恩里希特从一扇屏风后面走了出来，他浑身赤裸，手里拿着一把纸扇。"你滚吧，弗朗兹·布本多夫。"他用扇子指着门，冷冰冰地说。

弗朗兹欠了欠身，一言不发地走出了房间。在楼梯上，他感到头昏目眩，顺手把箱子搁在一个梯级上，双手紧抓着楼梯扶手站在那里。随后，他俯身于扶手上，就像俯身于船边一样，他大声呻吟，想要呕吐。他流着眼泪，提起旅行箱，再次按回弹出的箱锁。下楼时，他不断磕磕碰碰。终于，租房敞开大门，把他放了出去，随后又紧紧关上。

一二

当然，主要的景观就是大海：蓝色的海水略带灰色，海平线朦朦胧胧；紧贴着海平线，一连串碎云组成一条纵列，仿佛沿着一条笔直的车辙在悄悄滑移，一切都很相似，一切都隐隐约约。随后映入眼帘的是弯弯的海滨浴场和许多有着彩色条纹、岗亭似的棚屋，成群成簇的，尤其集中在凸式码头的附近；凸式码头伸向大海深处，两侧系着许多出租划艇。如果从格雷维茨最好的"海景酒店"向外眺望，你就能不时看见，棚屋群中一个小屋突然向前倾斜，慢慢朝一处新的地点爬去，就像一只红白两色的圣甲虫。海滨陆地上有一条石头铺成的海滨步道，道路两旁种植着两排刺槐树；大雨过后，刺槐黑色的树干上蜗牛苏醒了，从它们圆圆的壳里伸出一对对敏感的黄色小触角，使弗朗兹同样敏感的肉体直起鸡皮疙瘩。再往内陆走，就可以看见一排规模较小的临街宾馆、膳宿公寓和礼品商店。德雷尔一家套房的阳台上挂着宾馆的店名招牌。弗朗兹的房间景观比较沉闷，面对着小镇的一条街，与海滨步道平行。远处是一片二等宾馆，随后是另一条平行的小胡同，其周边簇拥着三等膳宿饭店。离海滨越远，价格越便宜，仿佛大海是舞台，宾馆是一排排座位。这些宾馆的名字都想方设法体现大海的存在。有些宾馆明确自豪地把大海写入它们的名称，另一些宾馆喜欢用比喻和象征。不时，人们会见到充满女人味的名称，比如"阿佛洛狄忒[1]"，没有一家膳宿店能够像这个店名那样真正名副其实。有一处别墅要么是出于讥讽要么由于地形上的谬误，把自己称作"赫尔维西亚[2]"。随着离海滨越来越远，宾馆名称也越来越富有诗意。随后，与大海相关的名称戛然而止，变成了"中央酒店""邮政酒店"，当然不可避免会有"大陆酒店"。几乎没有人租用凸式码头附近可怜兮兮的划艇，这不足为奇。德雷尔，一个蹩脚的海员，无法想象他或者任何其他游人会愿意划船出海，到那片荒凉的海域上去，因为海滨有许多其他的事情可以做。比如呢？可以晒日光浴；可是，太阳光对他黄褐色的皮肤有点太残酷了。在咖啡馆里坐坐吧，不太惬意，而且也会使人感到过于疲乏。有一家"蓝色露台"咖啡馆，他认为那里的烘烤糕点非常棒。那天，当他们在那里吃冰镇巧克力的时候，玛莎至少就就餐人群中发现了三个外国人。其中一个，从他阅读的报纸判断，是个丹麦人。另外两人较难辨认：姑娘试图引起咖啡店宠物猫的注意，但猫不理睬她，那是一只黑色小猫，正蹲坐在一把椅子上舔着一只后爪，它僵硬地举起后爪，很像一块肩胛；她的同伴是一个皮肤晒得黝黑的家伙，他抽着烟，嘴角上扬。两人在说什么语言？波兰语？爱沙尼亚语？他俩附近靠墙放着某种网袋：一只淡蓝色的网纱袋，网袋系在一个固定在一根轻金属杆上的圆环里。

1　Aphrodite，希腊神话中爱与美的女神，相当于罗马神话中的维纳斯。

2　Helvetia，古罗马一个地区，今瑞士的西部和北部。

"捕虾人，"玛莎说，"今晚我想吃虾。"（她舔了舔门牙。）

"不，"弗朗兹说，"那不是渔民的捕鱼网。那是捕蚊网。"

"捕蝴蝶的。"德雷尔伸出食指说。

"谁想捕捉蝴蝶？"玛莎说。

"啊，那一定是很有意思的消遣活动，"德雷尔说，"实际上，我想，热衷于某件事是世界上最幸福的事情。"

"快吃完你的巧克力。"玛莎说。

"好的，"德雷尔说，"我觉得很有意思，你会在非常普通的人们身上发现一些秘密。这使我想起：皮夫克——对，对，粉红肤色的胖皮夫克——收集甲虫，是个非常出名的甲虫专家。"

"我们走吧，"玛莎说，"那些高傲的外国人正盯着你呢！"

"我们去痛痛快快散步吧！"德雷尔建议。

"我们为什么不租条船呢？"玛莎反建议说。

"我不去。"德雷尔说。

"算啦，我们去其他地方吧。"玛莎说。

经过猫占着的那把椅子时，她倾斜椅子，说了声"嘘！"猫神奇地伸出了四条腿，从座椅上滑下，消失了。

德雷尔独自闲逛去了，把他的妻子和外甥留在了另一个露台上。这是他第二或第三次浏览当地的橱窗。古玩礼品。风景明信片。他们最经常嘲笑的对象是人们的肥胖，以及肥胖的对立面，就像汉堡的马其欣夫妇那样一胖一瘦。穿着紧身泳衣，屁股大得吓人，结果被一只红蟹（在被煮的时候死而复活）咬了一口，但是那个穿紧身泳衣的女士满脸笑容，认为那是爱慕者之手。水面上那个红色的穹顶是一个仰着浮在海面上的胖男人的肚子。还有"日落亲吻",留在沙滩之上的一对巨大的臀形压痕最有象征意义。皮包骨头、两腿像绕线杆的丈夫们穿着短裤,身边陪伴着乳房像南瓜似的妻子。德雷尔被许多照片打动了,这些照片可以追溯到上个世纪:同样的海滩,同样的大海,但是女人们穿着宽肩短上衣,男人们戴着草帽。想一想吧,那些穿衣太讲究的小孩现在都是实业家、政府官员、阵亡战士、雕刻大师、雕刻大师的遗孀。

海风吹得凉篷碰撞,发出噼啪声响。一个个粉红色的小麦斯林纱袋里装满了海贝壳——或者是水果硬糖?男女厕所形象的晴雨表,根据不同的天气显示不同的性别,一时间让他感到惊讶,引起了他的注意。一家男士用品的平价店贴出广告,正在进行清仓大甩卖。当地的海景画家们描绘了暴风雨中颠簸的轮船、浪花飞溅的岩石,还有深蓝的海水映出一轮黄色的月亮。不知何种缘故,德雷尔突然感到非常悲伤。

一位巡回摄影师在海滨游泳人们临时筑起的一个个防御沙堆围墙间迂回穿行,急急忙忙朝着乌有之地走去,为的是通过匆忙走路来证明他的商品多么热销;他带着他的相机四处溜达,懒洋洋的人群对他毫不在意,而他却迎风高声呐喊:"艺术家来啦!上帝器重的艺术家! der gottbegnadete[1] 艺术家

---

1 德语,天才的。

来啦！"

在一家出售东方物品——丝绸、花瓶、偶像（在海滨，谁需要这些东西？）的商店门口——站着一个皮肤未被晒黑的小个子普通男子，他黑色的眼睛随着那些散步的人们移动，与此同时，白白等待顾客的来临。他长得像谁？对，像可怜的老萨拉生病的丈夫。

不久，他又在咖啡馆里与我们两位可笑的阴谋诡计家聚在一起。服务员给玛莎送错了糕点，她气得火冒三丈，她向那个劳累过度的服务员（他还仅仅是个孩子）高声叫喊了很长一段时间，与此同时，那块糕点（一块相当精美、渗着奶油的巧克力泡芙）躺在盘子里，孤独，卑贱，多余。

近一周的时间过去了，德雷尔已经好几次感到柔情的惆怅。的确，他以前也有过这种感觉（"一个自负者的伤感，"埃丽卡曾经这样描述这种感觉，然后她补充说，"你能伤害别人或者羞辱他们，能够打动你的不是瞎子而是瞎子的狗"）；但是，最近，这种惆怅变得不那么柔情，或者说这种柔情变得更加温情脉脉了。也许是太阳软化了他，也许他越来越老了，也许正在失去某种东西，以某种模糊的方式开始像那个摄影记者，没人需要他的服务，孩子们都在嘲笑他的高喊声。

那天晚上上床之后，他没法入睡——这种情况很少发生。前一天，阳光看似温和，结果却晒伤了他的后背，因此，他渴望天气能够阴凉一段时间。他们玩扑水游戏：站在水里，让水淹没到臀部，玛莎、弗朗兹、其他两个男青年，其中一人是位舞蹈教师，另一人是个大学生，莱比锡一位皮货商的儿子。那个舞蹈教师掷球将弗朗兹的蓝色眼镜碰落到水中，眼镜近乎沉没了。之后，弗朗兹和玛莎向深海游去。德雷尔在沙滩上站着观望，他责怪自己游泳技术不行。他从一个挺好说话的十岁陌生孩子那里借来一架望远镜，好长一段时间，他透过单筒望远镜的圆孔妒忌地看着两颗黑脑袋在蓝色安全圆形的世界里并排上下颠簸。他想，后背一痊愈，就开始在宾馆的泳池里学习游泳。哎哟，真疼！没法找到一个后背不疼的姿势。还是睡觉舒服！他闭上眼睛躺下。他看见游人们一直在挖沙，筑造圆形城壕，以便使他们的沙滩小屋更加舒适；他看见弗朗兹一条肌肉绷紧汗毛浓密的腿，他也在附近挖沙；随后，他躺在阳光下，想阅读带来的诗集，书页被阳光照得亮光闪闪，根本无法阅读。啊呀，真是疼呀！玛莎曾担保灼伤的后背明天就会痊愈，绝对不会再痛了。对，当然啰，皮肤会越长越结实。不管皮肤是好是坏，明天我一定要赢。愚蠢的打赌！女人估算距离能够精确到厘米，裙子上面，袖子里面，但却不能精确估算海水的里程，或者沙滩的英里，或者虚掩房门垂直缝隙里透进的强光。他转动身子面朝墙壁，为的是能够让自己睡着（他没有意识到自己有多困倦，尽管此时垂直的强光照射到他的肩膀之间），他开始在脑海中回忆他们散步去罗克角的情形。玛莎喜欢赌博和划船。她坚持认为划船去罗克角比男人步行去那里速度快——即便那个男人后背火烧火燎，左侧右侧朝天趴着四种睡姿都疼痛的男人也一样。他换成原来的睡姿，面朝她的房门，开始朝西走去，但这次独自一人——她在另一个卧室里，还没有关掉她的电灯。如果你朝西走，太阳光线照着你的眼睛，你就会发现左边低矮的灌木丛与右边大海之间的狭长沙滩会渐渐变窄，直至讨厌的乱石堆挡住了你前进的道路。我想我应该回头走了……天哪……

　　如果不沿着海湾凹进去的边缘走，而是像我现在那样走一条少许靠近陆地的中轴小路，那么就可以，我想，二十分钟或者不到二十分钟走到罗克角，我们就来重新安置一下我们的左臂吧……睡觉时没有手臂该有多舒服……这里就是那条路，从宾馆荒凉的背面一直通向西面。我穿过一个小村庄，继续穿过一个山毛榉树丛，大约走了两公里。多么安静，多么柔软……他停下来，在树林里的一张床上休息，突然他猛地一惊，他又看见那道火烧火燎的垂直光线。

　　他继续打赌步行。啊，他得加快步伐。是不是他的计步器慢了？是不是那片阿司匹林终于起作用了？他走出树林，进入杜鹃花丛，不一会儿，小路拐向右侧，在一个叫作罗克角的山鼻子处再次连接海岸线。在这里，你可以停下来，等待玛莎正在拼命划的滑稽可笑的小船，并且欣赏美丽的风景。他喜欢这里的风景。他听见自己发出河马一般的鼾声，并且又恢复了知觉。罗克角是一处荒凉的小海角，不过如果他赢了这场赌博，她就会睡到他的床上，睡在他的右侧。……他翻身朝向右侧，于是不再听见自己的鼾声。这好多了。阿司匹林由 sperare， speculum, spiegel[1] 构成。此时，他能够看见海滩的大弯，它与刚才他走啊走、走啊走、走啊走的小路并行。那边，那种闪烁的微光，在一个山头小岛的那边，往东三英里，那个杂技演员飞翔的方向，就是格雷维茨海滨我们的那一片区域，有一簇簇方糖似的宾馆。那艘黑色的小船上坐着身着黑色晚礼服的玛莎，她的耳环闪烁着炫目的光辉。当然，小船得从那个黑色小岛的外缘绕行，其实，从几何图形上来说，这段海路是比较近的，这段弓弦，这根海湾的刺，即便如此，即便是一个疲惫的步行者……

当丈夫终于鼾声持续均匀的时候，玛莎从床上起来，关好房门，回到她不舒服的床上——床太软，离敞开的窗户太远：远处响起一阵持续不断的轻轻的噪声，好像黑色的花园是一个正在放洗澡水的浴盆。天哪，那不是澎湃的海涛声，而是下雨声。没关系，下不下雨都没关系。让他带顶伞吧。

她熄了灯，不过根本无法入睡。她与弗朗兹一起踏进了那艘致命的小船，他摇船把她送到那个海角。为了等待丈夫睡着，在这整个过程之中，她一直保持着清醒。淅淅沥沥的雨声与她耳朵里的嗡嗡声混杂在一起。两个小时过去了——这段旅程比任何人所预料的还要漫长得多。她从床边柜上拿起手表，看着手表上闪闪荧光所指示的时间沉思起来。太阳还在西伯利亚呢！

1　这三个词都是德雷尔的梦呓。

七点半，弗朗兹动了起来。玛莎叫他七点半准时起床。时间不早不晚刚好七点半。百科全书记载，一位毒倒整个堂区教徒的面包师傅对正在给他剃去脖子上毛发的理发师说，他一生中从来没有睡得这么香。弗朗兹足足睡了九个小时。到目前为止，他自己对这次谋杀的贡献是精确估算从陆路和海路到罗克角的距离。受害者必须在小船抵达前几分钟到达海角。他会非常疲惫，用船把他渡运回去，他会非常感激。

弗朗兹打开窗户，窗户朝南，看不到任何海景，但是从窗口至少可以看见下一楼层的一个小阳台，在那个阳台上，连续三个下午的午休时间，他看见一个酒吧女招待仰面躺在一块浴巾上，伸展四肢晒太阳。阳台地面黑乎乎的很潮湿。如果太阳出来，中午以前地面也许会干，她就可以午休做日光浴了。"到今天傍晚，一切都将结束。"他呆呆地想。他没法想象那天晚上或者第二天的事情，因为人是无法想象来世的。

他咬紧牙齿，船上冰凉潮湿的游泳裤。他浴衣的口袋里全是沙子。他走出房间，轻轻关上房门，沿着白色长廊出发了。他网球鞋的足尖部也有沙子，穿上去有一种硌脚的感觉。他的舅舅和舅妈已经坐在阳台上喝咖啡了。天空是灰色的，没有太阳；大海也是灰蒙蒙的，海风凄凉。玛莎舅妈给弗朗兹倒了一些咖啡。她也在泳装外面穿了一件浴衣，深蓝色绒毛上设计了绿色的图案。在把杯子递给弗朗兹的时候，她用一只不拿咖啡壶的空手挽住宽宽的袖子。

德雷尔身穿色彩鲜艳的上衣和法兰绒裤子，他正在阅读这个旅游胜地的客人名单，不时大声读出一个滑稽的名字。原来他打算戴一根精美的淡柠檬色中国领带，价值五十马克，但是玛莎说看样子要下雨了，会糟蹋了这根领带的。于是，他就换了另一根，一根淡紫色的旧领带。在这类小事方面，玛莎常常是对的。德雷尔喝了两杯咖啡，吃了一个小圆面包，面包周边滴上了可口透明的蜜糖。玛莎喝了三杯咖啡，但没有吃任何点心。弗朗兹喝了半杯咖啡，也没有吃任何干点。一阵海风拂过阳台。

"Swister[1] 的克利斯特教授，"德雷尔说，"对不起说错了。Swistok 的利斯特。"

"如果你用完早餐了，那我们就走吧。"玛莎说。

"布拉夫达克·维诺莫利，"德雷尔得意洋洋地大声念道。

"我们走吧。"玛莎边说边将浴衣收紧了些，试图不让牙齿打颤，"赶在再次下雨之前。"

"时间太早吧，我亲爱的，"他拉长了调子说，同时偷偷瞟了一眼那盘点心，"为什么家里没人把黄油弄成这种波浪形状的？"

"我们走吧。"玛莎站起身来再次催促。弗朗兹也站了起来。德雷尔看了看他的金手表。

"反正我能赢你，"他欢快地说，"你们两个先走吧。我让你们先走十五分钟。我甚至可以再多让你们一些时间。"

1　应该是德雷尔的口误，Swister 和后面的 Swistok 都是不存在的地名。

"好啊。"玛莎说。

"我们来看看谁能赢得比赛。"德雷尔说。

"我们等着瞧。"玛莎说。

"要么你们的桨赢，要么我的腿肚子赢。"德雷尔说。

"闪开，我走不出去了！"她边厉声嚷嚷边用膝盖推开德雷尔，同时仍然摸索着将浴袍裹紧身子。

德雷尔挪动了他的椅子，玛莎穿了过去。

"我的背好多了，"他说，"可是，弗朗兹有点晕船。"

弗朗兹眼睛没有看他，只是摇摇头。他平时的近视眼镜外面戴了一副太阳眼镜，身上穿了一件鲜红的浴袍，看上去像布拉夫达克·维诺莫利。

"别淹死了，布拉夫达克。"德雷尔说完开始吃起第二个小圆面包。

玻璃门关上了。德雷尔嚼着面包，舔着手指上沾染的蜜糖，心里不赞成到那个灰蒙蒙的浩瀚大海上去。从阳台上可以看到一点海滩，还有彩色条纹棚屋，这些棚屋东一个西一个乱七八糟地散落着，还有点歪歪斜斜。他并不羡慕那些吃苦耐劳的游泳者。租船处还要再往西一点，靠近凸形码头，从阳台上没法看见。一个衣服穿得像戏剧中船长的老头负责出租划艇。没有太阳，一切都那么冷飕飕、湿漉漉，没有一点意思。没关系。走起路来会使人感到轻松活泼、心旷神怡。就像昔日，很久以前的昔日，玛莎同意与他玩一会儿，在最后一刻没有拒绝，因为天气很坏，是那种他暗中担心的坏天气。

他再次看了看手表。昨天和前天，就是这个时候，他的办公室打来电话。今天更有可能，萨拉会再次来电。晚些时候，他会给她回电。不值得等候。

他用力擦了擦嘴唇，掸掉大腿上的面包屑，起身朝浴室走去。他一直讨厌冷水淋浴，不过现在他感觉很好。他在镜子前面停顿了一下，用银质小刷子左右刷了刷他的英式八字须。传来一声敲门声。

办公室设法逮住了他。德雷尔拍了拍口袋，急急忙忙走到电话跟前。通话很简洁。他犹豫了——要不要带雨伞呢——他决定不带，从宾馆后门出去。

他们昨天遇见的两个年轻人正侧身坐在一条长凳上下棋。两人都跷着二郎腿。穿白衣的家伙把一只手插在左腿膝盖和右腿腿肚子之间，右腿少许悬荡着。穿黑衣的家伙在胸前抱着双臂。他俩跟德雷尔打招呼时，目光都离开了棋盘。他停留了一会儿，欢快地提醒白衣青年，黑衣青年的马准备用之字形进攻叫吃白衣青年的王和后。玛莎喜欢赌博，但认为这两个青年不体面，曾叫他别告诉任何人他们打算在罗克角短暂相聚，所以他一点消息也没透露，独自继续上路。"老白痴。"黑衣青年小声咕哝了一下，棋盘上他的局势已经非常危险。

德雷尔沿着一条普通的林荫道行走，接着是一条小路，随后穿过一个小村庄。在村庄里，他看见开往斯维斯托克的公共汽车正驶离邮电局，他看了看手表。公共汽车要去赶开往柏林的特快列车。他向右转，又遇见了海岸线，他看了一眼大海，远处模模糊糊能看见一艘小船的黑点。他认为自己辨认出两件鲜艳的浴衣，但还吃不准，于是就加快脚步，几乎一路小跑，进入了山毛榉树林。

弗朗兹默默地划船，一会儿冷冰冰地低着头，一会儿在一阵绝望之中将小船划得船头朝天。玛莎掌握着舵轮。租船以前，她下海泡了一会儿，她认为这样会使自己暖和起来。这是个错误。原先太阳似乎要露面，但后来还是没有钻出云层。现在，冰冷的泳装紧贴着她的胸膛、屁股和两胁。不过，她太激动太高兴了，根本不在意这些小事情。令人高兴的听话的迷雾遮住了渐渐远去的海滩。小船开始绕过岩石小岛，那里海鸥是唯一的目击者。桨架嘎吱嘎吱发出沉重的声响。

"你不想问什么了吗，你记住一切了吗，亲爱的？"

弗朗兹往后划桨，身体向前倾斜，他点点头。他一边用力推拨富有弹性的海水，一边再次仰望空旷的天空。

"……听我发令，一定要听我发令——记住啦？"

又一次冷冰冰地点头。

"我们快点绕过小岛——好吗？你留在船头——"

桨架嘎吱嘎吱地响着，一只好奇的海鸥在他们头顶上盘旋，一个浪头将小船举起，去仔细看看那只海鸥。弗朗兹弯腰作为回答。他不想瞅一眼发疯的舅母，而是盯着小船潮湿的船底，船底搁着第二对划桨，或者用眼睛盯着幸福的海鸥。然而，他的整个身体都能感觉到玛莎，甚至不用眼睛也能看见她的橡胶帽子、她宽颌可怕的脸、她剃了汗毛的胫、她沉重的加冕皇袍。他十分清楚谋害的所有步骤，玛莎会如何高喊口令，两个划船手将如何同时站起来交换位置……小船会摇晃起来……两人不容易交换位置……小心……再走一步……靠近一点……下手！

"……记住——只要重重推一下，用你全身的力量。"玛莎说。弗朗兹又慢慢地弯腰向前倾身。

"你必须把他推得飞出去，翻倒入海，脸朝前方，然后你就拼命地划船。"

这时，一股潮湿的寒风吹透了她的身躯，然而，兴奋的情绪依旧。她目不转睛地凝视着凹形的海岸，凝视着岸边树林的边缘，凝视着一片淡紫色的欧石南，寻找那个地方，靠近一块尖尖的岩石，他们将在那里靠岸。她看见了。她拉紧船舵左边的绳子。

弗朗兹使劲地往后划桨，嘴里发出一声呻吟。他听见玛莎嘶哑的笑声、清嗓子的咳嗽声，咳嗽，又哈哈大笑。一个大浪卷起了小船。他暂时停止划船。尽管天气寒冷，但是汗珠从他的鬓角处渗出。玛莎站起来，一个浪头过来，她倒在了船里，浑身哆嗦，岁数不饶人哪，她灰色的脸像橡胶一样闪着光亮。

她正在注视突然出现在那块荒凉凸地上的一个小小的黑影。

"快点划，"她一边说一边浑身发抖，同时又拉了拉贴在身上的冰凉泳装，那泳装好像是一条裹尸布，她正在死去，"哎呀，天哪，他已经在等待！"

弗朗兹放下桨，慢慢摘去两副眼镜，用他的浴袍慢慢擦了擦两副眼镜的镜片。

"我叫你快点划嘛！"她高声喊道，"你不需要这些愚蠢的眼镜。弗朗兹，你听见吗？"

弗朗兹把太阳眼镜放进浴衣的口袋，将另一副近视眼镜举向天空，他透过眼镜看了看云层；随后慢慢重新戴好眼镜，拿起划桨。

那个黑影变得越发清晰，它的脸看上去像一个玉米。玛莎前后挪动身躯，也许在模仿弗朗兹的划船动作，也许试图以此加快船的行进速度。

此时，蓝色的夹克衫和灰色的裤子已经清晰可辨。德雷尔叉开双腿稳稳地站着，他的双臂叉着腰。

"这是个关键时刻，"玛莎说，她已经在低声说话，"如果他现在不上船，那么他将永远不会上船。尽量显得高兴点！"

她旋动手中船舵的绳子末端。海岸越来越靠近。

德雷尔站着注视着他们，满脸堆笑。他手心里放着一块扁平的金表。他比他们早到八分钟。小船名叫"林迪"。好听！

"欢迎你们！"他边说边把手表放进口袋。

"你一定一路奔跑！"玛莎一边气喘吁吁地说，一边环顾四周。

"没那种事。我是慢慢走的。甚至一路上老停下来休息。"

玛莎继续环顾四周。沙滩、岩石，再往前看，欧石南丛生的山坡和树林。没有一个人影，甚至狗都从来没来过这里。

"上船吧。"她说。

海浪轻轻地拍打着小船，小船从来没有像这样轻轻地摇晃。弗朗兹没精打采地故意忙着摆弄第二对划桨。

德雷尔说："噢，我要原路返回。在树林里走路非常惬意，我已经跟松鼠交上朋友了！我们在'汽笛咖啡馆'会面！"

"上船！"玛莎厉声重复，"你可以划划船。你越来越胖了！你看，弗朗兹多累啊！我一个人划不动啊！"

"真的，我亲爱的，我根本不想划船。我讨厌划船。我的后背又在剧烈疼痛。"

"好吧，"她说，"这是打赌的一部分，如果你不立刻上船，我就不玩了，打赌结束了！"

玛莎用手掌拍打舵绳。德雷尔的眼睛朝上翻转，他叹了口气，开始笨拙地、小心翼翼地登上小船，尽量不让海水弄湿双脚。"莫名其妙，很不公平。"他说，一下子重重地跌倒在中间的座位上。

第二对桨已经上了桨架。德雷尔脱去上装。小船出发了。

此时，玛莎内心感到一阵极度的愉快和平静。计划灵验了，梦想成真了！空无人烟的海滩，不见人影的大海，蒙蒙大雾。为了安全起见，他们应该再向外海划一段距离，离开海岸北侧。她的胸口和头脑里感到一阵奇怪的、凉凉的但并非不愉快的空虚，仿佛那海风直接穿透了她的身躯，洗净了她的内脏，祛除了所有的垃圾。透过那冰凉的颤动，她听到德雷尔无忧无虑的声音。

"弗朗兹，你老是干扰我划桨——你不应该这样划船！我猜想，你一辈子从来没划过船吧？当然啰，我能理解，你的心思不在这里……瞧，又来了！你一定要注意一点我划桨的动作。一起划，步调一致！她没有忘记你。但愿你给她留下了你的地址。一，二。我敢肯定，今天会有你的信，说她怀上孩子了！节奏！节奏！"

弗朗兹望着德雷尔结实粗壮的脖子，粉色头皮上一缕缕稀疏黄色的头发，紧紧裹着他后背的白衬衫一会儿紧紧裹着他的后背，一会儿被海风吹得鼓鼓的，像一只气球。不过，他看清了一切，像做了一场梦似的。

"啊，孩子们，在森林中真是太舒服了！"德雷尔说，"那些山毛榉，那种昏暗，那些缠绕植物。保持划桨步调一致！"

玛莎眯缝着眼睛，饶有兴趣地看着这张脸，最后一次看这张脸。她的身边放着他的上衣，里面放着金表、银胡刷和鼓鼓的钱包。她非常得意，这些东西不会丧失。一笔额外的收入。不知怎的，她没有想到，在那种时刻，夹克衫连同它口袋里的东西也必须一起扔到海里去。这个相当复杂的问题只有在主要问题解决之后才出现。此时，她的思维运转得很慢，几乎没有活力。对来之不易幸福的期待使她走火入魔。

"我得承认，我以为这样乘船会使我的后背生疼，可是我错了。亲爱的，你说过的，今天我的背会痊愈的，果然，现在好多了！记住，我打赌我赢了。我划船要比身后那个捣蛋鬼强上一百倍。我的衬衫不断摩擦后背发痒的地方，感觉很好。我想我要解下领带。"

此刻，他们已经离开海岸足够远了。天开始下起蒙蒙细雨。一些白色的观众 [1] 已经回到它们位于黑色小岛上的座位。领带与外衣一起飘了起来。小浪在小船四周撞得粉身碎骨，形成白色的泡沫。

"事实上，这是我的最后一天。"德雷尔用力地划船。

这种悲剧般的告白并没能打动弗朗兹，世界上已经没有什么事情可以使他感到震惊。然而，玛莎好奇地看了丈夫一眼。是预感？

"明天一早，我得回城去，"他解释说，"我刚才接到一个电话。"

雨越下越大。玛莎看了看四周，随后看着弗朗兹。他们可以动手了。

"听着，德雷尔，"她轻轻地说，"我想划一会儿。你去替代弗朗兹，弗朗兹掌舵。"

"不。等一等，我亲爱的，"德雷尔说，他试着与弗朗兹步调一致划船——使他的桨与海面平行，反手划时像燕子一样，"我才刚刚热身呢。弗朗兹和我已经节奏协调一致了。他划船的姿势正在改进。对不起，亲爱的——海水溅到你了！"

"我很冷，"玛莎说，"请你起来，让我来划吧！"

"我再划五分钟。"德雷尔边说边试图使桨叶与海面平行，

1　可能指白色的海鸥。

可是又没成功。

玛莎耸了耸肩。力量的感觉是神奇的，她愿意延长那种感觉。

"再划八下，"她笑着说，"我们结婚的年数。我来数。"

"得了，别扫兴！一会儿我们就让你划。毕竟，明天我要离开这里了。"

他很伤心，对于他为什么必须离开，她不感兴趣。她一定认为这只是例行公务旅行，某种普通业务。

"一次意外的惊喜。"他漫不经心地说。

她挪动着嘴唇，注意力非常集中。

"明天，"他说，"我将一下子赚进十万美元。"

玛莎已经数完八下。她抬起了头。

"我正在出售一项特别的专利。我们正在做的就是这种生意。"

弗朗兹突然放下桨，开始擦他的眼镜。由于某种原因，他认为德雷尔是在对他说话；他擦去汗水和雨水，点点头，清了清喉咙。实际上，他已经处于一种状态之中，在这种状态中，人类的话语除非代表一种命令，否则毫无意义。

"你们不觉得我很聪明吗？"德雷尔说着也停止了划船，"只能猜一下——想一想吧！"

"我想这大概也是你的一个笑话吧。"玛莎皱起眉头说。

"我用名誉担保，"他伤心地说，"我是一项神奇发明的唯一拥有者。我将把它卖给里特先生，你们认识他的。"

"什么专利——某种裤腿褶线熨斗？"

他摇摇头。

"与体育，与网球有关的某样东西？"

"这可是绝密的，"他说，"你们不相信我可就是笨蛋啦！"

玛莎转过身去，咬了咬她冷得皲裂的下嘴唇，长时间凝视着漆黑的地平线。地平线上一条狭窄光亮的天空映衬着灰色的雨云。

"你敢肯定是十万美元吗？那么肯定吗？"

并不那么肯定，可是他点点头，又摇动船桨，同时听见他身后的划船人也开始划桨。

"你不能再向我透露一点情况吗？"她问，她的眼睛依然看着别处，"你敢肯定这事不会拖延？你会在几天之内得到这笔钱？"

"为什么不呢，是的，我希望如此。我会再回到这里来的，我们再一起划船。弗朗兹将教我游泳。"

"这不可能，你骗我。"她高声嚷道。

德雷尔开始哈哈大笑，不理解她为什么不相信他。

"我会带着一大袋金子回来，"他说，"就像中世纪的商人从巴格达坐着毛驴回来。我相当肯定，明天我能搞定那笔交易。"

雨一会儿间歇一会儿倾盆，似乎在演练。德雷尔注意到他们已经离海岸线很远了，并开始划右桨调转船头。弗朗兹机械地用左桨划水。玛莎坐着陷入了沉思，一会儿用舌头舔舔一颗大牙的填充物，一会儿用舌头舔舔嘴唇。不一会儿，德雷尔主动让她来划船。她默默地摇摇头。

此时，雨一刻不停地倾泻下来。透过衬衣粗糙的丝绸，德雷尔感到雨水有一种镇痛安抚的凉爽。他感到精神倍增、非常激动，这真是太有趣了，他越划越好。迷雾中渐渐显露出海岸，隐约可以看见彩旗和彩纹棚屋；长长的凸式码头开始慢慢地小心翼翼地瞄准他们小船这个移动的目标。

"这么说，你星期六回来？不晚于星期六？"玛莎问。

透过德雷尔湿透的衬衣，弗朗兹可以看见他身上一块块肉的颜色，一会儿看见这边，一会儿看见那边，粉红色的，像地图一样丑陋难看，究竟是哪个国家贴到了皮肤，那完全取决于划船的动作。

"星期六或星期天。"德雷尔兴致十足地说，一个激浪打来，他抓到了一只螃蟹。

雨猛烈地下着，湿透的浴袍紧紧裹住了玛莎的身体，弄得她肋骨生疼。她还在乎神经痛、支气管炎、心律不齐吗？她完全沉浸在那个问题之中——她这样做对还是不对？对，她是对的。对，太阳还会出来的。他们还会再出海划船，因为他发现了这种新的乐趣。她的目光不时越过丈夫去看弗朗兹。他一定感到疑惑不解，非常失望，可怜的宝贝！他累了。他张开了可怜的嘴。我的宝贝！没关系，我们会很快回来的，你休息，我给你端来白兰地。我们把房门锁好。

"林迪"完好无损地归还了。我们的三个度假人在倾盆大雨里低着头，穿过湿透黑色的沙滩，走上溜滑的阶梯，来到空无一人的海滨步道。当他们终于到达宾馆套房时，玛莎惊讶地发现她的房门开着，心里非常不快。两个她最讨厌的女佣，一个是小偷，另一个是妓女，正在忙碌，非常忙碌地整理她的房间。她已经告诉过她们一定要在十点整整理房间，可现在几乎十二点了。但是，一种奇怪的漠然沉重地压在她的心头。她什么也没说便走进德雷尔的卧室等候。她在那里脱掉了沉重的浴衣，深深坐进了扶手椅。她感到太累，不想脱去泳装，不想去浴室里取一块毛巾。她丈夫在浴室里，她透过敞开的盥洗室门看见了他：赤裸裸的，肤色红润，充满活力，身体好几处赘肉横生。他正在用力擦干自己，每次碰到有红斑的肩膀，他都要大骂"该死的"。一位女服务员敲门说夫人的房间准备好了，玛莎不得不打起精神，准备长途跋涉回隔壁房间去。

她洗澡穿衣——不时无精打采停下歇歇。昨晚——还是前晚？——在海滨散步时，弗朗兹借给她的一件圆翻领红毛衣看上去有点太男子气，但这是她能找到的最暖和的衣服。然而，它几乎裹不住一阵阵折磨她身体的寒战，与此同时，她的头脑却享受着如此的平静、如此的欣快。当然，她做了正确选择，彩排进行得很完美，一切都在掌控之中。

"一切都在掌控之中，"德雷尔隔着门说，"我希望你跟我一样饿。十分钟后我们在烧烤店吃午饭。我会在阅览室等你。"

她想要一杯清咖啡，再来点白兰地。丈夫走后，她穿过走廊，敲响了弗朗兹的房门。门没锁，房间里没人。他的浴衣乱七八糟地扔在地上，地板上还有其他邋遢东西，可是她没有力气帮他打理。她在休息厅的一个角落里找到了他。一个精瘦、打扮成金发女郎的酒吧女招待正在烦他，跟他聊天。

与此同时，雨还没停。圆柱形紫色气压表上的指针获得了神圣的意义。海滨步道的人们接近它，就像接近水晶球一样。走廊里气压表的竞争对手，一只传统的晴雨表拒绝人们用祷告或指节敲击的方式去抚慰它。有人把一只红色的小桶忘在了海滩上，雨水已经溢出水桶的边缘。摄影家闷闷不乐，餐馆老板笑逐颜开。这会儿，你在一家餐馆里可以看见所有熟悉的面孔，待一会儿，你在另一家饭店里又看见这些相同的面孔。临近傍晚，雨小了，随后停了。德雷尔在撞球进袋时屏住呼吸。消息传开了，说气压指针上升了一毫米。"明天天气晴朗！"一位预言家说，表情丰富地用他的拳头猛击手掌。晚间现红霞，水手的喜悦。尽管空气凉爽，许多人在公共阳台上进晚餐。傍晚的邮件到了：这是一件大事。海滨步道上，许多人晚餐后在湿雾笼罩的灯光下开始拖着脚散步。kursaal[1] 有舞会。

下午，玛莎盖着一条被子和两条毯子躺下睡觉，但是，寒战依旧。晚餐她只吃了一块酱瓜和两个淡颜色的煮樱桃。这时，在舞蹈沙龙里，周围是冰冷的噪声，她有一种人地生疏的感觉。她薄如轻纱连衣裙上的黑色花瓣似乎不合时宜，似乎它们随时都会凋谢一般；丝绸袜子紧贴着她的腿肚子，赤裸大腿

1　德语，疗养院。

上那根吊袜带的接触简直像地狱一般。大量抛撒的五彩纸屑有不少粘在了她赤裸的后背上，与此同时，她的四肢和脊椎好像不属于自己似的。一种疼痛是另一种音乐，比肋间神经更痛，或者如一位大心脏病学家告诉她的那样，这种奇怪的疼痛源于一种"心脏阴影"，与管弦乐队一起痛苦地折磨她。舞蹈的节奏并没有像往常那样使她平静或使她高兴，反而沿着她皮肤的表面勾画出一条有尖角的线，她高烧的曲线。她的头一动，一种密集的疼痛就会像保龄球一样从一侧太阳穴滚到另一侧太阳穴。她坐在大厅里位置最佳的一张桌子边，右侧邻座是舞蹈教练，一个著名的年轻人，整个夏天，他在各个旅游胜地飞来飞去，简直像一只天鹅绒蝴蝶；她的左侧邻座是施瓦茨，一个黑眼睛的学生，莱比锡一个百万富翁的儿子。桌子底下的拖鞋显然是她踢掉的。她听见玛莎·德雷尔提问，提供答案，对雷鸣般舞厅的恐怖进行评论。香槟酒嘶嘶作响的小泡沫有点刺激不太听使唤的舌头，也没能温暖她的血液或者缓解她的口渴。她用一只无形的手拽住玛莎的左手腕，触摸她的脉搏。然而，手腕上似乎感觉不到脉搏，脉搏似乎在她的耳朵背后或者在脖子上，或者在乐队微笑的乐器里，或者在坐在她对面的弗朗兹和德雷尔那里。四周，跳舞人们手中的气球正在膨胀，亮闪闪的蓝红绿色气球在长长的牵线上上下快速摆动，每只气球都映出整个舞厅、枝形吊灯、桌子和她本人。狐步舞男女间的紧紧相拥并没有引发她体内的激情。她注意到玛莎也在跳舞，手里高举着一个绿色的世界。她的舞伴阴茎完全勃起，顶住她的大腿，气喘吁吁地引用某本下流书中的一些句子以表白他的爱慕。酒杯里香槟酒的气泡渐渐地往上冒，气球又开始上下快速摆动，玛莎的大部分大腿又一次处在魏斯的胯下，当他的脸颊贴着她的脸颊时，他的嘴里发出了呻吟，他的手指在她裸露的后背上摸索。

她又一次坐到桌边，红的、蓝的、绿的斑点在弗朗兹的眼镜前飘忽。德雷尔正在粗野地狂笑，他倾身向后，用手掌拍击桌子。她在桌子的底下伸出一只脚，用力压了一压。弗朗兹吃了一惊，站起身来，向她鞠躬。她将一只手搭在他亲爱的瘦削的肩膀上。在小说头几章的节奏里，在如同狂舞托钵僧般旋转狂舞的人们中间，在翩翩起舞的奴隶姑娘的图画底下，他们是多么幸福！在神魂颠倒的一瞬间，音乐穿透了她私密的迷雾，将她完全笼罩。一切又都完好如初，因为这就是他，弗朗兹，他羞怯的双手，他的呼吸，他颈背处柔软的茸毛，在她的手指甲下，那些她教会他的珍贵可爱的动作。

"搂紧一点，搂紧一点，"她细声说，"让我感觉温暖些。"

"我累了，"他低声回答，"我累死了。请你别再做那些动作，求你了！"

乐队最后高昂地吹响了小号，随后戛然而止。弗朗兹跟着她回到桌边。她周围的人们都在鼓掌。舞蹈教练带着一个亮丽的黄皮肤姑娘悄悄从她身边经过。胡桃般棕色的维诺莫利先生，他眼白里的虹膜含情脉脉，正在向她欠身鞠躬，引诱她。她看见玛莎·德雷尔紧紧依偎着他，开始跳起了探戈舞。

舅舅和外甥依然独自坐着。德雷尔正在用一个手指打着节拍，眼睛注视着跳舞的人们，带着一种惊叹的神色，倾听着歌女响亮的歌声，等待他妻子的绿色耳环反复在他面前晃过。太严肃，太沉闷，她使劲地叫喊，随着音乐的节拍舞动："《蒙得维的亚》，'我的狮子'舞厅不适合演唱《蒙得维的亚》。"她被其他跳舞的人们推搡着前进；她无休止地重复着选择那首震耳欲聋的歌曲。一个身着无尾礼服的胖男人、她的舞伴，对着她尖声建议，让她选择某首其他歌曲，因为没人喜欢正在演唱的歌曲。德雷尔在昨天和前天已经听过这首《蒙得维的亚》，他内心又一次充满异样的忧愁，他为那个可怜的矮胖姑娘感到尴尬，她的嗓子唱到某个音节时就哑了，但是她勇敢地笑了笑，继续歌唱。弗朗兹坐在他的身边，并肩坐着，似乎也在观看人们跳舞。他有点喝醉了，因为早晨拼命划船，他感到肌肉酸疼。他觉得好像让自己的前额掉落到桌子之上，落在一个塞满烟蒂的烟灰缸和一只空瓶之间，而且将永远保持这种姿势。一只爬虫，一条灵活的龙正在煞费苦心、骇人听闻地折磨他，将他的内脏掏出来——而且这种折磨永无休止。一个人，他毕竟是个人，是不应该继续忍受这种压迫的。

这时，弗朗兹就像手术台上一位麻醉不充分的病人那样恢复了知觉，醒来时，知道自己的胸腔被打开了；如果不在醉生梦死的舞厅里，那么他就会可怕地嚎叫。他环顾四周，玩弄系在一个酒瓶上的气球牵绳。他在一面洛可可式镜子里看见了德雷尔和蔼的后脑勺的映像，他的头正随着音乐声有节奏地晃动。

弗朗兹朝其他地方看去；他的目光在跳舞人们的腿部中间停住了，他绝望地盯住一条蓝色的裙子。那个身着蓝裙的外国姑娘与一位身着老式礼服的英俊男子跳舞。弗朗兹注意这一对舞伴已经很长时间了；他们似乎不断在他的面前闪过，就像不断闪现的梦中形象或者深奥难测的主导主题——一会儿在海滩，一会儿在餐馆，一会儿在海滨步道。有时，那人拿着一个捕蝴蝶的网。那姑娘的嘴唇抹得非常精美，灰蓝色的眼睛温情脉脉；她的未婚夫或丈夫身材修长，虽然秃顶，但秃得典雅。除了那姑娘，他对人世间的一切都不屑一顾。他正自豪地看着她；弗朗兹有点嫉妒这对非同寻常的恋人，他是那样嫉妒，以至于感到内心压抑，我们遗憾地说，甚至变得更加苦涩。音乐停了，跳舞的人们纷纷从他跟前走过，他们大声地说话，他们说着一种完全听不懂的语言。

"你舅母跳起舞来像个女神。"那个学生一边在他身边坐下一边说。

"我非常累，"弗朗兹答非所问地说，"今天我划船划了很长时间。划船是一项非常健康的运动。"

与此同时，德雷尔眨着眼睛奉承地说："我也希望有可能请你跳个舞。我保证不会踩你的脚！"

"带我离开这里，"玛莎说，"我感觉身体不舒服。"

一三

　　德雷尔睡眼蒙眬，依然还眨巴着眼睛，他黄色的睡衣没有扣上，露出了粉红色的肚皮。他走出房间，来到阳台。湿漉漉的树叶闪烁着刺眼的光亮。大海一片白花花蓝兮兮，波光粼粼。隔壁阳台上晾晒着他妻子的泳装。他回到自己昏暗的卧室，急忙穿上衣服，出发前往柏林。八点钟有一班公交车，花四十分钟就可以到达斯维斯托克以及它的火车站；如果乘出租车，那就用不了半小时就可以赶早一班火车。淋浴时，他克制着不唱出声来，以免影响隔壁邻居。他在阳台上对着一面用螺丝固定在栏杆上的绝对稳定不易破碎的新式镜子，高高兴兴地刮好胡子。他奔回昏暗的卧室，轻快地穿上外衣。

　　他非常轻声地打开毗邻卧室的房门。床上传来玛莎语速很快的声音；"我们去凤尾船上玩'翻筋斗'赌戏[1]。请你快点。"

　　睡梦中她经常含糊不清地念叨弗朗兹、弗丽达、东方绝技。

　　德雷尔拍了拍身体两侧，看看合适的口袋里是否已经放好了一切必需的东西；他笑了，说："再见，我亲爱的，我走了，回城去了。"

　　她用苏醒的嗓音嘟哝，随后清晰地说："给我一些水。"

　　"我急着要走，"他说，"你自己弄，好吗？你该与弗朗兹一起去游泳了，晴空万里的早晨哪！"

他弯腰倾向卧床，闻了闻她的头发，然后穿过他自己的卧室，进入通向电梯的长走廊。

他在库尔豪斯露台喝了咖啡，吃了两个黄油蜜糖小圆面包；他看了看手表，又吃了第三个面包。在海滩上，你可以看见身披艳丽浴衣的早起游泳者。大海变得越来越波光粼粼。他点燃了一支香烟，跳上一辆门卫叫来的出租车。

大海被抛在了身后。到了这个时刻，绿蓝交织的大海上星星点点又多了一些海浴者。每个阳台都发出清脆的丁零当啷的早餐声。弗朗兹机械地用手臂夹了一个讨厌的水球，沿着走廊来到玛莎的房门前，他敲了敲门，没有应答。房门是锁着的。他敲了敲德雷尔的门，推门进去，发现舅舅的房里乱七八糟。他正确判断：德雷尔已经离开饭店前往柏林了。等待他的是可怕的一天。通向玛莎房间的门虚掩着。屋里很黑。就让她睡吧。这样很好。他开始蹑手蹑脚地离开，可是，黑暗中传来玛莎的声音："你为什么不给我水？"她没精打采地坚持说。

弗朗兹找来一个细颈盛水瓶和一个玻璃杯，然后朝卧床走去。玛莎慢慢起身，伸出一条赤裸的手臂，急切地喝了起来。他将水瓶放回梳妆台，想再次偷偷溜走。

"弗朗兹，过来！"她用同样倦怠的声音招呼道。

他在她的床沿坐了下来，讨厌地估计她会命令他完成一项

---

1   尤指在游乐会上进行一种从旋转着的鼓中抽彩票的抽彩给奖法。

任务，自从他们来到这里，他一直设法避免这项任务。

"我想我病得很重。"她忧虑地说，她的头没有从枕头上抬起。

"我来摁铃，让宾馆送咖啡来，"弗朗兹说，"今天是星期天，而且这里很昏暗。"

她又开始说话："他用完了所有的阿司匹林。去药房给我买一些。叫他们把那根桨拿掉——它一直硌疼我。"

"桨？那是你的取暖瓶。你怎么啦？"

"求你了，弗朗兹，我不能说话。我很冷，需要很多毯子。"

他从德雷尔的房间里取来一块毯子，笨手笨脚地、随随便便地盖到她身上，心里很烦恼，觉得这是女人一时的怪念头。

"我不知道药房在哪里。"他说。

玛莎问："你买来啦？你买了什么？"

他耸了耸肩，出去了。

他毫不费力地找到了药房。除了阿司匹林，他还买了一罐剃须膏和一张海湾风景明信片。邮件安全到达了，不过埃米上次来信担心：他的头没事吧？他记得自己回了信，要她别瞎担心，尽管放心等等。在沿着阳光明媚的海滨步道回宾馆的路上，他停下脚步俯瞰整个海滨。他将阿司匹林的包装盒与剃须膏分开，剃须膏放进了口袋。突然，一阵轻风吹来，吹走了那个装两样东西的小纸袋。这时，一对让人迷惑不解的外国夫妇超越了他。他们两人都穿着海滨浴衣，走路飞快，边走边用他们神秘的语言快速交谈。他觉得他们看了他一眼，然后暂时停止了交谈。超越他以后，又开始交谈；他觉得他们是在议论他，甚至说到了他的名字。这让他感到尴尬，让他火冒三丈：这个该死的幸福的外国人带着他皮肤棕褐色、头发浅黄色的可爱女友，急急忙忙前往海滩，竟然对他的尴尬处境知道得一清二楚，也许十分怜悯，而且说话时并不是不带某种嘲弄的口吻：一个诚实的青年被一个老女人诱奸了，私自占用了，尽管她衣着华丽、脸上涂脂抹粉，但依然像一只白色的大蛤蟆。通常来说，在这些一流时尚的旅游胜地，游客总爱打听别人的隐私，他们嘲弄别人，是一些很刻薄的人。他感到羞耻，自己汗毛浓密的身子几乎袒露无遗，那件浴衣也是冒牌货。他咒骂海风，咒骂大海，手里紧攥着那个药片盒子，走进了宾馆大堂。他那个被风吹走的薄纸袋沿着海滨步道飘起，落下，又飘起，轻轻飘过那对幸福的恋人，随后朝着露台栏杆孔眼里边的一个长凳飘去，长凳上坐着一个晒太阳的老头，他正在用拐杖的末梢略有所思地刺破它。接下来纸袋会有什么结果，那也就不得而知了。那些急急忙忙赶往海滩的人们没有追踪它的命运。木台阶连通沙滩。人们都急于投入大海缓缓的晶莹的层层浪潮。白色的沙子在脚下发出阵阵歌声。在上百个相同的彩色条纹棚屋中间，人们很容易认出自己的棚屋——不仅依靠棚屋上印着的号码：那些出租物品已经习惯迅速熟悉它们的偶然租用者，它们成了游客生活的一部分，简朴而可靠。三四个棚屋以外就是德雷尔家租用的棚屋，此时它空关着——德雷尔、他妻子、他外甥都不在那里。棚屋四周有一堵高高的防御土墙。一个身穿红色短裤的小男孩正在攀爬那堵土墙，沙子慢慢地流下来，闪闪发光，不久，一整块沙墙溃塌了。德雷尔夫人不喜欢看见陌生孩子毁了她的堡垒。堡垒里面和四周不安分的家伙们已经有机会留下乱七八糟光脚丫子的脚印。没人能分辨出德雷尔粗壮的脚印和弗朗兹狭窄的脚底印。过后不久，施瓦茨和魏斯来到此地，他们惊讶地发现棚屋里还没人来。"有趣、可爱的女人。"他们中一人说，另一人的目光越过海滩，瞭望海滨步道，瞭望步道那边的宾馆，回答说："噢，我断定几分钟后，他们会下来的。我们去游一会儿，过一会儿再来。"那间棚屋和它的城壕依然人迹罕至。那个小男孩已经奔回到他姐姐的身边，他姐姐已经提来一桶蓝色的玩具水；经过一番魔术般操弄和轻轻拍打，从水桶里小心翼翼摇晃出一个已经成形的完美巧克力沙子圆锥体。一只白蝴蝶迎风飞过。彩旗迎风招展。摄影家的喊叫声越来越近。游泳的人们进入浅水区，像没有滑雪杆的滑雪者那样移动着他们的双脚。

　　与此同时，火车以每小时五十英里的速度向南行驶，德雷尔的脑海里舒舒服服地回想起这些海边的景象——层层叠叠的绿色海浪波光粼粼，他乘坐的柏林快车离开大海越远，这些景象就越发持续不断地唤起他的关注。一想到他正在再次被转化成一个有着商人计谋和幻想的商人时，城里等待着他的那件已经预先尝到滋味的事情变得有点淡然无味；而在那里，在海边，在真正现实的白色沙滩上，他正在把自由留在身后。他越接近大都市，那闪光的 plage[1] 对他来说就越发引人入胜，从罗克角看去很像海市蜃楼。

回到家里，园丁告诉他汤姆死了：他认为狗是被一辆卡车撞死的，发现时已经昏迷不醒，他说它死在他的怀抱里。德雷尔给了他五十马克作为安抚，他悲伤地想到，除了这个老大粗的士兵之外，没人真正喜爱那条可怜的狗。到了办公室，他得悉里特先生不打算在阿德勒霍夫宾馆的大堂见他，而是改在"皇家"酒吧。去那里之前，他给伊索尔达挂了电话，她在施潘道[2]她母亲的家里。他百般奉承，求她晚上短暂约会一次，但是伊索尔达说她很忙，建议他明天或后天再给她打电话，带她去看电影《王，后，杰克》的首场公映，然后看情况再说。

他的美国客人是个和蔼可亲、教养有素的人，铁灰色的头发，下巴三叠。他问候了玛莎，两年前他见过她。德雷尔失望地发现，那次令人愉快的聚会以来他所学的英语不足以应付里特先生的鼻腔发音——里特先生很有礼貌，他改成用老式德语来交谈。等待德雷尔的另一个失望是那个"实验室"。原先许诺他有三个机器模特儿，而现在只有两个可供演出——一个是最初的那个老绅士，身着德雷尔蓝色运动上装的复制品；另一个是表情僵硬、头戴古铜色假发的女士，她颧骨高高的，下巴粗壮像个男人，身上穿着绿色的裙子。

---

1 德语，痛苦。
2 Spandau，德国柏林第五区。

"你是否应该把她胸部再填充得鼓一点？"德雷尔责备地建议说。

"斯堪的纳维亚式的。"发明家说。

"斯堪的纳维亚式的，"德雷尔说，"有点像男扮女装！"

"如果你喜欢，可以填充可塑性混合物。我们遇上了一些麻烦，一根肋骨没能正常起作用。毕竟，我需要更多的时间，要比上帝给的多，经理先生。但是，我敢断定，你会喜欢她屁股的扭动。"

"还有一件事，"德雷尔说，"我不太喜欢那个老家伙的领带。你一定是从克罗地亚或者列支敦士登买来的。不管怎么说，领带不是我商店出售的。事实上，我记得上次他戴的那根领带；它很漂亮，淡蓝色的，像你戴的这一根。"

默里茨和马克斯吃吃笑了起来。

"我坦白，"发明家镇定地说，"为了这个重要时刻，领带是借来的。"他开始担心起他窸窣胡须下高领的饰纽，不过在饰纽绷开之前，德雷尔已经"嗖"地摘去了他自己的蓝灰色领带，敞开衣领，在人们所知道的他在场的剩余时间里一直保持这种姿态。

里特先生在"剧场"的椅子中打瞌睡。德雷尔大声咳嗽，他的客人惊醒了，像孩子一样揉揉眼睛。表演开始了。

那个机器女人扭动着尖屁股穿过舞台，与其说像个梦游者，还不如说像个拉客妓女。她后面跟着个醉醺醺的放荡人。不一会儿，她穿着貂皮外套又一次抽搐着走过，打了个趔趄，然后恢复正常，完成她令人感到痛苦的舒展身子；这时，厢房里传来"砰"的一声巨响。她潜在的客户没有出现。一阵长时间停顿。

"你请我的那顿饭确实不错，"里特先生说，"明年春天你和太太来迈阿密探访我时，我会报答你们对我的款待。我有个西班牙厨师，在伦敦一家法国餐馆工作过好几年，所以你们一定会吃上一顿丰盛的大都会菜肴。"

这一次，机器女人踩着四轮旱冰鞋慢慢飘然而至。她穿着黑色的晚礼服，双腿僵硬，侧面看上去像个骷髅；她的露肩上衣泄露了里面罗纹织物上的污迹，那是制造者匆忙制造时留下的。她的两个合作伙伴在幕后没能抓住她，"嘭"一声不祥的撞击声，她短暂的生涯结束了。又一阵停顿。德雷尔心想，自己怎么会一时冲昏头脑，接受这种歪歪斜斜、摇晃不定的机器模特儿，更不要说赞赏他们了。他希望表演的高潮能够来临，但是里特先生和他都没能看到最精彩的表演。

那个老家伙登场了，他身着晚礼服，手戴白手套，一只手举到高顶黑色大礼帽的帽檐处，看上去兴高采烈、精神十足。他在观众面前停了下来，开始摘下帽子，过程复杂，过分复杂地致礼。某种机件发出嘎吱嘎吱的声音。

"停！"发明家镇定自若地嚎叫一声，迅速朝这个机械疯子奔去，"太晚了！"帽子在炫耀的挥动之中掉落了，手臂也掉落了。

一位摄影师慈悲地按下了黑色的快门。

"How have you liked？" [1] 德雷尔用英语说。

"非常有意思，"里特先生边说边起身离开，"过几天我会答复你的。我必须作出决定，明白吗？资助两个项目中的哪一项。"

"另一个项目跟这个相同吗？"

"噢，不。天哪，不！另一项有关豪华宾馆的自来水。使水发出人们能听懂的曲调。字面意思是'水的音乐'。水龙头交响曲。听着威尼斯船夫曲洗手，听着罗恩格林 [2] 沐浴，一边听德彪西一边漂洗衣物。"

"或者在一首巴赫乐曲中淹死。"德雷尔一语双关地说。

傍晚的大部分时间他都在家里度过，想读一部英语剧本，名叫《坎迪德》，可是头脑不时陷入倦怠的思绪。机器模特儿已经尽了全力。天哪，它们被逼得太甚了。蓝胡子浪费了他的催眠力，现在它们已经失去了所有意义，所有活力和魅力。他很感激它们，有点含糊不清地感激，因为它们完成了魔幻般的任务，那种激动，那种期待。可是现在它们只会让他倒胃口。

他又费力地阅读了一场戏，每当遇到生词，就尽量翻阅词典。明天他给伊索尔达挂电话。他要雇用一个漂亮的英国姑娘教他萧伯纳和高尔斯华绥式的英语。他会再次把发明兜售给蓝胡子。啊，绝妙的主意！只要象征性的十美元！

---

1 英语，大意是："你觉得怎样？"德雷尔想炫耀自己的英语，但不地道，常常出错。

2 Lohengrin，德国神话中的圣杯骑士。

屋子多么安静！没有汤姆，没有玛莎。她不肯轻易认输，可怜的姑娘！突然，他明白了，为什么屋子显得格外死气沉沉，安静得让人难以捉摸：家里所有的钟都停了！

十一点刚过，他从舒适的椅子里起来，刚要上楼去卧室，电话响了，电话像一只冰凉的手拽住了他的肩膀。

此时，他正乘着一辆豪华高级出租车奔驰在路上，司机熊腰虎背，驾车穿梭在夜色茫茫的浩瀚树林、田野和北部小镇之间，焦急的黑夜将它们的地名全都搞混了——瑙萨克、乌斯特贝克、普里茨堡、内布科 [1]。车子驶过时，这些地方微弱的灯光胡乱地在他面前闪过，汽车抖动着，摇晃着，他们给他许诺过，五小时便可到达，但是他们没有做到。他到达斯维斯托克时，灰色蒙蒙的早晨已经来临，自行车闹哄哄地穿行于慢慢费劲爬行的大卡车中间；从斯维斯托克到格雷维茨还有二十英里。

服务台的接待员是个黑头发的年轻人，面颊瘦削，戴了副大眼镜；他告诉德雷尔，宾馆的一位客人碰巧是国际著名的利斯特教授，他昨晚去探望夫人，现在与她在一起。

德雷尔朝他的套房走去。医生是个高个秃顶的老头，身穿一件朴素的晨衣，手臂底下夹着一个棕色小包，从玛莎的房间里出来。"真是闻所未闻！"他对着德雷尔低声抱怨说，甚至不愿费劲与他握手，"一个得了肺炎的女人，高烧发到一百零

1　这些地名都是生造的，作者故意将一些地名混淆，以表示主人心切和黑夜所造成的混乱。

六度，竟然没人去关心她！她丈夫就让她这样留在这里，独自外出旅行了！她的外甥是个傻子。如果昨晚女佣不叫我，你也许还在柏林寻欢作乐呢！"

"病情严重吗？"德雷尔问。

"严重吗？呼吸五十下。心律不齐。二十九岁的女人心脏这种样子是不正常的。"

"三十四岁，"德雷尔说，"她的护照上弄错了。"

"三十四岁也一样。不管怎么说，应该马上把她送到斯维斯托克诊疗所去，到了那里，我就可以对她进行适当医疗。"

"好的，马上送去。"德雷尔说。

老医生生气地点点头，然后拂袖而去。玛莎讨厌的三个女佣之一，三天里至少偷了三块手帕，现在穿成了护士模样（冬天她曾在诊所里工作过）。

身着棕色平纹衫还是混色花呢衫？弗朗兹坐在咖啡馆的露台上，正打着哈欠。医生一阵风似的走过，想在回斯维斯托克之前再快速下海游一阵。棕色平纹衫。看着这个年轻的家伙神情沮丧，格鲁夫·利斯特禁不住有些伤感，他在海滨步道上对着弗朗兹高声喊道："你舅舅来啦！"

弗朗兹上楼去德雷尔的房间，他站着倾听隔壁房间里阵阵呻吟和含糊不清的嘟哝声。命运会不会让她泄露他俩之间的秘密？他非常轻声地敲了敲门。德雷尔从玛莎的房间里走了出来，看见弗朗兹心烦意乱的样子，怜悯之心油然而生。不一会儿，他们从阳台上看见救护车开进了宾馆的专用车道。

玛莎坐在白色的小船上，漂浮在海浪之上，小小的尖尖的海浪，浪头随着她的呼吸卷起回落；德雷尔和弗朗兹掌舵。弗朗兹越过德雷尔低垂的脑袋朝她微笑，她看见自己色彩鲜艳的阳伞在他的眼镜里幸福地闪动。弗朗兹穿着衬衫式长睡衣，一件属于他父亲的长睡衣；他继续期待地朝着她微笑，小船随着波浪回落，吱嘎作响，像安在弹簧之上一样。玛莎说："时间到了。我们可以开始了。"德雷尔站起身来，弗朗兹也站起身来，两人都站立不稳，一起爽朗地哈哈大笑，不由自主地拥抱在一起。弗朗兹的长睡衣在海风中轻轻飘动，此时，他独自一人站着，依然在哈哈大笑，依然在摇晃，突然从海里伸出一只手。"拿桨打他！"玛莎高声喊道，她笑得噎住了。弗朗兹稳稳地站在海水的蓝色玻璃之上，举起了桨，那只手消失了。此时，在船上只有他们两人，那不再是艘船，而是一家咖啡馆，里面只有一张大理石的大桌子。弗朗兹正坐在她对面，他奇怪的服饰不再是个问题。他们喝着啤酒（她多么口渴啊！），弗朗兹分享她那杯摇晃不定的啤酒，与此同时，德雷尔不断用他的钱包击拍餐桌，招呼服务员。"现在，"她说，弗朗兹对着德雷尔的耳朵说些什么，德雷尔起身，哈哈大笑，他们两人都离开了。玛莎等着椅子升起和回落，这是一个浮动的咖啡馆。弗朗兹独自回来了，手臂上挂着她已故丈夫的蓝色夹克衫；他意味深长地对着她点点头，将夹克衫扔到那把空椅子上。玛莎想亲吻弗朗兹，但是，桌子隔离着他们，大理石边缘刺疼了她的胸膛。咖啡送来了——三壶咖啡，三个杯子——她花了好大一会儿工夫才意识到咖啡多了一份。咖啡太烫,她想既然天开始下起了毛毛细雨,最好还是让雨水稀释咖啡,但是雨水也太烫;弗朗兹指着路对面他们的别墅,不住地催她回家,德雷尔脸色苍白,满脸是汗,开始穿上他蓝色的夹克衫。这让她心绪不宁。这是不诚实的,这是非法的!她无声地做了个愤怒的手势。弗朗兹明白了,他坚定地责备德雷尔,开始把德雷尔领开;德雷尔摇晃着寻找他上装的袖孔。弗朗兹独自回来了。但是,他刚一坐下,德雷尔就从另一个方向出现了,鬼鬼祟祟地回来了,他的脸好恐怖,几乎认不出来。他斜眼看了她一下,摇摇头,一声不吭地坐到卧床的舵跟前。玛莎再也按捺不住了,床刚开始移动,她就尖声叫喊起来。新船沿着长长的走廊移动。她想站起来,但是一把桨挡住了她的去路。某种预感告诉她,并非一切都顺利。她记得——那件夹克衫!那件蓝色的夹克衫撂在小船的底部,它的袖子看上去是空的,但是背部却不够平坦,事实上,是鼓鼓的,像个驼峰,叫人怀疑。现在,两个袖子正在鼓起来。她看见那东西试图靠四肢撑起身子,于是就一把抓住它,弗朗兹和她将它来回荡了几下,把它抛出了小船。但是,那东西不沉入水中,它在浪间滑动,仿佛活着。她用一把桨轻轻推了推它,它一下子抓住桨,试图爬上船来。弗朗兹提醒她,它还有手表,那件衣服,因为海水,此时成了一件蓝色的雨衣,它开始慢慢下沉,有气无力地挪动它疲惫的袖子。他们看着它渐渐消失。现在好了,事情办成了,她沉浸在一阵巨大紊乱的快乐之中。现在呼吸顺畅了,他们给她喝的那杯饮料是一种神奇的毒药，本尼迪克特甜酒和胆汁，她丈夫已经穿好衣服，说："快点，我带你去舞会，"但是弗朗兹不知把她的首饰放到哪里去了。

　　送玛莎去医院之前，德雷尔叫弗朗兹代为管理有关事务，他们几天以后就会回来。也许，玛莎的神志失常与她情人的思想状态基本上没多大差别。有一次，在学校考试前夕，为了避免留级，弗朗兹非常希望能够及格。有个聪明狡猾的男孩对他说，有一个窍门，如果你知道如何运用它，百试百灵。你必须十分清楚，运用你所有的脑力，攥紧拳头，想象不是你想得到的东西，不是那个及格的分数，不是她的死亡，不是自由，而是其他可能：失败，及格名单上没有你的名字，以及一个健康、淫欲无度、残酷无情的玛莎回到她寻欢作乐的海滨地狱，迫使他执行他们推迟的谋杀计划。但是，根据那个男孩建议，那样还不能满足要求：那个窍门最难掌握的部分就是别去理会成功，而且要做得彻底自然，好像脑海里根本就不存在这种念头。弗朗兹想不起来在那次学校考试中自己是否成功运用了那个窍门（他最终考试及格了），但是他明白现在他没有能力运用那个窍门了。不管他如何清晰地想象他们三人又坐在马莫拉酒店的露台上，重新打赌，再次把德雷尔骗到小船上，他从眼角处也能察觉小船没有载上他们就漂走了，德雷尔正从医院打电话来说：她死了。

　　他走另一个极端，让自己危险地胡思乱想那种自由，让自己为等待着他的自由而狂喜。随后，在那种可怕的骄奢淫逸的幻想之后，他用其他方式卜算扑朔迷离的命运。他数了数出租的游船，然后将游船数加上海滨露天咖啡馆里的人数，他跟自己说，如果总数是奇数，那就意味着死亡。总数是奇数，不过他心想，他数数的时候是否有人离开或到来？

前天，他决定利用独自一人的机会，买些东西，要是在平日里，买这些东西德雷尔也许会风趣地嘲笑他；在他们生活中的这种关键时刻，玛莎认为这种做法是轻浮的。他一直梦想买条运动裤。他在好几家商店里逛了好几个小时，差点买下一条，然后转念一想，决定了自己想要的东西：棕色或紫色的花呢上装。此刻，他回到那家商店，试穿那条平纹棕色裤子，结果裤腰好像有点太大。他说如果在打烊前他们能够价格优惠点，那么他就买下了。他们答应了。他还买了两双棕色羊毛长筒袜。然后，他去海里游泳；游泳结束后，他去酒吧喝了三四杯白兰地，等待那个漂亮的金发女郎摆脱两个老头笨拙下流的挑逗，结果白费心思。突然，他想到自己选择比较保守的色调就意味着自己想象到了死亡，不是生活，衣服上的五彩斑点使人联想到生活。不过，当他回到裁缝店的时候，运动裤已经准备好，他没有勇气改变自己订购的东西。

第二天早晨，弗朗兹穿上崭新的运动裤和高翻领羊毛套衫，一边喝着午餐后的第二杯咖啡，一边望着外面纷纷扬扬的雨水。这时，服务台接待员——据小丑舅舅说，这个接待员长得很像他——给他送来了消息。德雷尔打电话来说，夫人需要她的翡翠耳坠——弗朗兹立刻想到，是否玛莎想跳舞？不像马上要死的样子！接待员解释说，德雷尔经理先生叫他外甥去他舅母的梳妆台里取珠宝首饰，然后马上乘出租车去斯维斯托克。显然，她轻微的感冒已经很快痊愈，医生允许她当晚外出。弗朗兹苦涩地想，他预想了那么多各色各样的不测事件，但就是没有特别想到这件事。消息是一份电报，是通过电话收听的，然后由懂多种语言的服务台工作人员译出：Wisch Tu Clynch Deel Muss Have That Drunk Stop Hundred Oakey Ritter。看不懂它是什么意思，不过，谁管它呀！他一边咒骂利斯特，那个创造奇迹的人，一边与假弗朗兹一起乘电梯上楼，一个肥胖的锁匠，嗓子粗哑，满口啤酒味。锁匠开始打开梳妆台的锁。他擦擦鼻子，一个膝盖跪在地上，然后双膝跪地。假弗朗兹和或多或少是真的弗朗兹肩并肩地站着，眼睛盯着锁匠肮脏的鞋底。

抽屉终于开了。弗朗兹打开一个黑色的首饰盒，把翡翠给神情沮丧的宾馆工作人员看。

半小时后，他到达了医院——一幢白色的新楼，位于小镇郊外一片松树林中。出租车司机要求给小费，弗朗兹摇摇头，司机生气地砰一声关上车门。一位兴高采烈的护士又递给他一条消息。她满脸幸福地微笑着说，他舅舅在小客栈等着他——下高速公路约一英里就是小客栈。弗朗兹左手按着身体左侧，那里放着鼓鼓囊囊的首饰盒，步行前往客栈，首饰盒和他的手在大腿之间稍许有些摩擦。接近客栈时，他看见玛莎轻快地从店里走出来；她一个手指搁在雨伞的扳扣上，抬头仰望天空。

她快速看了弗朗兹一眼，沿着他刚才过来的那条路走去。她比玛莎年轻，嘴巴也不一样，但是她的眼睛和走路的样子与玛莎一模一样。这意味着在斯维斯托克一家小客栈里他们将愉快地重新团聚。舅舅，外甥和两个舅妈。

他在客栈大堂找到了德雷尔。德雷尔正在仔细欣赏一个银镶装饰器皿，甚至当弗朗兹把黑色首饰盒和电报塞到他面前时，他还继续看那玩意。德雷尔看也没看就把两样东西塞进了口袋，然后把银镶器皿放回到挂钩上。

他转身面对弗朗兹，这时弗朗兹才看清此人不是德雷尔，而是一个精神错乱的陌生人，身穿一件皱巴巴的衬衫，敞开着门襟；他眼睛肿胀，黄褐色胡子拉拉碴碴，下巴在颤抖。

"太晚了，"他说，"戴上它去参加舞会太晚了，不过戴上它仍不算太晚——"

他拉弗朗兹的袖子，力量那么大，弗朗兹几乎失去了平衡，但是德雷尔只想领他去服务台。

"带他上楼去。"他对客栈老板的遗孀说。随后他回头对弗朗兹说："我们得在这里住到明天。过一会儿，最讨厌的俗套程序就要开始了。现在去你的房间吧。希尔达刚从汉堡过来。两小时后她会来带你回去。"

"是不是——"弗朗兹十分惊讶地问，"是不是——？"

"是不是一切都结束了？"新德雷尔哭泣着问，"天哪，一切都结束啦！现在走吧。"

弗朗兹试图抓住他恩人的手，深切哀悼似的猛力摇动他的手；但是德雷尔把这种隐约暗示的握手错当成拥抱的开始，沾满泪水的粗硬短须轻轻蹭了蹭弗朗兹发烫的脸颊。

她的遗言（用他从没听见过的甜蜜超然的语气写的）是："亲爱的，你把我的翡翠拖鞋放到哪里去啦——不，我是说耳环？我需要它们。我们将一起跳舞，我们将一起死去。"随后——用她平常熟悉的严厉尖刻的语气说："弗丽达，那只狗为什么又在这里？它被杀了。它不可能再出现在这里。"

傻瓜们说不存在什么洞察力。

弗朗兹跟着那个老太太上了楼。她带着他走进一间昏暗的房间。她一下打开百叶窗，打开床头柜底下的层架，看看夜壶是否在里头，然后就离开了房间。

弗朗兹走到敞开的窗户前。德雷尔穿过大路，在一棵树下的长凳上坐下。弗朗兹关上窗子。此时，他独自一人。透过薄薄的墙壁，他听见隔壁房间有个女人，一个可怜的流浪者，一个被旅行推销员抛弃的情人，听起来好像几个寻欢作乐者在同时说话，放肆大笑，相互打情骂俏；年轻人的欢乐，又一次发疯似的狂笑。

译后记

　　《王，后，杰克》是纳博科夫用笔名弗·西林（V. Sirin）于一九二八年在柏林用俄语创作的一部小说，同年十月出版；四十年后的一九六八年再由他的儿子德米特里·纳博科夫译成英语，并由他作了大量修改润色。小说的英文名字是"King, Queen, Knave"，很多年来，有人把它译成《老K，皮蛋，钩儿》《国王，王后，侍从》《国王，皇后，侍卫》《贵人，女人，小人》《王，后，杰克》等，本书选择了《王，后，杰克》作为书名，理由概括起来主要有以下几点：

　　首先，纳博科夫有一种贵族情结，因此选择有封建贵族社会象征意义的符号、词汇作为书名比较适合，国王、王后和杰克（男侍）是封建社会的典型象征，选用这种称谓可以传达纳博科夫的本意。纳博科夫贵族出身，祖父是沙皇时代的司法部长，外祖父是金矿主和百万富翁，舅父曾遗赠给他两千英亩的庄园产业，青少年时期过着养尊处优、衣食无忧的生活；但是，革命剥夺了他所有一切，他被迫四海漂泊，潜意识中憧憬着贵族生活，心底里渴望着有朝一日能够恢复贵族身份。书名《王，后，杰克》反映了他的这种渴望。在小说中，他多次运用贵族人物（尽管这些人物的形象在小说中不太起眼），多次提及各种贵族头衔，比如：德雷尔家附近住着一位伯爵，

"……阳光依然灿烂地从右侧照耀着大地，从伯爵别墅的角落后面照射来；伯爵的别墅处于较高的地势，四周的树木也较高大。"他家餐厅的墙上挂着一幅"身着长披风的老男爵"照片；玛莎买了一幅油画，挂在她祖父肖像的旁边，祖父"的照片靠近那幅奢华的油画……巧妙地将她祖父的照片转变成一幅家族的肖像。'我祖父，'玛莎会边说边指着那幅真迹油画，然后缓缓地用手一挥画个弧形，弧形中包括了那个不知名的贵族，受骗客人的目光就会从他祖父的照片转移到那幅肖像画上。"第八章提及百科全书时，也说到杀人老手莱斯特伯爵："莱斯特伯爵的手法更加老练：被他杀害的人摄入少量致命的鼻烟就会快乐地打喷嚏。"还有第九章引用了德雷尔前女友埃丽卡喜欢的一首旧诗，诗歌的名字就叫《我是海布尔戈尼的男侍》，这位前女友还怀疑德雷尔的妻子对他不忠，她问德雷尔："她对你忠诚吗，你的王后？"事实上，纳博科夫就是把玛莎比作王后，这在小说中得到了有力的印证，请看第九章中德雷尔的一段独白："我为什么要在家里养一个热辣的小娼妓？也许，妻子所有的魅力就在于她的冷冰冰。毕竟，一时真正的幸福之后是应该有一阵冰冷的哆嗦。她就是那种寒气。染了头发的埃丽卡没法理解王后的冷漠就是最好的保证，最好的忠诚。"可见纳博科夫使用 King, Queen, Knave 确实是暗指德雷尔、玛莎和弗朗兹。

其次，纳博科夫酷爱玩牌下棋，据说在流亡期间，他花了相当多的时间研究国际象棋的排局布阵，还在俄语移民报上发表了《诗歌与排局》，公开了他研究过的十八个棋谱。此外，King, Queen, Knave 分别代表了扑克牌和国际象棋中的国王、王后和侍卫。据查，在扑克牌中，黑桃 K 象征着大卫，公元前十世纪以色列王国的首任君主，红桃 K 代表查理大帝，方块 K 代表恺撒大帝，梅花 K 代表亚历山大大帝，是马其顿王国的国王；Queen 和 Knave 也有类似的象征。纳博科夫在小说中曾多次提及下棋，比如小说在第七章中说道："一位下盲棋的象棋大师感觉到他陷入困境的象和他对手万能的王后之间形成了残酷无情的关系。"在第十二章中作者有这样的描述："他们昨天遇见的两个年轻人正侧身坐在一条长凳上下棋……他俩跟德雷尔打招呼时，目光都离开了棋盘。他停留了一会儿，欢快地提醒白衣青年，黑衣青年的马准备用之字形进攻叫吃白衣青年的王和后……棋盘上他的局势已经非常危险。"当然，在这第二段引文中，作者是想用两位青年下棋的局势来烘托德雷尔处境的危险，玛莎和弗朗兹试图谋杀他的险情近在眼前，而德雷尔却还乐呵呵的全然不知，就像白衣青年的王、后棋子已经被叫吃，他还蒙在鼓里一样。作者力图借此暗示读者：人生宛如下棋，过河的卒子身不由己，前进路上坑坑洼洼，陷阱四伏，险象环生，危险迫在眉睫是常有的事情，世人必须时刻小心谨慎才行。

再则，小说中的三个主人公德雷尔、玛莎和弗朗兹分别代表了现代生活中典型的 King, Queen 和 Knave。西方社会喜欢用 King 来比喻某个阶层或行业的巨头、大亨等。德雷尔是个大商人，还涉足金融股票等行业，身缠万贯，在工商金融界中，他就是个大王或国王，而小说中的他一举一动都很像贵族王爷，衣着考究，出手宽裕，打球滑雪，挥金如土，情人簇拥，潇洒倜傥。玛莎是大亨的法定妻子，没有子女，丈夫已经立下遗嘱，准备把万贯家产遗赠给她，她就是"花花公子王国"的王后，虽然已经人到中年，但依然年轻漂亮，像许多中外的王后一样，其美丽外表的背后隐藏着阴险刻薄，贪得无厌，心狠手辣；为了满足自己的淫欲，她可以不择手段，甚至起念谋杀她的丈夫，简直就是一只毒辣的母老虎，其实丈夫德雷尔就把妻子视作母狮，在宠爱她的同时也非常害怕她。下面的对话活灵活现地展现了王与后之间的微妙关系："'狮子醒啦？'德雷尔边说边像孩子一样用拳头揉揉眼睛。'你们去哪里啦？'玛莎瞪着眼睛问道。"国王与王后之间的关系如此这般令人唏嘘，妻子就像凶恶的母狮，丈夫则像乖巧的孩子，这样的感情如何能够得以维持，如何能够天长日久呢？Knave 在英语中有"（扑克牌中的）杰克，男仆，出身低微的人"等意思，既然弗朗兹是"花花公子男士用品商场"里的一名职位低微的职员，从某种意义上说也就是"德雷尔王国"中王后的侍从或"面首"，而且纳博科夫有希望借用扑克或象棋棋子的形象影射三位主人公的意图，那么将 Knave 译成"杰克"比较适中，它比"钩儿"典雅，比"侍从、男侍、小人"委婉，因为"杰克（Jack）"在英语中可以指"仆人、侍者、男孩"等，这正好与扑克牌中"杰克（Knave）"以及小说主人公之一弗朗兹的身份相吻合。弗朗兹出身卑微，穷困潦倒，到柏林舅舅的商场里谋取了一份销售员的工作，苟且偷生。他整天庸庸碌碌，恍恍惚惚，无知不仁，愚笨麻木，不学无才却渴望奢淫，为了从舅舅舅母那里获得更多的利益，不顾廉耻，与舅母勾搭成奸，以致发展到玛莎叫他做什么，他就做什么，叫他做爱他就做爱，叫他杀人他就积极准备，竟然到了百依百顺的地步，活脱脱一个封建王国的男仆形象！其实他只是王后的宠物，玛莎也确确实实把他当成一只宠物、一个玩具，请看："……很快，她会试着诱惑性功能不足的弗朗兹重新振作起来，她费了一番周折才达到目的（商店里的那份工作让这只可怜的宠物累坏了！）……"第五章中有："一个小时后，她离开了，她答应她可怜的宠物：下次她不太会采用残酷的避孕措施。"还有："擦得十分干净的眼镜片后面，弗朗兹的眼神完全是一副唯命是从的样子。然而，他却想不出任何办法。他的想象完全受到她的控制，随时准备为她服务……"一家现代企业的"王后"如此荒唐，如此不知廉耻，跃然纸上，值得深思。

　　另外，这部小说曾被改编成电影，纳博科夫在小说中多次提及戏剧和电影《王，后，杰克》，如在第十一章里他描写道："一层楼装饰了一幅巨大的广告，宣传七月十五日晚首场上映的那部电影，电影是根据戈尔德马的剧本《王，后，杰克》改编的，好几年前这部戏剧曾轰动一时。广告由三张巨大透明似的扑克牌组成，很像彩色玻璃窗；晚上如果电灯一亮，效果也许非常好：国王身穿一件褐紫红色的晨衣，杰克身穿一件红色圆翻领毛衣，王后则穿着一套黑色的泳装。"在第十三章里，他描写德雷尔与年轻情人约会时的情景："他给伊索尔达挂了电话……他百般奉承，求她晚上短暂约会一次，但是伊索尔达说她很忙，建议他明天或后天再给她打电话，带她去看电影《王，后，杰克》的首场公映，然后看情况再说……"很多年前，这部电影译成中文时其译名就用《王，后，杰克》，从约定俗成的角度看，不另辟蹊径为上策。

综上所说，译名采用《王，后，杰克》比较简洁委婉达意，符合作者的原创意图并尊重前人的贴切译法。

纳博科夫是多才多艺的，他既是大学教授又是昆虫专家，既是文学家又是翻译家，既是诗人又是学者，既是批评家又是剧作家。他一生勤奋写作，发表了十七部长篇小说、五十二篇短篇小说、九个剧本、四百余首诗歌、一部传记、三部文学专著。为此，他获得过美国文学艺术学院奖、美国文学院荣誉奖章等多种奖励。他精通英语、俄语、法语、斯拉夫语和罗马尼亚语等多种语言，翻译了许多经典名著，将莎士比亚、罗曼·罗兰、歌德、缪斯等介绍给俄罗斯人民，把莱蒙托夫、普希金等译成英语，架起了英语世界和俄罗斯民族之间文学交流的桥梁。

纳博科夫是国际性的，他生于俄国，流亡德国，就读英国，移居美国，死于洛桑。因此他的作品有着"联合国"的味道，小说经常涉及欧美各国的风土人情、文化典故。因为纳博科夫家族在家里就同时说俄英法三种语言，他又曾经在英国剑桥大学学习斯拉夫语和罗马语，可以说是个语言专家，所以这种语言专长在他的小说中都得以充分展现，小说中的人物经常出没于欧洲、美洲等世界各地，主人公们在交谈中时不时会冒出一句外国话，《王，后，杰克》非常典型地显示了这一特点。

流亡常常是纳博科夫作品主人公的经历，这与他本人的经历有着千丝万缕的关系。布尔什维克革命打破了他的生活，他中学毕业就逃离俄国，逃亡克里米亚，此后在西欧、北欧、北美的许多地方流亡，有着丰富的流亡生活经历，因此很多作品写流亡者就是自然而然的事情了。比如《玛申卡》写的是一个名叫加宁的流寓异乡的俄国青年军官；《绝望》描写的是商人赫尔曼偶遇流浪汉费利克斯；从某种意义上说，《王，后，杰克》写的就是穷小子弗朗兹流亡柏林的故事。

谋杀也是纳博科夫小说的一大特色，这也许与他父亲的暴死有关：一九二〇年他全家因革命侨居柏林，他父亲在那里创办了一份移民报纸《舵》，一九二二年三月，父亲为了保护一位政宪民主党领袖被俄国君主主义者误杀。父亲的暴死对他的一生影响甚大，因此他的作品反复出现谋杀情节，比如《绝望》写了商人赫尔曼谋杀流浪汉费利克斯，以骗取高额人寿保险；《微暗的火》中谢德被误杀；《王，后，杰克》则描写了"王后"玛莎为达到与情人弗朗兹永久苟合，策划谋杀丈夫德雷尔……

死亡是纳博科夫小说中不可缺少的主题之一。在他的最后一部俄语长篇小说《天赋》中，年轻人雅沙和鲁道夫同时爱上女主人公奥莉雅，而奥莉雅也同时爱上这两个年轻人，于是三人决定集体自杀；在《洛丽塔》中，夺去洛丽塔贞洁的剧作家奎尔蒂被亨伯特以洛丽塔父亲的名义枪杀了；在《王，后，杰克》中，女主人公谋杀亲夫未成，于是焦急郁闷，急火攻心，风寒入骨，不幸患病死去。《王，后，杰克》中直接或间接提及死亡的情节、句子、词汇比比皆是，比如：在第七章中，送德雷尔乘出租车去达沃斯度假后回到别墅，玛莎和弗朗兹有一种异样的感觉："当他俩回到空空的屋里时，弗朗兹觉得他们是刚参加完葬礼归来。"

伤感又是纳博科夫小说的一大特色，他远离故土客居他乡，柏林、布拉格、巴黎、戛纳、芒通、昂蒂贝、弗雷瑞斯……不管事业如何发达，纳博科夫的内心总是灰色的，总是悲酸郁闷的；尤其是当一个养尊处优衣食、无忧生活十全十美、继承了宏大庄园的贵族子弟被革命剥夺了所有一切，被迫流亡海外，父亲死后不得不自食其力打工谋生（有时兼任好几份工作）的时候，其郁闷痛苦的心情、伤心欲绝的情绪可想而知。这些情绪在纳博科夫的不少小说中都有体现。所以，《王，后，杰克》的基调是灰色的，请看小说《王，后，杰克》对穷光蛋弗朗兹初到柏林时的窘迫境况的描写："弗朗兹觉得他别无他择，只有整天离开这栋房子，去从事房东老头为他虚构的工作，在外面一直待到傍晚五六点钟……到了傍晚，他已经精疲力竭，没法再实施自己的计划，他蓄谋已久的辉煌计划，从容地沿着性感诱人的街道闲逛，第一次好好地看一看那些真正的娼妓……他在破烂不堪的酒吧里、在大型公园相当舒适的长凳上作长时间休息。他进入地铁深处，在红色的皮质座椅上栖息，呆呆地看着那些闪闪发光的柱子，柱子快速反射着各种金色的映像，他焦虑地等待着漆黑的哐啷作响的黑暗最终被奢华和邪恶的极乐世界所取代，那个世界一直在躲避着他……他郁闷地在城市中心和北部的一条条街道里游荡……"尽管外部世界五光十色精彩纷呈，可对于贫困的弗朗兹来说，这些都不属于他，他的内心是苦闷的灰色的，为了省下几块租金对房东谎说自己已有工作，房东为了节省电费，每天逼着弗朗兹早早离开房间去干他并不存在的工作……没有亲身经历过类似的艰难困苦，没有真正品尝过流亡者一贫如洗生活的人是难以写出如此生动逼真的情节的。

　　有人说纳博科夫是色情作家，他的名著《洛丽塔》曾一度遭到法国、比利时、新西兰等国的禁止，从某种意义上说，这种说法也有道理，因为不伦之恋是纳博科夫小说的又一特征。《洛丽塔》中继父占有继女、《王，后，杰克》中的舅母与外甥的通奸并企图谋杀亲夫都是例证。然而，如果读者想在小说中寻找色情细节，那会非常失望，因为在他的小说中人们找不到真正称得上色情的情节。不过，他描写的恋情非常独特，常常是有悖社会伦理的不伦之恋。比如：他的男女主人公的岁数常常相差很大，是种种异端怪癖的恋情，《洛丽塔》中三十七岁的继父亨伯特邂逅十二岁的少女洛丽塔；《王，后，杰克》里中年的舅母爱上了二十来岁的外甥……这些畸形变态、违反伦理的恋情可能就是引起批评家们鞭挞、西方社会一度禁售的原因，但是如果往深里探究，它们也有可能是纳博科夫内心世界的真实写照，是纳博科夫饱读经典、深受西方文学名著影响的结果，是西方世界穷途末路和资产阶级腐朽生活的体现。

纳博科夫非常喜欢在小说中运用德国文学中活人的幽灵的写作手法。在《王，后，杰克》中，他通过发明家创造的男女机器人来表达这种理念。第一次表演的男机器人神气活现，表现出色，它代表了德雷尔；第二次表演时，那个骷髅一般的僵硬女机器人"砰"的一声结束了短暂的生命，它预示着玛莎的死亡；第三个笨蛋一样的机器人没能完成预定的表演，它实际上是弗朗兹命运的象征。

纳博科夫是运用比喻、意象、双关、含混、镜像、典故、时空交错等写作手法的大师，他运用自己的广博知识把作品编织成迷宫一般，借以激发读者积极参与，使阅读成为一种作者与读者之间的智力游戏。在《王，后，杰克》中他使用了镜子意象，数十次提及镜子。比如第二章："浴室里有一面面孔大小的旋转镜子——一面奇形怪状的放大镜，镜子上还附加了一盏电灯。"再如第三章："……镜子里映照出他穿着灰色法兰绒衣服的宽厚背影，以及梳得溜光的一缕缕黄褐色头发。他突然转身，仿佛感到背后有人在注视着他，然后离开了餐厅；镜子里只留下餐桌白色的一角，边柜闪烁的晶莹微光穿透了漆黑的背景。"还有："辛苦工作了一个晚上的镜子映照出她绿色的礼服、白净的脖子、乌黑浓密的发髻，以及闪闪发亮的翡翠耳饰。她依然没有注意到镜子的关注，当她缓慢地四处走动，放好水果刀时，她的身影不时在镜子里再现。"第四章："此时此刻，他似乎置身于一个四周布满镜子的大厅，奇妙的是，大厅开了一扇门，通向一个水汪汪的深渊，在最意想不到的许多地方水光粼粼……"古人说以铜为镜，可使穿戴端庄齐整；以史为镜，可知存亡兴替；以人为镜，可观本身得失。镜子是旁观者，它对小说中三位主人公的一举一动以及他们的丑行、恶行洞若观火，纳博科夫用此意象旨在告诉读者：玛莎与弗朗兹的恋情不是爱情而是滥情，善有善报、恶有恶报，玛莎的死证明了这一道理，人们应该引以为戒，以免重蹈覆辙。

纳博科夫的作品帮助人们进一步了解俄裔美国作家的创作手法和小说风格，也能使国人从一个独特的视觉加深对西方社会的理解。

感谢上海译文出版社陈姝和吴炎小姐，没有她们的真诚帮助和认真编辑，此书的问世是不可能的。

黄勇民

二○一四年八月十五日